La *Mélodie* des SENTIMENTS

JANE YAM

Collection Romance.

Suivi éditorial :©Anaïs Mony

Couverture et mise en page :© ManyDesign

Correction :©AKI

Images © Abobe stock

ISBN : 9782493424006

Existe en format numérique

Les éditions caméléon

8 place Pierre et Marie curie

60530 Neuilly en thelle

Dépôt légal : Janvier 2022

www.leseditionscameleon.com

Dédicace

« *Tu* ne *sais jamais à quel point tu es fort, jusqu'au jour où être fort reste ta seule option.* »
Bob Marley

Chapitre 1

Frédéric

*F*rédéric se prépare pour offrir aux spectateurs, son dernier concert, le dernier d'une longue et fatigante tournée. Quatre jours plus tôt, il se trouvait à Sydney dans cet édifice qui rappelle la voilure d'un navire. Il y a donné trois récitals. Toutes les places se sont arrachées en un clin d'œil. Il en sort épuisé moralement et physiquement. Sa grand-mère lui répète que tout peut se terminer demain, qu'il doit prendre le temps de penser à lui, ou il finira sa vie solitaire. Pour un tas de raisons, il n'a jamais osé mettre son cœur dans la balance. Ne permettant à personne de l'atteindre. Le constat de ces années est affligeant. Il reconnaît que la musique ne le comble plus.

Pendant tout ce périple, Keller a eu l'intelligence de faire appel à la même entreprise spécialisée en son et lumière. Pour le pianiste, inutile de se répéter, les gars savent ce qu'il attend d'eux, aussi bien sur scène qu'en coulisses. Sa tension grimpe d'un coup en pensant à son abruti de manager. Comme s'il l'avait appelé, il le voit rentrer dans sa loge.

— Tu es prêt. Tu t'es assez pomponné, la salle est pleine. Tous ces connards guettent Son Altesse.

— Ces connards, comme tu dis, te donnent la possibilité de vivre tel un prince.

Son agent est sur le point de lui répondre lorsqu'il remarque un jeune homme tétanisé dans un coin.

— Qu'est-ce qu'il fout là, celui-là ? gronde-t-il. Tu ne trouves pas mieux que de nous espionner ?

— Bon sang ! Il est seulement venu changer une ampoule du miroir de maquillage. Je sais que pour toi, il ne représente rien, mais tu te trouverais vraiment dans la merde sans ce que tu nommes, le petit personnel. Si tu estimes n'avoir rien de plus intéressant à dire, tu peux dégager d'ici. J'ai d'autres chats à fouetter. Ensuite, j'aimerais mettre certaines choses au clair. Alors, dégote un moment, je ne tolèrerai aucune excuse, tu peux y compter. Sortez, jeune homme, désolé.

— Le récital terminé, je tiens à ta présence à ma petite sauterie. Je ne me suis pas cassé le cul à tout mettre en place pour qu'encore une fois, la diva joue les filles de l'air. Tu me dois ta renommée. Sans moi, tu ne serais qu'un pauvre pianiste de bar, et… putain !

L'horrible sonnerie hard rock de son portable résonne et le coupe dans sa diatribe verbale. Il le sort de sa veste Armani, et crache vers Frédéric.

— Lever de rideau dans cinq minutes, je te conseille de te bouger le cul.

Furieux, celui-ci quitte les lieux, claquant la porte derrière lui. L'homme sait qu'il doit éviter de se mettre Frédéric Carmichaël à dos. Il a besoin de lui, pas l'inverse : ses différents poulains ne valent pas tripette. Comme une pièce, il possède deux faces, une rayonnante pour le public. L'autre recèle une certaine noirceur. Il décroche passablement énervé, tout en se mettant à faire des allers-retours dans la coursive.

— Ouais ! c'est pas l'moment… je sais… j'suis pas un putain de magicien. Vous avez reçu deux nouvelles unités à dresser : plus, me foutrait en pleine lumière. Si ça ne vous convient pas, prenez le manche ! Vous croyez que je m'amuse ? Le dernier convoi a failli me péter à la gueule. C'est moi qui suis en première ligne, des fois que vous l'auriez oublié… bien sûr que nous ne sommes que rarement contrôlés. Sauf que les douanes australiennes se sont montrées pointilleuses. Seul le nom de mon artiste nous a évité le pire.

Keller frappe le mur d'un poing rageur, ces emmerdeurs s'imaginent quoi. Il reprend plus menaçant :

— On ne peut pas continuer à jouer avec le feu si l'on veut garder nos avantages. Continuez à me faire chier, et je reprends mes billes. Bonjour à vous pour remonter ce bordel. Ne me poussez pas à bout, connard, il y a assez de Carmichaël. Retrouvez-moi au Georges V, il y aura du choix. Pas plus d'un, vous êtes averti. Au fait, ma commission vient d'augmenter de dix pour cent… moi aussi, j'en ai autant à votre service.

Il raccroche sans remarquer l'ombre planquée derrière un des nombreux renfoncements des coulisses, et fonce direct gueuler sur celui qui dirige l'équipe de techniciens. Ce lieu s'agite en permanence. Proche de l'ouverture du rideau, chacun s'installe à son poste. La personne attend le départ du manager pour se déplacer sans se faire repérer. De son côté, Frédéric grogne en entendant frapper.

— Tu veux me lâcher, je t'ai… oh, excusez-moi ! Je pensais que c'était quelqu'un d'autre, encore désolé pour tout à l'heure. Il a le chic pour se montrer désobligeant.

— J'ai été si surpris, que j'en ai oublié mes outils. Ce n'est pas simple de travailler sans eux. Vous avez perdu quelque chose ? Je peux vous aider ?

— Là, je donnerais tout pour m'en griller une, mais je ne trouve plus mon briquet. Et ne vous tracassez pas, je comprends que l'on puisse perdre le fil quand il se trouve dans les parages.

Frédéric cesse de retourner ses affaires, jette un œil à sa montre et lâche.

— De toute façon, je n'ai plus le temps de le chercher. Je verrai ça à l'entracte. J'y tiens, il appartenait à mon grand-père. Vous ne l'auriez pas vu par hasard ?

— Entre le changement d'ampoule et le fou furieux, non, désolé. Merde pour ce soir, vous allez les épater.

— Merci et encore pardon pour son comportement.

L'électricien s'esquive, Frédéric enfile son armure, l'esprit à sa future discussion avec son manager. Elle va être houleuse, mais impossible de reculer.

Chapitre 2

Florian
Un an auparavant...

En raison de leurs horaires décalés, il est levé, prêt à partir au travail, alors que Charline dort encore. Elle enchaîne régulièrement des gardes de soixante-douze heures. Dès leur union, ils s'attendaient à cette vie mouvementée. Florian, sa tasse de café à la main, marque une pause dans l'embrasure de la porte. Dans le clair-obscur de leur chambre, il ne peut s'empêcher d'admirer sa belle endormie à la peau si douce. Dire qu'il a failli ne jamais vivre ces instants de bonheur. Il n'en revient toujours pas de sa chance. Hier, à son retour, sur les murs de l'appartement, se répercutait le silence. Il était si épuisé de sa journée, qu'il ne l'a même pas entendue rentrer. Perdu dans ses pensées, il songe à leur rencontre.

Leurs chemins s'étaient croisés lors d'une fête d'étudiants à Descartes. Elle y préparait la médecine, lui le droit. Étrangement, sans leurs colocs insistant pour qu'ils se bougent les fesses, aucun d'eux ne serait venu ce soir-là. À peine entré, un rire cristallin l'avait percuté de plein fouet. Il avait balayé la pièce du regard pour en trouver le propriétaire. Stupéfait de voir qu'il appartenait à une jeune fille, point de mire au milieu d'un auditoire bruyant qu'elle tenait en haleine. Sa chevelure châtain clair rayonnait sous l'éclairage. Ses yeux noisette et malicieux ajoutaient à sa beauté de madone.

Au centre de cet aréopage, on ne voyait qu'elle. Elle dépassait les participants d'au moins une tête, ce qui, en y réfléchissant, la laissait plus petite que lui de quelques centimètres face à ses 1 mètre 89. Lentement, il s'était rapproché du groupe pour vérifier si par hasard, elle n'était pas juchée sur des talons. Ce n'était pas le cas. Elle lui avait rappelé un petit mélange de cette chanteuse des années soixante, Françoise Hardy et une autre d'aujourd'hui : Clara Luciani… Elle avait dû sentir qu'il l'épiait, ses prunelles s'étaient fixées sur lui. Des sensations qu'il avait ressenties seulement pour des hommes avaient déferlé dans tout son corps le laissant déconcerté. Cette nana, aussi jolie fût-elle, ne pouvait pas l'attirer. Pourtant, Charline était venue vers lui sans hésiter. Ils ne s'étaient plus quittés de toute la soirée, se découvrant des passions communes pour toutes sortes d'arts. Elle était devenue sa meilleure amie, puis au fil du temps, sa partenaire.

Aujourd'hui encore Charline ne porte aucun jugement ni préjugé sur quoi que ce soit. Jamais il ne l'a vue céder quand elle est persuadée de son bon droit, réfractaire aux imbéciles. Florian sourit dans sa tasse, cette femme représente son rayon de soleil. Il a pris l'habitude de réserver du temps pour eux.

Elle rêve de devenir pédiatre, face à ses onze années d'études, les sept ans de Florian pour obtenir son diplôme d'avocat pénaliste ne supportent pas la comparaison. Pour elle, il a envisagé ce qu'il n'aurait accepté pour personne d'autre, il s'est enrôlé dans les forces de l'ordre pour un salaire fixe pas trop mauvais. Fille unique et adorée de parents ouvriers d'usine à Sochaux, Charline a vite su que ceux-ci ne pourraient subvenir à ses besoins. Malgré la charge énorme de ses études, les premières années, elle a bossé tous les weekends dans une brasserie du Marais. Ses pourboires importants, bienvenus en plus de sa bourse, peu à peu ne suffisent plus. Contrairement à lui, son petit génie a obtenu son BAC scientifique avec mention à 17 ans.

Parfois, elle se transforme en feu follet, peut chanter à tue-tête dans un karaoké, danser des heures entières sur la piste, puis redevient très sérieuse. Rien que pour tout ce qu'elle lui apporte, il se refuse à devoir choisir entre les besoins de Charline pour obtenir son doctorat et ce qu'il faut pour remplir les placards, ou le frigo de leur modeste logement.

De son côté, Florian sait ne pouvoir compter sur personne dans son entourage familial. Le contact est rompu avec ses parents. Il s'est toujours laissé porter par ses sentiments : son cœur aime la personne qu'il choisit à l'instant T. Rien ne doit rester figé dans le marbre. C'est pour cela que lorsqu'ils ont décidé de tenter l'aventure, ils se sont juré de ne jamais se mentir ou de se cacher les choses. Elle est au courant qu'avant leur rencontre, il n'y a eu que des hommes.

Le destin, ce petit futé, lui a envoyé cette déesse. Il est devenu « Charlinesexe ». Il veut lui offrir le meilleur. Elle l'a rendu accro à ses comédies musicales qu'il finit par apprécier. Même sous la torture, il ne l'avouera à personne, encore moins à elle. Celui qui lui aurait dit qu'il vivrait tout cela avec une femme se serait fait traiter de cinglé. Ses hésitations, ses questions, ses peurs, tout s'est envolé. Il demeure centré sur Charline, de toute son existence, il n'a jamais autant voulu quelqu'un.

Ils se sont mariés le jour de ses 23 ans, juste avant qu'elle ne démarre son troisième cycle, le plus difficile. Cinq années avec de nombreux stages en milieu hospitalier, qui se termineront par la soutenance de sa thèse. Inutile de dire qu'entre ses horaires à rallonge à la crim, et ceux de son adorée, il arrive qu'ils se croisent comme deux navires dans la nuit. Suivant le planning instauré, leurs jours de repos leur servent à se retrouver en amoureux. Leurs sentiments toujours plus forts, ils se prélassent au lit dans des câlins chauds, puis se rendent soit au musée, soit au cinéma. Charline adore piqueniquer dans un parc. Ces instants hors du temps leur permettent de retourner à leurs activités, gonflés à bloc, jusqu'à la fois suivante.

Ils vivent une existence remplie de couleurs, de rires, de baisers, rien au monde ne leur enlèvera ça. Son coéquipier, Maxence l'envie. Ce gars et lui s'entendent sans avoir besoin de mots sur le terrain. On dirait des jumeaux. Florian n'a pas été sans remarquer un subtil changement chez son camarade. Il se perd dans des sourires idiots, et l'oblige à se répéter. En gros, il est heureux comme un homme amoureux. Quand le moment sera venu, il lui en parlera et Florian l'écoutera.

Leur partenariat va prendre fin. Maxence souhaite être moins sur le terrain. Pour ce faire, il a obtenu un poste de capitaine dans la même unité. Du coup, Florian réfléchit et se demande si à 28 ans, il n'est pas temps pour lui aussi de monter en grade.

— Bien sûr que tu dois tenter l'examen, tu obtiendras un meilleur salaire. D'un autre côté, il y aura plus de paperasse, mais ça sera un gros plus pour vous. Vous pourrez trouver un meilleur logement qui vous rapprocherait soit de l'hôpital pour Charline, soit du commissariat, genre couper la poire en deux.

— Couper la poire en deux ? s'amuse Florian.

Suivant les conseils de son collègue, il s'attèle à nouveau aux cours, obtient son grade. Sauf que pendant ce temps son commandant ne sourit plus. Pendant trois mois, un autre le remplace temporairement. À son retour, c'est devenu un autre homme. Un hérisson est plus facile à approcher. Florian se pose des questions. Maxence reste fermé comme une huître. La douleur marque ses traits. Les semaines passent, laissant revenir le Maxence d'avant, en moins rieur, moins patient, devenant un acharné au boulot. Son bureau semble être devenu sa maison.

Son portable ramène Florian sur terre. Il n'a pas vu le temps passer. L'appareil vibre sur l'îlot de la cuisine en mode silencieux pour ne pas déranger sa femme. Il décroche en avalant le reste de son café froid.

— Tu envisages de venir au boulot aujourd'hui ? demande la voix moqueuse de celui qui occupe ses pensées.

— J'espérais pour une fois qu'un bon gars se chargerait de régler la paperasse, se moque-t-il.

— Ce n'est pas écrit jambon sur mon front, tu rêves, réunion dans quarante-cinq minutes, garçon, cours !

— Je serai là avant que tu n'aies cligné des yeux.

Florian place sa tasse dans le lave-vaisselle. Il retourne dans la chambre, dépose un baiser sur la joue de sa belle, qui remue dans son sommeil sans se réveiller. Il tire la porte, sort sans bruit. La semaine à venir sera celle de ses vacances, elle pourra se reposer. Quelques jours plus tôt, elle a parlé d'enfants, se donnant du temps avant d'en mettre un en route. Si seulement quelqu'un les avait prévenus qu'ils devaient profiter du moment présent ! Arrivé à la criminelle, il attrape son arme et sa carte dans son coffre puis se dirige vers la salle où l'attendent ses collègues.

Depuis son arrivée, Florian avançait sur la mise à jour de ses dossiers, détestant les formalités. À 13 heures, Charline l'avait contacté pour un petit bonjour. Ils avaient comme habitude que celui qui se trouvait en repos donnait des nouvelles à celui qui bossait. À 16 heures, Maxence, blanc comme un linge, était arrivé près de sa table de travail, lui tendant son portable. Il lui avait fallu une seconde ou deux pour comprendre qu'il devait s'en saisir. Le monde autour de lui avait explosé, fracassant toute son existence, une douleur insoutenable le pliant en deux. De quelle façon survivrait-il à un tremblement de terre pareil ?

Sans aucun ménagement, un flic du RAID venait de lui annoncer le décès de sa femme. L'envie de mourir, lui aussi, surnageait dans sa détresse. Si Dieu existait, il le guiderait vers elle, quel que soit l'endroit où elle se trouvait. Son cerveau avait buggé. Maxence avait dû lui répéter ce qui s'était passé pour qu'il l'intègre totalement.

Charline se rendait à la banque pour déposer leur dossier d'emprunt de leur future maison alors qu'un hold up était en cours. Les armes avaient craché de partout entre les braqueurs qui tentaient de s'échapper et les flics. Une balle perdue l'avait atteinte. Morte avant de toucher le trottoir, sa colombe venait d'être fauchée en plein vol. Sa dépouille se trouvait à la morgue de l'hôpital. Le même que celui où elle se préparait à devenir pédiatre. Le mec, au moment de raccrocher, avait ajouté qu'il devait aller la reconnaître.

Plus jamais ses doigts ne glisseraient sur sa peau, plus jamais son corps soyeux et chaud ne s'unirait au sien. Plus personne ne s'amuserait de ses blagues stupides. Se rendre dans cette salle froide et sans âme, bien trop éclairée, l'avait terrassé autant que de regarder son corps sous ce drap blanc. C'est à cet instant qu'il avait compris que tout s'arrêtait. Après son départ de ce lieu dénué d'âme, c'était le trou noir. Bon sang ! Avec les risques de son métier, c'est lui qui aurait dû recevoir une balle. Ils ne s'étaient pas dit adieu. Comment un être humain pouvait-il verser autant de larmes ? Lui n'en avait plus.

Les jours octroyés pour le décès d'un conjoint écoulés, il était alors retourné au travail. Un silence de plomb l'avait accueilli.

Il avait accepté toutes les enquêtes, s'avançant au-devant des balles, se transformant en un véritable danger pour ses coéquipiers. Ingérable, aucun d'eux ne voulait plus sortir avec lui. Habiter et respirer, là où il avait été si heureux : impossible. En deux jours, il avait déménagé dans un autre appartement, le premier devenant le bon, se foutant du prix du loyer, tout comme de l'état. Celui-là, vierge de tous souvenirs, ressemblait à un débarras avec tous les cartons empilés dans divers endroits. Démarrer une journée de travail devint très compliqué. Les trois quarts du temps, il fixait le vide, ignorant l'inquiétude qu'il provoquait autour de lui. Ses semaines ressemblaient à une succession de jours sans fin, mornes et tristes. Dans ses cauchemars, Charline lui parlait, l'appelait au secours. Il la voyait tomber au ralenti, les yeux écarquillés, une ombre blanche dans une mare rouge sur le macadam. Au fil des jours, Florian se transformait en fantôme.

Il avait commencé ses journées à additionner son café d'un petit remontant, mais rapidement, ça n'avait plus suffi, sa tasse contenait une part plus importante de cet élixir magique. Il ne cherchait qu'à taire cette souffrance aiguisée. Il lui aurait fallu être un vrai connard pour ne pas piger qu'il fonçait tête baissée dans l'alcoolisme. Si seulement sa mémoire s'était mise en sourdine !

Les mesures disciplinaires s'étaient empilées jusqu'à un renvoi temporaire, grâce à Maxence. Plus personne ne le reconnaissait, il ressemblait à un SDF. Son estomac brulait à la manière d'un brasier. Les dates anniversaires se transformèrent en beuverie, à la limite du coma éthylique. Charline et lui étaient nés le même jour. À 33 ans, il était veuf. Sa douleur rebondissait dans un vide insondable, indescriptible. Son cœur devenait de plus en plus sec. Il était mort avec elle sur ce morceau de bitume, un jour de printemps. Le brouillard des premiers mois se dissipait. Florian restait totalement disloqué sans réussir à mettre les bons morceaux ensemble. Sa seule obsession était de la rejoindre. Un an s'était écoulé depuis son décès. Allongé sur son lit, il tenait sa photo serrée sur son torse. Il avait vidé une bouteille entière, le visage baigné de larmes.

De nombreuses heures plus tard, il avait repris pied dans la réalité, se jurant que c'était la dernière fois. La tête dans le cul, des nausées en continu, le corps moite et puant, les mains tremblantes, il s'était dirigé sur des jambes flageolantes vers la salle de bains. La douche glacée lui avait tout juste remis les idées en place. En se voyant dans le miroir, il avait reculé devant ce parfait inconnu.

Ses yeux étaient injectés de sang, ses joues n'avaient jamais été aussi creuses. Il ne se rasait plus. Il avait enfin pris conscience de son laisser-aller. Charline aurait détesté cet homme.

Il avait chancelé entre les cadavres des bouteilles lorsque la sonnette avait retenti avec force. Qui possédait assez de couilles pour lui rendre visite ? Il avait jeté un regard par l'œilleton, et fermé les yeux : qui ? À part lui. Il avait ouvert laissant voir le spectacle désolant de son intérieur.

— Commandant.

— Tu veux bien me laisser entrer ?

— Ai-je le choix ?

— Je ne crois pas, non. Il est largement temps de mettre les pendules à l'heure, tu ne penses pas.

— Si je m'attendais à un tel cadeau d'anniversaire ! avait-il ironisé le cœur battant, en s'écartant pour que l'homme passe.

Il était en vrac, mais refusait de montrer l'épave qu'il devenait. Alors, avec un reste de fierté, il s'était redressé. Maxence l'aimait comme un frère. Lui aussi possédait un côté sombre. Contrairement à Florian, il présentait toujours le plus sûr de lui. Il était viril, énergique, l'œil vif. Ses cheveux châtain clair étaient en permanence parfaitement disciplinés. Son blouson de cuir élimé, dont il ne se séparait jamais, couvrait sa carrure d'athlète et ses solides épaules. Une certaine douceur arrivait parfois à atténuer son aspect cassant. Il se montrait juste et droit, leurs nouveaux grades n'avaient rien changé entre eux. Florian savait qu'il devait l'avoir déçu. Maxence détestait les abrutis et les pleurnichards. Il le suivit, supposant que c'était la fin. Du haut de ses 38 ans, il paraissait déterminé à régler le problème de Florian Delavent, flic super noté, devenu super connard, super lavette. Il secoua la tête, ça n'allait pas arranger sa migraine. Il avait lancé la conversation en refusant d'attendre le verdict comme un condamné au tribunal.

— Tu es venu me signifier mon renvoi ?

— S'il n'y avait eu que le divisionnaire, ce serait effectivement le cas.

Florian se souvenait encore de son ami qui se tenait debout devant la fenêtre, préférant regarder dehors plutôt que de s'arrêter sur le spectre derrière lui. Il avait gardé ses mains dans ses poches jusqu'à ce qu'il attrape sa cigarette électronique. Un doux parfum de caramel avait survolé l'odeur âcre des lieux. Lorsqu'il s'était retourné, leurs yeux s'étaient rivés les uns aux autres. Y voir tant de peine et de tristesse l'avait foudroyé. Leur conversation flottait dans son esprit.

— Florian, je peux t'assurer que je comprends ce que tu traverses. J'aimais ta femme. Elle était incroyable et drôle et elle me manque aussi. Je suis honoré d'avoir eu le plaisir de faire partie de ses amis. En te laissant aller si bas, tu fais honte à sa mémoire.

— Personne ne peut se mettre à ma place, bougonne-t-il.

— C'est là que tu te goures, j'ai traversé tout cela un jour. Je me suis juré de ne plus jamais me retrouver dans une telle situation. Quand tu perds celui que tu aimes, plus rien n'a d'importance, la douleur te pousse vers des abîmes où tu t'égares. C'est encore pire si tu es seul pour l'affronter.

— Tu n'étais pas marié, s'étonne Florian.

— Marié non, mais un contrat chez le notaire nous liait de la même façon qu'un autre couple.

— Tu étais avec quelqu'un ? Ben mince ! Je ne l'ai même pas su, tu parles d'un ami !

— À l'époque, nous avons dû nous taire. Avouer que tu vivais avec un autre homme était très mal vu. Cela n'a rien à voir avec toi, nous avions pris l'habitude de n'en parler à personne, certains ne sont toujours pas au courant de ce passage de ma vie. Cependant, j'ai toujours considéré Corentin comme mon époux. Le destin nous a accordé trois ans et cinq mois d'un bonheur sans nuage. Il était mon aîné de quatre ans et bossait sous couverture, notre rencontre s'est effectuée sur une de ses enquêtes. C'était un putain d'entêté, mais je l'adorais. J'ai tenu à m'éloigner de cet enfer, lui était trop près du but et voulait terminer son opération, pensant devenir instructeur par la suite. Sauf que la providence se joue toujours des prévisions, des envies. Mon mari assistait à un deal entre sa cible et son patron dans un hangar abandonné. Ils tentaient de supplanter un autre gang.

— Les autres l'ont appris ? devine Florian, désolé.

— Exact, du moins c'est ce que je crois. Tout a sauté sans laisser un seul survivant. Ce qui reste de lui repose sous une dalle où l'on peut lire en lettres dorées.

Corentin Destré-Chartreux.
Ami, mari, fils, frère aimant et aimé.
Âgé de 30 ans. Repose en paix.

C'est arrivé il y a neuf ans, et je souffre toujours, tous les ans je me rends sur cette putain de tombe et je lui raconte ma vie. Tu n'imagines même pas à quel point je lui en ai voulu. Je veille sur ses parents et sa petite sœur, ils sont ma famille à jamais.

— Merde alors ! Ça éclaire certaines choses te concernant que je ne saisissais pas. Pourquoi tu ne m'en as pas parlé malgré tout ? Tu sais que j'aurais répondu présent, s'énerve Florian.

— Pour des tas de raisons, je te répète, c'était un secret. Si je t'en parle maintenant, c'est pour que tu vois que tout le monde subit des pertes. On peut sortir du tunnel sans les oublier. Sois certain que t'avoir à mes côtés comme équipier m'a aidé plus que tu ne le crois. Alors maintenant, dis-moi que je vais retrouver le capitaine Delavent. Tu t'es battu pour ce poste, tu t'es battu pour que Charline puisse vivre son rêve.

— Tu sais ce qui est arrivé au courrier ce matin ? Le résultat de sa thèse, mon génie était enfin pédiatre.

Le capitaine s'effondre, la voix chevrotante.

— Bon Dieu ! Fais-lui honneur, gronde Maxence, je t'ai donné du temps, mais le sablier est presque vide. Je ne t'ai gagné qu'un sursis, et ce en raison de tes élogieux états de service.

— Combien ? Combien as-tu obtenu ?

— Trois mois à partir d'aujourd'hui, c'est à la fois court et long. Tu te doutes bien que ce délai est assorti de conditions. Si tu refuses, tu te tires une balle dans le pied. Tu viens vider ton casier sans pot de départ et tu continues à te mirer dans le fond d'une bouteille. Vu ta sale gueule, le divisionnaire signera sans rechigner.

Florian n'avait pas relevé, c'était la vérité brute. Maxence avait de tout temps protégé ses arrières. Cette fois, il avait trop tiré sur la corde.

— Quelles sont ces conditions ? Même si je me doute un peu.

— Tu dois cesser de boire, t'inscrire aux Alcooliques Anonymes avec une supervision. À chaque prise de service, tu pisses dans un bocal. J'oubliais, tu vas voir un psy. Je te demanderai de commencer par porter une tenue correcte, qui te rendra un peu plus humain.

— Ça fait beaucoup de conditions, avait hasardé Florian, qui se dandinait, le cœur au bord des lèvres.

Cesser de boire ? Mon Dieu ! Comment allait-il réussir ce tour de force ?

— C'est ça, ou rien, mec. Tu n'es plus en position de monnayer. Ils tenaient à te retirer ton grade, c'était à un poil de cul. Heureusement qu'ils ne voient pas le bordel dans lequel tu crèches. Un gars sous les ponts est plus propre, merde, Florian !

— J'ai jamais eu si peur de ma vie.

— Je n'en doute pas et je ne t'abandonne pas, mais ne mords pas la main tendue. Devine qui est ta nounou, ironise Maxence, si tu plonges, moi aussi.

— Pourquoi risquer ta place ? Et si je me plante ?

— Je t'aime, espèce de bâtard ingrat. Je te connais suffisamment pour savoir que tu es capable de relever ce défi. Le super flic en toi est caché sous cette merde, il suffit de peu pour qu'il réapparaisse. On s'est sauvé les miches trop souvent, tu ne me largueras pas après tout ça.

Ce gars le tuait, il ne le méritait pas. En pleurs, il s'était jeté dans ses bras. Avec sa manche sale, il s'était essuyé les joues. Maxence avait retiré son blouson. Florian devait lui poser la question.

— Tu peux m'envoyer chier, mais, ce blouson...

— Appartenait à mon mari, allez, bouge ton cul. On s'y met, maintenant.

Il souriait devant l'air idiot de Florian.

— Va me chercher des sacs-poubelle.

— Des sacs-poubelle ?

— Oui, Ducon ! Des sacs-poubelle, pour virer tous les cadavres et les bouteilles pleines de cette bicoque. Putain ! Les économies que ça va engendrer ! On va nettoyer cette porcherie qui sent le rat mort. Ensuite, nous retirerons ce sparadrap d'un coup, je t'aiderai à trier les affaires de Charline.

Des heures durant, chaque pièce était passée sous le rouleau compresseur Maxence, Florian avait suivi un peu dépassé.

Après le départ de celui-ci, l'endroit brillait, plus de bouteilles, plus de cartons. Tout cet espace vide lui semblait incongru, comme s'il n'était plus chez lui. Ils avaient emporté les vêtements de Charline à une association de femmes battues qui fuyaient leur domicile, sans rien d'autre que ce qu'elles portaient. Même si une pointe de douleur l'avait traversé, il savait, que non seulement, c'était la bonne solution, mais qu'elle l'aurait appréciée. Pourtant son cœur se serrait malgré tout, un peu comme si on lui enlevait les derniers morceaux de ses souvenirs avec elle. Maxence avait jeté les draps et changé le lit. Florian était passé de pièce en pièce, troublé par le passage de la «fée ménage», qui avait agité sa baguette magique.

Chapitre 3

Frédéric

$\mathcal{S}$ans vouloir passer pour un vantard, chaque génération de Carmichaël donne un génie. Son arrière-grand-père repérait les grandes cantatrices et chanteurs d'opéra. Il avait monté, pour eux, une des premières agences artistiques. Son grand-père restait encore maintenant un luthier de renommée mondiale. Frédéric se souvient de l'odeur du bois et du vernis dans son atelier. Son propre père avait suivi des études pour devenir chef d'orchestre. Il avait fini par diriger les plus grands philharmoniques de par le monde. Cet homme froid n'avait jamais ri avec l'enfant qu'il était. Le travail encore et toujours, il l'avait assis devant un piano dès ses 5 ans, faisant de l'apprentissage du solfège une torture.

Quant à elle, sa merveilleuse grand-mère a toujours tenté de combler le vide affectif laissé par sa mère. Thérésa Bartoli, mezzo soprano, une des nombreuses maîtresses du grand chef qui avait commis une faute majeure : tomber enceinte. L'union contrainte n'avait ressemblé en rien à un joli conte de fées. Frédéric n'avait que 3 ans à son décès. Les raisons restèrent longtemps pour lui un mystère. Sa grand-mère Cécile avait fini par céder face aux demandes répétées de son petit-fils.

Suite à une grosse dispute, une de plus, sa mère avait assuré sa représentation des noces de Figaro de Mozart. Elle avait repris le chemin de sa loge pour tomber sur son mari qui pilonnait joyeusement sa remplaçante. Ce fut la goutte d'eau qui fit déborder le vase. On la retrouva sans vie, en tenue de chérubin. Son père assura au monde entier que sa chère épouse avait succombé à un A.V.C., mais c'était faux, elle s'était suicidée. Frédéric leur en voulait à tous les deux, au premier, pour s'être comporté comme un salaud, à la deuxième pour avoir oublié son jeune enfant.

À 14 ans, il ne connaissait rien d'autre que la musique. Ses études se pratiquaient en parallèle avec des précepteurs. Il passait son temps assis sur un tabouret, ses mains survolant les touches noires et blanches du clavier. Son père avait autorisé la construction d'une salle de sport avec piscine dans les sous-sols du manoir. À cette époque, n'avoir que peu d'amis ne l'avait pas dérangé. Il acceptait ce prix à payer pour devenir le grand pianiste que son père souhaitait.

Il ne lui serait pas venu à l'esprit de s'opposer à celui-ci, sachant qu'il ne tolérait pas les oisifs. Cette année-là, son acharnement paya, en remportant ses premiers concours, dont le plus important : celui du conservatoire de Paris. Frédéric y rencontra des danseurs et d'autres musiciens. Il eut besoin de temps pour s'adapter à ce nouvel environnement. La même année, le grand chef mourut de ce qu'on appelle désormais, une longue maladie. Il avait malgré tout eu la possibilité de voir les débuts retentissants de son fils. Aurait-il adhéré à ses choix ? C'est moins sûr, mais Frédéric sélectionne ses œuvres en fonction de ce qu'il souhaite faire passer de ses humeurs, de ses sentiments.

Malgré les nombreuses récompenses qui jalonnent son parcours, quelque chose lui manque. Il reste frustré de ne pas pouvoir mettre le doigt dessus. La célébrité s'avère grisante pour un jeune homme que l'on porte aux nues. Il a pu compter sur Cécile pour le ramener brutalement sur terre.

Elle l'a conduit dans un foyer pour jeunes sans-abris, où il a travaillé quelques heures sur son temps libre. Grâce à ce passage, il s'est juré de tout tenter pour rendre la musique et son apprentissage accessible à tous, pourquoi les réserver à une élite? L'année qui précéda sa mort, son père avait embauché un manager. Et depuis quinze ans, Clément Keller occupe ce poste.

Leurs douze premiers mois, sous la houlette paternelle, son comportement avait été exemplaire. Une fois maître du navire, l'homme mua à la manière d'un serpent, agissant de plus en plus comme si les hommages lui revenaient. Il oublie que sans Frédéric, personne ne prêterait attention à lui.

Ce récital clôture dix-huit mois ininterrompus d'une longue tournée. Il le termine sous une longue ovation de son public debout. Il salue et reçoit un énorme bouquet de roses blanches apporté par une jeune enfant intimidée. Bach et Mozart viennent de résonner dans ces murs. À 33 ans, Frédéric se situe au sommet de son art. Il doit son prénom à Chopin, l'un des plus grands compositeurs de la période romantique.

Rien que de penser qu'il doit se rendre à cette satanée soirée le met en rage. Il les exècre. Son unique envie en regagnant sa loge est de retrouver son duplex pour y récupérer sa tranquillité. Mais non! Il doit parader encore une fois et s'ennuyer tel un rat mort. Il s'oblige à subir ces impératifs pour ceux qui le suivent depuis ses débuts. Il a obtenu, contre l'avis de Keller, des prix qui permettent aux moins riches d'acquérir des places. Ceux qu'il va rejoindre au Georges V n'en font pas partie.

Les ronds de jambe l'ennuient: boire et manger des petits fours aussi. Cet emmerdeur a trouvé le moyen de le coincer en le prenant comme passager dans sa Porsche rutilante. Il se plaît à mettre en scène leurs entrées. Ils laissent la salle Pleyel derrière eux, et roulent dans un silence à couper au couteau.

À leur arrivée dans le salon Vendôme : superficie exceptionnelle, décoration majestueuse, une tonne d'applaudissements lui agresse les oreilles. Il plaque un sourire de circonstance sur ses lèvres. Il commence à serrer des mains, oppressé par ces gens qui l'entourent. La fatigue s'abat sur lui. En tant que personne, il ne représente rien pour eux. Ils veulent juste se trouver avec la célébrité du moment. Dans ce rassemblement bruyant, les hommes l'envient, les femmes minaudent. Elles espèrent toutes que leurs filles lui passent la bague aux doigts. Malheureusement, cela ne risque pas d'arriver, elles ne possèdent pas les attributs qui l'attirent. Ni son père ni son agent ne connaissent son orientation sexuelle.

Son père, en cavaleur certifié, conservateur malgré tout, l'aurait renié, et Clément se montre un homophobe pur et dur. Frédéric évolue en permanence entre deux vies, dans un monde de faux-semblants, avec un portable pour chacune d'elle. D'un côté, ses coups d'un soir, de l'autre, le musicien et sa nuée de perruches.

Keller le tanne pour qu'il apparaisse sur des réseaux sociaux que lui considère inutiles, vrais ramassis de conneries. Quelle utilité à se mettre en images ? Il ne souhaite pas être pisté, que l'on sache s'il dort à poil ou en pyjama de soie, et le pire, s'il mange végan ou pas. C'est ouvrir une fenêtre sur sa vie privée. Les habitués de ces sites vivent une vie par procuration et qui parfois les place en futures victimes d'individus peu scrupuleux.

Frédéric leur donne sa musique, cela suffit amplement. Le pourcentage de ceux qui se foutent de son art dépasse ce soir le seuil tolérable. Il est prêt à parier que les trois quarts ne sont même pas venus au récital. Ils raconteront pourtant l'avoir approché. Il juge que la plaisanterie a assez duré, trois heures du matin viennent de sonner, il est temps qu'il parte.

Sa contribution aux vœux de Keller cesse là, il arrive à saturation. Il balaie l'endroit à la recherche de son crétin d'agent. Il le repère en grande conversation avec un couple près d'une porte-fenêtre ouverte sur la rue. Il traverse cette faune mondaine, sans s'arrêter, pour l'avertir de son départ.

— Madame, monsieur, je dois vous enlever notre ami, affirme Frédéric le plus poliment qu'il peut, en le tirant vers lui à l'écart. Bon ! Maintenant que j'ai fait acte de présence, je souhaite rentrer. Je vais appeler un taxi. De toute façon, tout ce qui t'intéresse c'est de pérorer au milieu de ta cour.

Le manager le fixe méchamment. Ses pupilles dilatées, ses joues rubicondes dénotent un alcoolisme latent. L'homme ne le sait pas encore, mais leurs chemins vont se séparer après cette fastueuse soirée. Autant qu'il en profite. À 48 ans, Clément en paraît nettement plus. Tassé, son visage bouffi et son léger embonpoint attestent de sa vie de débauche. Le temps effectue son œuvre, sans égard. Cette fois, il a amplement dépassé les bornes, oubliant juste que Frédéric n'est plus le jeune adolescent qu'il a pris en charge.

Ce matin, son chargé de fortune l'a appelé aux aurores, catastrophé. Estomaqué, le pianiste a appris que son agent détourne de l'argent depuis environ deux ans. Il s'y prend de telle manière, que jusqu'à ce contrôle inopiné, personne n'a mis à jour cette falsification de comptabilité. D'ailleurs, les vérifications ne sont pas terminées sur l'ordre de Frédéric. Il ne lui reste plus qu'à le confronter. Cette journée ne sera pas celle dont il se souviendra avec plaisir. Reprendre son calme, ne rien montrer, jouer son récital a mis ses nerfs à rude épreuve. Il se sent comme le pire des imbéciles. Cette basse manœuvre le conforte dans son envie de se séparer de ce connard et de prendre une année sabbatique.

Inutile de dire que pour ce gros lard, la surprise va être de taille. Désormais, il n'a plus accès aux comptes, sa carte bancaire est bloquée. Il sera déconfit devant cette découverte explosive. Là, il ressent un besoin urgent de quitter cette fête de merde.

— On ne va pas y passer la nuit, s'énerve Frédéric, je me tire.

— Tu vois pas que je suis en discussion avec ces gens ? gronde-t-il entre ses dents.

Avant de se retourner vers le couple, l'imprésario plaque un sourire mielleux sur ses lèvres.

— Carmichaël, laisse-moi te présenter lord et lady Craven, leur fille doit se trouver quelque part, voudrais-tu…

Quel que soit ce que Keller veut dire, il s'en fout. Il ne voit que le duo blafard qui se force à sourire. Il se pose subrepticement la question de connaître le sujet de leur discussion. Il sent l'énervement de son imprésario.

— J'espère que vous m'excuserez, mais vu l'heure tardive, je dois rentrer me reposer. Notre ami ici présent adore montrer son chien savant, ironise-t-il. Comme je vous coupe dans votre conversation, je vous ferai parvenir des places.

— Je vais reconduire notre célébrité. Sa tête prend les mensurations d'un ballon des frères Montgolfier. Aucun respect pour son vieil agent, continue-t-il dans un mouvement d'humeur en ignorant le regard outré des Anglais et leur attitude interloquée. Si vous voulez bien m'attendre, je borde bébé et nous terminerons notre petite conversation. Se méprenant sur leur silence, il leur adresse un sourire.

L'homme et la femme se tournent vers Frédéric. Étrangement, il est saisi par l'impression qu'ils veulent lui demander quelque chose, mais qu'ils n'osent pas. Sans chercher plus avant, il leur adresse un regard d'excuse alors que Keller se concentre à nouveau sur lui.

— Je dois revenir ici rapidement pour régler quelques affaires en suspens, alors ne perdons pas de temps, allons-y, continue-t-il horripilé.

— Tu peux rester jouer au paon, les taxis n'existent pas pour les chiens, maintient Frédéric froidement.

— Maintenant que tu m'as dérangé, c'est trop tard, éructe-t-il.

Keller, les dents serrées, part au pas de charge, bousculant certaines personnes sans pour autant s'excuser. Dans le hall d'entrée, il se retourne vers Frédéric qui le percute, remonté comme une pendule.

— Tu as trop souvent tendance à oublier où se trouve ta place. J'en ai ras-le-bol. Quel genre d'affaires peux-tu traiter dans ces sauteries? Puis merde! Je m'en tape. Nous devons discuter de certains problèmes, viens me retrouver à 13 heures au restaurant à côté de chez moi, s'exaspère le musicien.

— Tu joues à quoi, là? Tes…

— Si tu possèdes un minimum d'intelligence, tu seras à ce rendez-vous. Je te conseille de fermer ta grande bouche. Je suis sur les rotules, et crois-moi, tu risques de ne pas apprécier que l'on démarre cette conversation sur le trottoir. Tu as tenu à ce que je me pointe dans ce cirque, je m'en suis acquitté. C'est quoi cette façon de t'adresser à moi? Je ne suis pas ton coursier. Réfléchis un peu, qui dépend de l'autre? Autre chose, tu devrais envisager de diminuer les Mojitos Royal, claque-t-il.

L'homme, par une sagesse heureuse, reste muet comme une carpe alors que le voiturier stationne la Porsche devant l'établissement. Sans un merci, sans un pourboire, il lui arrache les clés. Frédéric lui tend un billet et face à son sourire, il comprend qu'il a dû lui donner une grosse coupure, au moins un qui sera heureux de sa soirée.

La portière à peine claquée, le véhicule bondit en avant dans un crissement de pneus. En un éclair, il regrette son choix et pense qu'il aurait effectivement dû prendre un taxi. En cherchant la paix, le pianiste se place parfois dans des situations compliquées. En général, il se tient loin des conflits. Accroché à la poignée, il lui en veut de rouler comme un dingue dans les rues de Paris, plus ou moins désertes, à cette heure de la nuit.

Les lumières des réverbères se transforment en de nombreux points lumineux. Les vitrines ne laissent rien deviner de leurs contours flous.

— Tu conduis comme un cinglé, tu pourrais ralentir bon sang! vocifère-t-il.

— Si seulement je le pouvais! Tu n'entends pas l'emballement de ce putain de moteur.

— Freine alors! hurle Frédéric.

— Tu crois que je fais quoi? Bordel, la bagnole devient folle! Je ne la contrôle plus. Plus rien ne répond.

Frédéric voit la sueur rouler sur le visage rougeaud de Keller, la peur s'étalant sur ses traits. Ses phalanges serrent le volant comme des griffes, ses yeux ne quittent pas l'asphalte qui défile sous les roues de son bolide. En constatant les vaines tentatives du conducteur, il sent son cœur tressauter dans sa poitrine si fort qu'il pense à une crise cardiaque. Il est terrorisé. Sa ceinture de sécurité se bloque, lui coupant le souffle. Il lui semble que son cerveau vient de se vider. Le musicien n'entend plus que le ronflement strident du moteur. Sur le tableau de bord, tous les témoins clignotent. Les yeux écarquillés, Frédéric voit le mur en béton se profiler devant eux, impossible de l'éviter. Il ne perçoit, désormais, que le bruit de tôle froissée, des étincelles. Une odeur de caoutchouc brûlé envahit l'habitacle défoncé. Sa tête, ballotée de gauche à droite, tape contre la charnière de la porte. Ses dents s'entrechoquent, et un immense éclair blanc traverse son champ de vision. Une fraction de seconde plus tard, une douleur atroce le plonge dans les ténèbres. N'étant plus maître de la situation, il s'y laisse engloutir.

Petit à petit, il reprend connaissance. Des voix hurlent, des mains palpent son corps endolori, l'obscurité l'envahit à nouveau. Quand il revient à lui, il se trouve sur une civière en mouvement. L'éclairage brutal des néons au-dessus de sa tête le blesse et le pousse à fermer les paupières. Tout lui apparaît tremblotant et indistinct. Sa migraine roule en rythme avec les pulsions de son bras, les deux en perpétuelle augmentation. Quelque chose l'empêche de bouger. Il panique. Son cœur s'emballe, prêt à bondir de sa cage thoracique. Il étouffe. À nouveau, des ordres fusent, une piqûre dans la cuisse l'envoie dans un silence ouaté qu'il accueille avec allégresse.

Malheureusement, il n'y demeure pas. En premier, un son bizarre atteint ses oreilles et bipe avec régularité. La souffrance s'est apaisée, Frédéric voudrait savoir où il se trouve. Il doit ouvrir les yeux, il tente de relever ses paupières, en vain. Il a l'étrange sensation d'avoir avalé du sable. Une forte odeur d'antiseptique, mêlée à une autre senteur, ne laisse aucun doute sur l'endroit où il est allongé. L'accident! Un flot de bruits et de sensations envahit son esprit. Ça le frappe aussi fort qu'un coup de poing au plexus. Il revoit la soirée, l'engueulade avec Clément, leur départ. Au-delà de ça, ses pensées demeurent peu cohérentes.

Plus il s'agite, plus les sons augmentent le submergeant. Aussitôt, une porte s'ouvre, une voix douce et mélodieuse s'infiltre dans ce tumulte. Une main se pose sur son bras pour l'apaiser.

— Monsieur Carmichaël, il faut vous calmer. Vous avez eu un accident, vous vous trouvez en réanimation depuis soixante-douze heures. Je suis Héloïse, votre infirmière. Le docteur Charmille va venir discuter avec vous au sujet de votre état.

Le bruit infernal cesse enfin. Héloïse tourbillonne autour de son lit. Le jasmin de son parfum surmonte quelques secondes celui de la chambre. Il souhaite effectivement qu'on lui donne des renseignements. Sa langue claque sur son palais, il tente de parler.

— Tout… noir… là de… puis quand? Pourrrquoi?

Il s'énerve. Comment, avec si peu de mots, peut-il se sentir si fatigué? Cela lui a demandé un tel effort.

— Vous êtes arrivé en urgence cette nuit.

— Clément?... Blessé?... Où?

— Je suis désolée, mais je me dois malheureusement de vous annoncer le décès du chauffeur. Si cela peut vous soulager, il n'a pas souffert, il est mort sur le coup.

Frédéric réagit avec retard à ces différentes annonces.

— Je suis… tout ce… temps? Il…? croasse-t-il.

Il se rendort aussitôt. L'infirmière le regarde tristement. Tous les malades qui passent dans son service deviennent spéciaux pour elle. Ils luttent ensemble. Cette fois, le monde de ce patient va être chamboulé, encore une vie qui bascule. Pour lui, ça sera compliqué. Elle préfère que ce soit la cheffe du service qui le lui annonce. Héloïse l'a reconnu dès qu'elle est entrée dans la chambre. Elle se trouvait à son concert du Nouvel An. Sa manière de jouer la remue chaque fois au plus profond d'elle.

Lorsqu'elle entre dans la pièce, le lendemain, elle le trouve trop calme. Pourtant, elle sait qu'il est réveillé. Hier, il n'était pas assez bien et la docteure Charmille a préféré reculer le moment fatal. La seule parente du jeune homme a été appelée.

— Bonjour, Frédéric, comment vous sentez-vous ce matin? questionne Héloïse.

Il se renfrogne sans répondre. Depuis quinze ans qu'elle bosse dans ce service, elle a l'habitude des réactions changeantes de ses patients. Elle a choisi de les nommer par leur prénom pour adoucir l'instant.

— J'ai une bonne nouvelle, votre charmante grand-mère discute avec la doctoresse. Elles vont venir dans un petit moment.

— Il ne fallait pas lui infliger cela, elle est âgée, murmure-t-il toujours avec difficulté.

— Elle est venue avec son chauffeur, confirme Héloïse, et je doute que vous sachant ici, elle soit restée chez elle. Ce monsieur attend patiemment dans le couloir. Si mon mari n'était pas dans le paysage, je tenterais ma chance.

Frédéric entend un vrai sourire dans sa voix. Elle termine de prendre ses constantes.

— Reposez-vous, continue-t-elle en sortant.

Se reposer ? Que veut-elle qu'il fasse d'autre ? Courir un cent mètres dans le couloir ? Il a autant de force qu'un nouveau-né. Le pianiste aurait dû lui demander d'ouvrir les volets. Il a horreur de l'obscurité. Sa conversation avec Keller lui revient. Elle cogne, limpide, dans son cerveau. On peut dire qu'il y a une justice. Cet enfoiré ne volera plus personne et le monde se portera mieux sans lui. Ceci mis à part, on lui cache quelque chose. Frédéric n'aime pas ça, et appréhende ce qu'on va lui annoncer. Du coup, c'est bien que Mama soit là. Depuis qu'elle a enfin obtenu, après une opposition farouche de son fils, de l'avoir à ses côtés pour l'éduquer et l'aimer, elle a toujours su trouver les mots pour l'apaiser.

Le pianiste reconnaît la voix de sa grand-mère qui répond à une autre inconnue dont la sonorité apaisante lui plaît. Son débit montre une personne de caractère. Quelqu'un pousse la porte de sa chambre. Une main se pose sur son épaule, alors que le trottinement de Cécile se fait entendre. Il tente un sourire, probablement le premier depuis qu'il est allongé là.

— Frédéric, vous vous souvenez de moi, docteur Mathéa Charmille, chirurgien en traumatologie. Je suis passée hier, mais vous n'étiez pas en état de m'écouter. Votre accident a été très violent. Si vous avez des questions et je ne doute pas que vous en ayez, vous pouvez me les poser, je m'efforcerai d'y répondre en toute franchise. Par contre, votre infirmière me rapporte que vous refusez de manger, il va falloir faire un effort. Je sais que votre appétit n'est pas votre priorité, mais pour vous rétablir, c'est essentiel.

Le blessé s'agite, son visage se crispe, sa main valide serre le drap.

— Pourquoi suis-je toujours dans le noir ? Pourquoi mon bras est-il immobilisé ? Quand vais-je pouvoir rentrer chez moi ? Pourquoi ai-je des migraines ?

— Pas de détours, pas de temps mort, n'est-ce pas Monsieur Carmichaël ? Vos inquiétudes sont normales, je vais vous fournir des explications les plus claires possibles.

Un reniflement suivi d'un hoquet à sa droite lui signale que sa grand-mère pleure. Son odeur talquée, gravée dans ses fibres, envahit ses narines avec plaisir.

— Mama, ne pleure pas, c'est l'affaire de quelques jours. J'avais besoin de repos de toute façon.

— Monsieur Carmichaël… temporise le médecin, sachant que ce qu'elle s'apprête à dire va perturber grandement son patient.

Lorsqu'il sent les doigts de sa grand-mère serrer fort les siens, il comprend que ça ne s'annonce pas vraiment bien. C'est pire quand elle se lance de sa voix tremblotante. Son inquiétude transparaît à chaque mot.

— Mon petit chéri, tu vas devoir te montrer fort, encore plus courageux que d'habitude.

— Si vous êtes prêt, allons-y, j'ai de mauvaises nouvelles et des moins mauvaises, par quoi commençons-nous ? demande le docteur Charmille.

— Puisqu'apparemment les bonnes se sont fait la malle, passons directement aux moins mauvaises, s'étrangle Frédéric, tendu.

— Je suis désolée de me transformer en oiseau de mauvais augure. Je vais vous demander de rester le plus calme possible. Votre bras et votre main gauche pour commencer : le premier va se remettre assez vite. Lorsque j'ai recousu, je me suis assurée qu'aucun nerf n'avait été touché. Par contre, pour votre main, ça va s'avérer plus compliqué, car elle est cassée en plusieurs endroits. Vous souffrez d'une fracture à la base des métacarpiens.

Le jeune homme ne semble pas percuter à cette annonce catastrophique. Il reste muet, puis s'agite, comprenant soudain l'horreur de la situation.

— NON! Je vais rester infirme? Je ne pourrai plus jamais jouer de piano? C'est totalement impossible, s'insurge-t-il.

Sa vie bascule dans un chaos effroyable. La doctoresse lui donne le temps d'encaisser tout ce qu'elle vient de lui annoncer.

— Je ne peux me montrer catégorique mais je ne vous cache pas que ça va être long. À l'inverse, je peux vous promettre une chose, c'est que je tenterai tout pour que vous retrouviez votre instrument. C'est à cet effet que je vous ai posé cette attelle qui évite toutes douleurs dûes aux mouvements. Dès que ce sera possible, je vous opèrerai.

— Quelles sont les suites à envisager? s'inquiète-t-il, le visage blême au milieu des bleus et des coupures.

— Il vous faudra un kinésithérapeute associé à un ergothérapeute. Au bout d'une trentaine de séances, on pourra y voir plus clair.

— Vais-je devoir rester ici?

— Non, même si l'opération va se dérouler sous anesthésie générale, vous pourrez sortir dès le lendemain, si aucune complication n'est intervenue entretemps. Je retirerai le matériel posé environ six semaines après. Si je pose des plaques plutôt que des broches, vous aurez besoin d'une année de convalescence.

— Je ne peux pas rester sans jouer aussi longtemps!

— Frédéric! Je connais mon travail, vous allez devoir avancer avec moi, sinon nous n'arriverons à rien. Si vous vous butez, ça rallongera d'autant votre guérison. D'après votre grand-mère, vous possédez un caractère bien trempé, alors servez-vous de cette force à bon escient.

Frédéric, anéanti, voudrait casser la figure à Keller qui vient de ruiner sa vie. Sans sa main, il n'a plus aucun but dans la vie. Sans la musique, il ne peut que mourir.

— Bon sang ! Si ça, c'est le moins mauvais, je m'attends au pire pour le reste !

— Depuis que vous êtes sorti du coma, vous vous inquiétez de rester dans le noir. Malgré votre ceinture, votre tête a tapé de manière répétée dans l'habitacle, au niveau frontal. Nous avons dû nettoyer vos yeux des divers éclats. Il nous a fallu les protéger à l'aide de compresses pour commencer, continue-t-elle doucement. Vos réactions à la lumière et votre scanner ne nous laissent guère d'espoir. Vous êtes atteint de cécité consécutive à une fracture du canal optique bilatéral. Les seules choses que vous distinguerez seront l'obscurité et la lumière.

— Vous êtes en train de m'expliquer qu'en plus d'être dans l'impossibilité de me servir de ma main, je suis un putain d'aveugle !

— J'ai besoin d'examens complémentaires, mais mon premier diagnostic laisse craindre le pire, malheureusement. Même si je suis consciente que ces nouvelles ne sont pas bonnes, je tiens à ce que vous possédiez toutes les cartes en main.

Cette tragédie le frappe telle une météorite qui tombe du ciel sans que personne ne soit prévenu. Sa respiration semble rester bloquée profondément dans son corps statufié. Plus jamais il ne verra le soleil se lever, les couleurs changer à l'automne, le merveilleux sourire de Mama : Keller gagne par-delà la mort. Il lui prend tout. Sa vie ressemble à un foutoir royal ! Exit le grand Carmichaël, un coup du sort vient de le foudroyer. Pourquoi n'a-t-il pas pris un taxi ? Il aurait dû écouter la petite voix dans sa tête.

— J'ai autre chose à t'annoncer. Sa grand-mère se racle la gorge et continue. La police a effectué des analyses sur cet abruti. Elles révèlent un taux d'alcool qui frôle les trois grammes. Pour couronner le tout, il était aussi sous l'emprise de la cocaïne. Pourquoi ne m'as-tu pas dit qu'il buvait ? fulmine-t-elle. S'il ne se trouvait pas déjà à la morgue, je l'abattrais de mes mains.

Elle se penche sur son petit-fils, passe ses doigts dans ses mèches, et dépose un baiser sur son front. Pour la première fois, elle le voit verser des larmes devant le désastre qui s'abat sur lui.

— Ensemble, nous surmonterons tout ça, mon petit. Nous sommes des Carmichaël, personne ne nous terrasse. Celui qui l'espère n'est pas encore né.

Il a beau adorer sa grand-mère, il ne possède pas son optimisme et pense qu'elle se cache de la réalité. Tout cela n'est que du vent. Dire qu'il souhaitait prendre une année sabbatique, il est servi. Sa vie vient de rejoindre un vide sidéral. Il ne répond pas à l'au revoir du médecin et laisse la douce main de Mama glisser sur sa joue sans pouvoir articuler un mot, totalement sonné.

Chapitre 4

Maxence avait été le premier à parler de Charline sans prendre des pincettes, provoquant le déclic. C'est encore lui qui l'accompagna à sa première réunion. Quelle ne fut pas sa surprise en rencontrant son parrain, celui-ci n'était autre que le grand frère de Maxence, Éric. L'homme s'était perdu à la mort de sa femme et du bébé lors de l'accouchement. Il avait disparu de la surface de la Terre et n'était revenu qu'au décès de Corentin. Florian avait pris conscience que tout le monde traversait son propre enfer, un jour dans sa vie, et s'en sortait comme il le pouvait. Face à cette réalité, pour Florian, plus rien n'avait résonné pareil. Sa danse diabolique avec la divine bouteille s'était achevée. Le psy que Maxence lui avait conseillé l'avait aidé à retrouver un esprit affûté. Il avait soufflé tel un bœuf à la reprise du sport, mais là aussi ça devenait plus facile. Au bureau, il s'était excusé auprès de ses collègues qui ne lui avaient tenu aucune rigueur du passé.

Ces trois mois, il les avait parcourus à la manière d'un chemin escarpé, pas à pas. Tapier et Marty, en silence, le soutenaient dans son parcours. Malgré tout, partager ses soirées avec quelqu'un en rentrant lui manquait. Son énergie de retour, il reprenait du poil de la bête, dormait mieux et récupérait un bon rythme au travail. Renouant avec une certaine paix, il percevait à nouveau la caresse du soleil ainsi que le bruit du vent dans les branches. On le trouvait plus sociable. Ce fut évident quand le divisionnaire l'intégra à une enquête, l'autorisant à sortir de son confinement au bureau.

À cet instant, il ne savait pas ce qui avait changé, mais il eut la certitude que c'était le moment de passer à autre chose. Sa vie se réaxait. Il allait tenir ce nouveau cap. Le grand patron hurla dans le couloir.

— Delavent! Dans mon bureau et fissa.

Il jeta un regard inquiet à Maxence, qui le rassura d'un sourire. Une fois entré dans l'antre du lion, il avait vu celui-ci l'examiner, sourcils levés en arc.

— Vous allez la garder? Euh… cette coiffure? avait-il grogné.

— Rien ne s'y oppose, je dois rester correct, si je me souviens bien.

— Ce n'est pas vraiment règlementaire.

Florian avait laissé pousser ses cheveux pour dire adieu à celui qu'il était avant ce marasme. Pour sa reprise, il les avait tressés dans une natte qui touchait ses cervicales.

— On ne change pas un zèbre en âne, hein! Heureux de vous voir redevenu vous-même. Je n'oublie pas votre perte, s'occuper est encore le meilleur moyen d'avancer. J'ai dû vous mettre ce coup de pied au cul et je ne le regrette pas. Je suis content de voir que vous respectez votre part du marché.

Florian sourit intérieurement, son boss lui faisait toujours penser à l'inspecteur-chef Gontier, qui dirigeait Gadget dans le dessin animé des années 1980. Il toussa dans le creux de sa main pour se reprendre.

— Je le suis à la lettre, monsieur.

— Parfait, je vous trouve suffisamment alerte pour intégrer cette investigation étrange. De ce fait, je vous rends le commandement de chef de groupe avec votre équipe,

Ludovic Tapier et Hugo Marty. Vous les trouverez inchangés. Je ne sais pas s'il faut s'en réjouir ou pas… Montrez-moi que le Delavent que je connais est bien de retour !

— C'est encore un nouveau test ?

— Exactement, mais vous en avez relevé de plus difficiles, non ?

C'est là que Florian sut qu'on lui faisait confiance de nouveau pour être opérationnel.

— L'affaire venait d'être classée en accident routier. Mais des rebondissements nous ont sauté à la figure et nous prouvent le contraire. Voyez avec vos collègues, bonne chance à vous. Dénouez-moi ce sac de nœuds. Vu l'importance de la victime, ça s'impatiente dans les étages, vous savez ce que ça veut dire.

— Qu'ils veulent des réponses pour hier.

— Exact, allez, foutez-moi l'camp, ordonne le divisionnaire.

Une claque sur l'épaule de la part de Tapier et Marty suffit à montrer leur accord. Le premier lui tend un dossier qu'il étudie en silence. Après sa lecture, il relève la tête, ébahi.

— Aucun doute, impossible que ce soit un accident de la route, lâche Florian.

— Non et nous sommes les seuls, avec le commandant à le savoir, répond Hugo, levant les épaules.

— Je n'étais pas en état lorsque j'en ai entendu parler, mais Keller n'était pas seul ?

— Frédéric Carmichaël, son poulain, a sacrément morflé. À 30 ans, sa vie semble tanguer férocement, déclare Ludovic.

— Attendez une minute, vous parlez bien du grand Carmichaël ?

— Pourquoi, tu le connais ?

— Il n'y a que des ignares dans ton genre pour ne pas savoir qui il est. Son toucher est magique. Son jeu t'emporte dès qu'il pose les doigts sur les touches de son instrument.

— Moi, le classique! C'est juste une masturbation pour intellos, ajoute Hugo d'un air dégoûté.

— Tu devrais t'ouvrir à autre chose qu'à Nirvana, Metallica, Scorpions, ou même Beyoncé, mec. Bon, dites-moi ce que nous avons, inscrivons les premiers éléments sur le tableau d'enquête pour plus de clarté.

Les deux policiers épinglent tout ce qu'ils possèdent sur l'affaire. Florian s'assied et attend qu'ils terminent. Hugo reprend l'ordre dans lequel se sont déroulés les faits.

— Après le concert, Keller et le pianiste se sont rendus à la petite sauterie au Georges V pour y rejoindre environ deux-cents personnes. On a interrogé le concierge et le voiturier, d'après eux, il y avait de l'eau dans le gaz entre les deux hommes. De plus, la veille, le chargé de fortune du musicien avait déposé une plainte contre le manager pour détournement.

— Il serait peut-être judicieux de creuser cette piste alors, rétorque Florian.

— En plus, les résultats de l'analyse de sang du conducteur étaient positifs au niveau du taux d'alcool ce qui a conduit à la classer sans suite, son passager étant clean, affirme Ludovic.

— Et quoi? Qu'est-ce qui a motivé cette nouvelle urgence?

— Un des techniciens de la PTS[1] a découvert sur le véhicule de Keller, un système de prise de commandes à distance qui nous a ouvert de nouveaux horizons. Mais ce qu'il nous reste à découvrir, c'est qui était visé, car ça peut être n'importe lequel des deux hommes. On a commencé à fouiller du côté de Keller. Il trempait dans des trucs louches. Ses ordinateurs récupérés par la scientifique renferment des dossiers douteux. L'un d'eux, crypté, a capté leur attention. On y a trouvé une double comptabilité, mais les gars n'ont pas encore terminé toutes leurs investigations. Ensuite, ce qu'il serait bon d'étudier, c'est si, avec tous ces éléments, on réussit à trouver

---

1 PTS : Police Technique et Scientifique

un fil conducteur qui puisse relier les commanditaires. On tient une explication à leur engueulade à la sortie de la soirée, poursuit Hugo.

— Il a morflé à quel point ? Il est en mesure de nous parler ?

— Il serait aveugle. Il a déjà subi plusieurs opérations, de la main et du poignet gauche. J'ai notifié une réclamation d'infos au docteur Charmille. Le moins que l'on puisse dire c'est qu'elle n'est pas facile. Elle m'a envoyé balader se cachant derrière le secret médical. Elle ne bougera pas sans la demande officielle d'un juge. Donc non pour l'instant, ce gars est injoignable.

— Charline en dressait un portrait phénoménal. Pour elle, c'était une pointure dans son domaine, se souvient-il. Une possibilité d'écarter le pianiste ?

— Nous n'écartons personne, formule Ludovic. Ce montage penche un peu plus contre l'agent, mais ça ne suffit pas. Celui qui a installé ce stratagème s'est approprié les commandes. Au moment du choc, le compteur était bloqué sur cent-quinze et l'airbag ne s'est pas déclenché.

— Dans Paris ? Putain ! Espérons que Carmichaël va pouvoir nous donner des réponses, vous avez son adresse, parce que c'est urgent, doc ou pas, on va devoir le rencontrer. Je fais une demande au procureur.

C'est avec un tas d'énigmes que les trois policiers s'étaient rendus rue de Rivoli. Pour Florian, le mystère s'épaississait trop à son goût. Aucun doute, ses tripes le lui hurlaient, cette enquête n'allait pas être simple à éclaircir.

Chapitre 5

Frédéric

Même s'il a quitté l'hôpital depuis quelques jours, Frédéric ressent toujours les effets du choc. L'accident n'est que le premier domino de sa déchéance, l'infirmité, le dernier. Une bombe nucléaire n'aurait pas créé plus de dégâts. Désormais, il vit en enfer, avec la sensation de chuter à l'infini. C'est douloureux. Il veut juste se rouler en boule, hiberner pour le reste de ses jours. Exit l'excitation déclenchée en lui à chaque concert, envolée cette énergie débordante…

En plus, il n'en a pas terminé avec le monde hospitalier, il devra retourner dans le service de la doctoresse pour la pose du matériel orthopédique et cela le mine. Cette ostéosynthèse repositionnera correctement les os de sa main. Pendant un mois, le pianiste devra garder cette attelle en résine. Seule la fracture du poignet a été réduite, le docteur Charmille veut éviter tout risque d'infection osseuse.

Incapable de se débrouiller seul, il réside avec Mama, rue de Rivoli plutôt que dans son duplex, boulevard Exelmans. Il travaille régulièrement avec son kiné Justin et son ergothérapeute, Andréa. Quant à ses rendez-vous chez le psy, cela a le don de l'exaspérer. Ces derniers ne font que le laisser dans un état de perpétuelle frustration.

Depuis son retour parmi les vivants sur ce lit d'hôpital, les images de son ancienne vie dansent dans son esprit enfiévré. Dorénavant, elles appartiennent à une autre personne. Au réveil, tout redeviendra comme avant, ce cauchemar n'existera plus. Sa conscience reprend alors le dessus, tout est réel. Il a suffi d'une fraction de seconde pour que son monde se transforme en un bordel sans nom.

Au bout de quelques semaines, un courrier de la police l'avertit que le dossier de son affaire a été classé sans suite. Keller étant décédé, il revient à Frédéric de se retourner contre l'assurance de ce dernier afin d'obtenir réparation de son préjudice. Il sait que ce sera une longue épreuve de plus à subir.

— Putain! même crevé, ce connard me laisse encore avec une belle merde à gérer! s'exaspère-t-il.

Rageusement, il balance sa tasse. Avec retard, il espère qu'elle ne provient pas du service de sa grand-mère. Il entend les morceaux s'éparpiller sur le plancher, un peu à l'image de son existence. Cécile demeure son ancre dans cette obscurité et lui permet de garder le peu de raison qui lui reste. Comment pouvait-il imaginer une chose pareille? Que ce soit sa grand-mère qui prenne soin de lui, alors que ça devrait être l'inverse. Dormir le dirige à coup sûr vers des cauchemars. L'abîme s'ouvre, l'engloutit en s'agrippant pour qu'il n'en sorte pas. Il se répète sans cesse qu'il serait bien qu'il se fasse greffer des couilles pour mettre fin à tout ce cirque.

Les charognards n'ont pas mis longtemps à apprendre la mort de Keller. Depuis, ils se conduisent pareils à des vampires sur la trace de leur proie. Ils ont déniché le numéro de Mama, comment? Mystère. Une chance, ils ne sont pas informés de sa présence chez elle, ni qu'il se trouvait dans la voiture accidentée. La curée s'en trouve reportée. Pour le monde entier, le grand Carmichaël prend un congé sabbatique en raison d'un épuisement consécutif à sa longue tournée. Tu parles!

Avec l'aide de son intendant Henri, ancien militaire âgé de 38 ans, gravement blessé lors d'un conflit qui lui a pris une jambe et des amis chers à son cœur, Cécile pratique avec dextérité le système de la terre brûlée. L'homme vit chez elle depuis quatre ans, du jour au lendemain, il a dû abandonner toute une partie de sa vie.

Sa réaction face à leur pitié risque de le faire sortir de ses gonds. Il n'arrive pas à traverser l'appartement sans l'aide d'Henri. Ses yeux le piquent au point que l'on croirait qu'ils abritent un essaim d'abeilles malgré les gouttes qu'il doit utiliser cinq fois par jour. Il régresse : pas plus agile qu'un bébé. Voulant bien faire, Cécile lui a acheté des lunettes noires de luxe. Il ne manque plus que la canne blanche et le chien, pour que le tableau soit complet. Qu'elle le couve à ce point ne l'aide pas vraiment. Elle lui affirme qu'à part une légère cicatrice en haut de sa pommette, rien ne permet de savoir qu'il est aveugle.

Il veut hurler : bienvenue dans mon monde de merde. Il ne se reconnaît pas dans cet être irascible et colérique aux gestes hésitants ou violents. La faiblesse l'insupporte, tout comme la virulence. Il ne trouve pas le juste milieu. Frédéric rumine, silencieux. Ses démons l'envahissent pendant des heures. Il ressemble à un cheval qui rue dans les brancards, refusant l'obstacle. Son corps se couvre de sueur froide annonciatrice d'une crise de panique.

— Vous vous essayez à la télékinésie, monsieur Frédéric ?

L'entrée d'Henri dans le salon, essayant de désamorcer la crise à venir, le fait sursauter.

— Désolé pour la tasse, Henri.

— Ce n'est rien, il arrive que ça déborde, casser un truc peut aider. Je sais ce que ça fait d'être dans un mauvais jour.

Le son de sa voix étouffée indique que l'homme ramasse les morceaux. Face à ce qu'il a traversé, Frédéric se sent honteux.

Sa seule famille se résume à l'armée, qui lui a tout donné d'un côté et tout repris de l'autre. Mais il ne se plaint jamais. Cécile et lui se sont rencontrés à la fondation pour les vétérans. Ils sont devenus inséparables. Lorsqu'elle le lui a présenté, en raison de ses nombreuses absences, Frédéric a songé que l'homme serait parfait comme intendant. En plus du salaire, il occupe un logement meublé au rez-de-chaussée de leur immeuble.

Mine de rien, il a ajusté l'appartement au handicap de l'artiste. Cela le touche. Malgré tout, il y a peu de chance qu'il se casse la gueule, vu qu'il passe tout son temps à s'apitoyer sur son sort, allongé sur son lit.

Se lever le matin, démarrer une nouvelle journée inutile renforce sa sensation de vertige. Avec une certaine lucidité, il comprend qu'il se laisse glisser sur une très mauvaise pente, celle de la dépression. La musique a toujours circulé dans ses veines. Aujourd'hui, il ne souhaite même plus en écouter, ne ressentant plus son harmonie. Il est devenu une marionnette sans fil, un perdant. Sa main valide se ferme en un poing vengeur qui s'écrase sur la table du salon, provoquant une douleur fulgurante le long de son bras. Ses crises d'angoisse le métamorphosent en zombie. Pourquoi n'est-il pas mort ?

— Frédéric ! gronde Cécile, je te regarde disparaître peu à peu dans tes vêtements. Tu ressembles de plus en plus à un épouvantail, ça suffit ! Je n'ai plus que toi, ce cirque est terminé. Je ne vais pas rester là, à te regarder te détruire, sans réagir. Tu dois te ressaisir. Casse tout ce que tu veux si ça te chante. Moi, je veux retrouver mon petit-fils. Je t'en supplie, hoquète-t-elle.

Comment s'autorise-t-il à lui donner tant de chagrin ? Ce n'est pourtant pas ce qu'il souhaite. Il devient un ours, se comportant comme le pire des abrutis.

— Je m'excuse, Mama, bredouille-t-il en cherchant sa main. Je n'arrive pas à accepter tout ça. Je ne sais même pas si je m'en sentirai capable un jour, soupire-t-il, l'attirant vers lui.

Il l'entoure de son grand bras. Elle est frêle, mais têtue. Il dépose un baiser dans sa douce chevelure grise mêlée de blanc. Ce petit bout de femme d'1 mètre 50 a traversé les pièges de la vie. Elle l'a élevé contre la volonté de son père, cajolé et aimé, alors qu'elle était âgée de 40 ans. Elle a abandonné sa vie sans un regard en arrière.

Veuve depuis un moment, son mari est décédé dans un accident d'avion, une année avant la disparition de Thérésa. Elle ne s'est jamais remariée, choisissant de se mettre au service des autres. Pour cela, elle a créé cette fondation qu'elle a installée dans un immeuble acheté par son défunt époux, contre l'avis de son unique fils. Elle a tenu bon et transformé les lieux en une structure d'accueil pour des blessés de guerre avec ascenseurs, balcons, terrasses, le tout accessible aux handicapés.

Le jardin à l'arrière est luxuriant avec des bancs judicieusement disposés, des jets d'eau et des tonnelles. Ici règne le calme. Une vingtaine d'hommes et femmes sans soutien ont accès à de petits logements. Cet immeuble se situe à Montmartre, et sa valeur a quadruplé. Cécile dirige le conseil d'administration gracieusement. Tous les dons sont les bienvenus. L'appartement réservé à celui qui occupe cette fonction est vide. Frédéric serre un peu plus sa grand-mère contre lui, il doit cesser de lui causer du chagrin. Son accident déteint sur son entourage.

— Tu sais que je t'aime Mama !

— Moi aussi, mon ange ! J'étais venue te prévenir que deux policiers voulaient te voir.

— L'affaire est classée il me semble, alors pourquoi sont-ils là ?

— Ils n'ont rien voulu me dire, allons le leur demander. Je crois qu'ils ont assez attendu.

Les 1 mètre 92 de Frédéric et les 1 mètre 50 de sa grand-mère donnent un attelage étrange qui fait sourire Henri. Il les regarde s'éloigner à petits pas, bras dessus, bras dessous vers ce que Frédéric nomme pompeusement, le boudoir de Cécile.

Trois hommes, tous vêtus de la même façon, jean, baskets, blouson, se lèvent à leur entrée pour les saluer. Ils attendent que la vieille dame et son petit-fils soient installés face à eux. Elle leur paraît fragile et fatiguée.

— Asseyez-vous, je vous en prie, propose-t-elle.

La tension grimpe d'un cran alors que tout ce petit monde se rassoit. Frédéric attaque bille en tête.

— Je ne comprends pas l'intérêt de cette visite. Mon accident est une affaire classée, semble-t-il. Celui qui l'a provoqué ne sera pas poursuivi, vous arrivez un peu tard, non ?

— Nous sommes venus vous rencontrer avec de nouveaux éléments, annonce un des flics.

— Messieurs, ce charmant garçon va se montrer poli et écouter ce que vous avez à dire, réplique Mama. Puis se tournant vers Frédéric, elle le chapitre, mon petit musèle ton comportement, tu es grossier. Ils ne font que leur travail. Si vous voulez bien nous excuser, nous sommes tout à vous, lance sa grand-mère.

— C'est ça, oui ! Un connard m'a transformé en handicapé, alors pour les courbettes, vous repasserez, fulmine le jeune homme, amer.

— Nom d'une pipe ! Frédéric, tu me fais honte. Ils n'ont rien à voir avec ce qui t'arrive, gronde Cécile sortant de sa réserve habituelle.

La tristesse qui surnage dans le ton de sa grand-mère le heurte de plein fouet. Cette rage en lui dévaste tout sur son chemin et le fait se conduire comme un crétin.

— Pardon Mama, messieurs, veuillez accepter mes excuses, tout cela me mine, je n'accepte pas ce qui m'arrive, résultat, je m'emporte vite.

— Au vu des circonstances, votre réaction est légitime et nous la comprenons. Nous sommes là pour vous expliquer que ce qui vous est arrivé n'est plus considéré comme un simple accident de la route, contrairement au résultat des premières investigations. Cependant, compte tenu des éléments pris en considération par nos collègues, nous aurions agi de la même manière qu'eux et classé l'affaire sans plus de recherches.

Dès qu'il l'entend, la sonorité de cette voix de velours plaît au pianiste. Elle l'attire. Il la décompose en notes fluides. S'en apercevoir met Frédéric en rogne. En d'autres temps, dans un bar ou une boîte, elle l'aurait mené droit vers son propriétaire.

— Si cela concerne Keller, je ne veux plus en entendre parler. Cette dernière année est la pire de ma vie. Il a tout brisé. Balancez vos découvertes et vous pourrez ficher le camp, enchaîne-t-il, peu aimable.

— L'UTJRD[2] qui gère la prévention et la répression de la délinquance routière nous a transmis votre dossier. Un de leurs techniciens a tenu à vérifier certains points sur le véhicule pour clore celui-ci. Il a alors détecté un dispositif de prise de commandes à distance de la voiture. Il suffit de posséder un joystick, un clavier, une souris, voire un drone. Le circuit de freinage a été trafiqué lui aussi. Ils ont donc transféré les informations à la criminelle. Avec ces découvertes, on peut assurer qu'il y a eu tentative de meurtre ou au moins, l'envie de nuire.

— Vous vous foutez de moi? s'étrangle Frédéric. Je me souviens, il a gueulé que plus rien ne répondait. J'ai cru qu'il était trop bourré et perdait la maîtrise de la Porsche.

— Tout le monde savait que votre agent buvait. Les recherches ne devaient pas dépasser le stade du taux d'alcool, assure une voix plus caverneuse. Celui qui a monté cette installation est doué.

---

2 UTJRD: Unité de Traitement Judiciaire des Délits Routiers: service qui gère la prévention et la répression de la délinquance routière.

Frédéric parierait que celui qui vient de parler est ou a été un fumeur. Il en a la certitude en l'entendant tousser.

— Maintenant nous souhaitons savoir qui de vous deux était visé et pourquoi ? Monsieur Keller vous a-t-il fait part de problèmes récents, ou dit qu'il avait reçu des menaces ? demande la voix de velours.

— Votre chargé de fortune nous a confirmé que vous aviez déposé une plainte contre votre manager, précise une troisième voix, sèche comme un coup de cymbale. Son portrait révèle un homme cupide, antipathique et arrogant.

Frédéric s'agite, se lève d'un bond, peu assuré sur ses jambes, il retombe dans son fauteuil.

— Je n'en reviens pas ! Ce connard a pissé dans le bol de quelqu'un qui l'a eue mauvaise et quoi ? C'est moi qui me retrouve dans cet état déplorable ! Il buvait, ne respectait personne, me prenait ni plus ni moins pour sa vache à lait. Des tas de choses le concernant commençaient à me paraître anormales. J'avais vainement tenté de lui en parler, il repoussait toujours à plus tard. Sans ce contrôle, il aurait pu continuer longtemps à piocher dans mes comptes. Le montant détourné atteint 120 000 euros pour l'instant. Je devais le rencontrer à 13 heures pour lui signifier son renvoi sans indemnités et l'avertir que j'avais déposé une plainte. Ce putain d'accident a tout changé et ne m'en a pas laissé le temps, explose le pianiste.

— Mon chéri, pourquoi ne m'as-tu rien dit de cela ? souffle Cécile dépassée.

— Je pensais que l'affaire serait vite réglée. Je ne voulais pas t'importuner avec ce merdier.

— Il était votre agent depuis de nombreuses années. Impossible que ce soit vous, à 15 ans, qui l'ayez choisi ! reprend la voix sèche.

— À l'époque, l'homme de 33 ans possédait une bonne réputation. C'est mon père qui l'a engagé et je me suis retrouvé à être son premier poulain. Keller a tout pris en main pour le gosse de 16 ans que j'étais. Jusqu'à il y a environ quatre ans, tout se passait parfaitement.

Frédéric se frotte le visage au creux de ses mains.

— Le problème a pris de l'ampleur et suivi le même chemin que ma renommée grandissante qu'il a considérée comme la sienne. Son train de vie est devenu dantesque sans commune mesure avec le salaire mirobolant qu'il se versait. Ce soudain revirement m'a beaucoup questionné.

Le jeune homme se tait un moment, comme cherchant ses mots, puis reprend.

— Sorti de ma musique, j'avoue que peu de choses m'attirent. Le contrôleur de gestion est là pour administrer tout ce côté fastidieux. J'ai failli le virer, alors qu'il n'y était pour rien. Keller a su tirer les ficelles, pour un peu, on ne remarquait rien. Je subis des contrôles aléatoires, le dernier remonte à cinq ans. J'ai vite saisi que Keller enviait tous ceux qui détiennent un bon portefeuille. Je ne le voyais quand même pas me trahir.

— Il a fini par faire partie du paysage? complète la voix de velours.

— Exactement! grogne Frédéric.

— Mon chéri, je n'en reviens pas que tu te sois débattu avec tout cela sans juger utile de m'en avertir, enfin ce qui est fait est fait, nous voulons des réponses maintenant, suggère Cécile. Pour me montrer franche moi aussi, je me dois de t'avouer quelque chose.

Tous ses sens en alerte, Frédéric entend le tremblement dans la voix de sa grand-mère. Il sait qu'il ne va pas apprécier ce qu'elle lui cache.

— J'entends le train qui tourne dans ta tête. Que me dissimules-tu? Quoi que ce soit, je ne me fâcherai pas.

— Il y a environ un mois, te souviens-tu de notre discussion? Tu étais si épuisé que j'ai pensé pouvoir lui faire reporter certaines dates. J'ai demandé à Henri de me conduire à son bureau.

Cécile jette un regard aux hommes qui lui font face et se tord les mains, légèrement ennuyée, elle revient sur son petit-fils.

— Sa secrétaire, Marlène, de son vrai nom Yvette Langlois, s'était absentée. Je pense que cette jeune femme s'imagine que changer de prénom la rapproche du milieu artistique, mais bon, revenons au sujet le plus important. Je te jure que je ne tentais pas d'interférer dans tes affaires. Cette tournée dantesque venait d'où ? Oh ! Il s'est montré charmant. Pourtant, je n'ai pas pu m'empêcher de le trouver fébrile. Puis son portable a joué cette horrible sonnerie de *La chevauchée des Walkyries* de Richard Wagner. Il m'a demandé de l'excuser avant de sortir. Comme son absence s'étirait dans le temps, je me suis levée, j'ai collé mon oreille à la porte. Il hurlait contre son interlocuteur qu'il traitait de sombre connard. Je retournais à ma place, quand j'ai remarqué un petit tas de lettres. Quelque chose en elles m'a semblé étrange, quoi ? Je ne sais pas. Toujours est-il que j'en ai saisi une poignée pour les glisser dans mon sac.

La grand-mère pâlit, semblant chercher ses mots, attendant une colère de Frédéric qui ne vient pas. Celui-ci l'écoute avec attention, le visage fermé.

— Comme il ne revenait pas, tremblante, j'ai rejoint Henri et nous sommes rentrés. Ensuite, ça m'est totalement sorti de la tête, avec tous ces évènements, j'avais d'autres soucis et je n'y ai pas regardé de plus près. Je suis navrée.

Frédéric se penche pour la rassurer quand un des flics intervient.

— La curiosité n'est pas un délit, lance la voix caverneuse. Pourriez-vous nous les montrer ?

— Elles se trouvent toujours dans mon sac, si vous voulez bien patienter, je vais les chercher.

À pas menus, sa grand-mère s'éloigne vers sa chambre. Un silence assourdissant accueille son départ. Depuis qu'il est aveugle, le pianiste force ses autres sens et possède déjà ce que l'on nomme « l'oreille absolue ». Ses migraines vont et viennent sans prévenir, lui tombant dessus comme un jet d'eau glacé. Quand il ne perd pas pied, ça lui demande des heures ensuite, pour reprendre le fil de ses idées. Pour le moment, elles lui fichent la paix. Ses pensées s'entrechoquent et l'ennuient un peu plus. Son estomac se crispe douloureusement.

Face à ses détracteurs, il se sent dans la position de l'accusé. Apparemment, vouloir qu'on le laisse tranquille avec cette histoire sur Keller est trop demandé. Disparaître du milieu musical ne suffit pas, il lui faut revivre tout ça encore et encore. En entendant le cuir du canapé craquer à chaque mouvement des flics, il trouve cela amusant et retient un sourire devant l'embarras de ces messieurs qui paraissent gênés de se retrouver seuls avec lui. La tension reste piégée entre eux et il ne fait rien pour arranger les choses.

— Vous savez, je ne suis pas contagieux, seulement aveugle, assène-t-il froidement, satisfait de les mettre à mal un peu plus. Les vibrations et moi sommes de vieilles amies, vous pouvez vous détendre.

— Nous ne voulions pas nous montrer irrespectueux, tente la voix caverneuse, nous sommes désolés. Nous comprenons que cette situation soit…

— Soit quoi ? compliquée ? rageante ? pas juste ? détestable ? Personne ne peut se mettre à ma place, éructe-t-il leur coupant la parole.

— En effet, tout cela est très certainement difficile à gérer, je comprends. D'ailleurs nous ne nous sommes pas présentés. Je suis le lieutenant Ludovic Tapier, mes collègues sont le lieutenant Hugo Marty et notre capitaine Florian Delavent, continue la voix caverneuse.

Le retour de Cécile stoppe la conversation.

— Voilà, je les avais classées, celles qui sont ouvertes sous celles qui sont closes, elles sont anonymes. Ce sont les mots confectionnés avec des collages qui ont attiré mon attention.

Un claquement lui apprend qu'ils ont enfilé des gants. Le froissement du papier avertit Frédéric que les enveloppes passent de main en main.

— Que racontent-elles ? questionne Frédéric. Keller ne m'en a pas parlé une seule fois.

— Il souhaitait probablement vous protéger vu les menaces proférées, affirme Ludovic. Tu es de mon avis Hugo ? demande-t-il.

— Elles vous concernent toutes, confirme le dénommé Hugo qui s'avère être la voix sèche.

Ne manque plus qu'à entendre la voix de velours, puisqu'il a les propriétaires des deux autres, celle-ci appartient donc au capitaine Florian Delavent.

— Je peux vous assurer qu'en aucune manière, Keller n'a cherché à me protéger, ironise Frédéric. L'unique personne qui l'intéressait était lui-même. Les semaines avant l'accident, je l'ai trouvé agité, tendu, encore plus mesquin que d'habitude. J'en avais marre de son comportement, mais nous nous trouvions en pleine tournée, alors j'ai préféré laisser couler.

— Après tout ce temps, je doute que nous trouvions des empreintes ou un quelconque ADN, note Florian. Écoutez-moi , celle-ci dit, je suis passé à côté de toi, tu m'as fait croire des choses, assume-les. Dans un froissement, il en déplie une autre. Et celle-là est pire : tu mens, tu t'obstines à m'éviter, tu mérites d'être puni. Je suis patient, j'attends et comprends que ça doit rester notre secret.

— C'est quoi cette littérature de caniveau ? fulmine Frédéric.

— Une petite amie jalouse ou bafouée ? ironise la voix sèche d'Hugo.

— Ça ne risque pas, je suis gay. Toutes les photos prises en compagnie de la gent féminine ont été programmées par Keller. Il me poussait à me mettre en couple à tout bout de champ.

— J'ai un peu de mal à croire que pour lui, ça ne lui ait pas paru clair, il vivait avec vous pratiquement en permanence, s'étonne Hugo. Et les journalistes alors ?

— Les seuls à savoir dans mon cercle proche sont Mama et Henri. Mon agent était reconnu pour son racisme et son homophobie, s'il avait appris une telle chose, il aurait été capable de remonter cette information au Ku Klux Klan. Mon père, lui en bon chrétien conservateur, avait le droit de tromper sa femme, mais un fils différent ? Ça non ! Sa notoriété demeurait sa priorité. J'ai dû très tôt me montrer plus rusé que mon entourage. Dès que j'ai atteint l'âge autorisé, je me suis inscrit sur un site de rencontre sous le nom de Mickaël Ravel, pas de photo ni de renseignement. Je possède un portable à ce nom constamment hors de vue. Tout est clair, pas de prise de tête, ce n'est que de la bais… enfin, vous voyez.

— Ravel, hein ? Encore et toujours la musique, constate Ludovic avec malice.

Frédéric sourit pour la première fois depuis leur entrée. Il est vrai qu'il ne lui avait pas fallu longtemps pour trouver ce nom.

— On s'amuse comme on peut. Ces gars ne représentent rien, juste des coups d'un soir que je choisis volontairement éloignés du monde musical.

— Comment se fait-il que personne ne vous ait jamais reconnu ? relance Ludovic stupéfait.

— Un artiste classique n'a rien à voir avec la variété ou la téléréalité. Si je vous parle de Philippe Jaroussky, je suis prêt à parier qu'aucun de vous ne sait de qui il est question. Et pourtant, c'est un des plus grands contre-ténors français du milieu musical baroque.

— Je vois, mais nous sommes dans l'obligation de vous demander de nous remettre ce portable, énonce la voix caverneuse de Tapier.

— Pour ce qu'il me sera utile, faites-en ce que vous voulez. Henri peut aller le chercher.

— Vous comprenez qu'avec ce nouveau faisceau d'indices, l'enquête rebondit, affirme Florian.

— Tant que mon nom ne ressort pas dans la presse, je m'en balance. Mais si par malheur elle renifle la moindre information, ce sera l'hallali. Malgré tout, je ne vois pas le lien entre moi et ces lettres. Il y a forcément une erreur. Ma vie est aussi claire que de l'eau de roche, d'un ennui mortel diraient certains.

— Par contre, un truc me chiffonne, pourquoi être monté dans la voiture d'une personne ivre? formule Marty, sèchement.

— Posez la question au portier du Georges V, lorsque je lui ai demandé de m'appeler un taxi, Keller a pété un scandale. Nous nous étions déjà pris la tête dans ma loge avant le récital, à cause de l'électricien venu changer des ampoules de mon miroir. Je ne voulais pas participer à cette sauterie. J'étais lessivé. La seule chose que je souhaitais était de rentrer dans mon appartement. Une deuxième engueulade ne me tentait pas.

Lorsque les policiers se lèvent, le cuir du canapé crisse, alors que Frédéric s'inquiète du silence de sa grand-mère.

— Madame, monsieur, nous allons vérifier qui de vous ou de Keller était visé, vous vous trouvez entre deux feux. Si c'est vous, pourquoi et qui en a après vous. Si c'est lui, idem, dans quoi pouvait-il tremper? Quel est le danger, d'où vient-il? énumère Hugo insistant.

— Peut-on envisager un fan dérangé? Des histoires comme ça existent? demande Ludovic. Si c'est le cas, on doit considérer que ça risque d'aller crescendo. S'il y a des problèmes, quelqu'un peut-il vous assister?

— Henri, l'intendant de Mama vit au rez-de-chaussée. Notre confiance en lui est illimitée. Personne ne rentre sans une bonne raison, affirme Frédéric.

— C'est déjà ça, marmonne Florian. Nous allons vérifier que votre agent ne trempait pas dans une magouille quelconque. Nous n'allons pas abuser de votre temps, nous vous remercions d'avoir bien voulu nous recevoir.

Frédéric acquiesce d'un hochement de la tête et quelques instants après, Cécile les raccompagne. À cause de la barre de fermeture, lorsqu'on tourne la poignée en laiton, il reconnaît le petit déclic significatif d'une porte qui s'ouvre. Au retour de sa grand-mère, chacun reste un long moment perdu dans ses pensées.

— Avec cette histoire de fou, à quoi doit-on s'attendre? Oh, mince! J'ai oublié de leur proposer un café.

— C'est sans importance, Mama, ils n'étaient pas là pour ça, gronde Frédéric. Qu'ils fouillent dans la vie de cet abruti, on ne risque pas de les revoir.

— Et si ce policier avait raison, que Keller s'est servi de toi?

— Plus rien venant de sa part ne m'étonnerait, mais je ne vois pas quel genre de méfait il pouvait commettre. Nom d'une pipe! s'emporte-t-il. Depuis cet accident tout va de mal en pis. Ne m'en veux pas, j'ai un mal de crâne épouvantable, je vais me coucher.

Pour regagner son monde monocolore, il s'accroche aux meubles sur son passage. Il désire le silence, l'oubli. Cécile le regarde s'éloigner, inquiète de son état. L'obstination a modelé l'homme qu'il est, mais ne l'aide pas dans son processus de guérison. Il refuse toute aide, tout le hérisse, elle le comprend. Quel exutoire peut-il trouver à sa rage? Henri est du même avis qu'elle, Frédéric file un très mauvais coton. Dépitée, elle réalise que pour la première fois de sa vie, elle n'a pas de solution.

Enfoncé dans une profonde mélancolie, Frédéric se dit que chaque jour qui passe se montre pire que le précédent. Il supplie tous les Dieux de l'Univers pour qu'ils le gardent loin de la douleur et de la peur, qu'ils lui accordent un peu de répit. Il ne peut partager son purgatoire avec personne. Que le monde entier aille se faire mettre !

Il vient de passer une heure avec cet abruti de psy choisi par Charmille, ce qui est loin d'arranger ses états d'âme. Quand il pense qu'il doit le voir trois fois par semaine ! Ce connard inculte adore entendre le son de sa propre voix, son phrasé ampoulé donne à Frédéric une furieuse envie de lui dévisser la tête. Quant au bruit de la pointe de son crayon sur le papier, ça l'agace à tel point qu'il pourrait la lui ficher dans l'œil. Il ressort de chez lui épuisé. Il éprouve un réel soulagement à quitter ce lieu qui lui occasionne une telle répulsion.

Pendant l'entretien, Frédéric doit retenir sa respiration face à son odeur qui lui fait penser à celle d'une maison de retraite. Il possède autant d'empathie pour son prochain qu'une larve pour une feuille de salade. Résultat, le musicien pense que se flinguer mettrait fin à son supplice. Depuis ses deux dernières visites, il reste bouche cousue : garde tout bien cadenassé dans un endroit de son cerveau. Il n'existe plus. Avant, la musique ne quittait jamais son esprit, elle voguait constamment à travers son corps. Il était reconnu partout pour la justesse de son jeu et de son élégance. En permanence fluide et subtile, elle éveillait émerveillement et bonheur. Aujourd'hui, ce n'est plus le cas pour lui. Le psy ne veut pas l'entendre. Il s'entête à relier son mal être à son enfance. Quel rapport avec ce qu'il est devenu ? Un putain d'accident lui a ravi toute son essence en un quart de seconde. Dans sa tête plus rien ne s'harmonise, ne reste qu'une partition vide de notes.

Il éprouve le besoin de tout oublier : les images et les sons de cette course folle en pleine nuit, le choc, les éclats de verre, la douleur effroyable qui s'est terminée dans les ténèbres.

Il peut compter sur Henri, leur chauffeur, pour remarquer qu'il ne va pas bien, ainsi que son repli lorsqu'il l'installe à l'arrière du véhicule pour le reconduire chez sa grand-mère dans un silence lourd. Henri n'a pas salué le psy en partant, pourtant, l'homme se montre toujours courtois en général. Lorsque le véhicule oscille, Frédéric se tend en l'entendant fulminer dans sa barbe. Ne pouvant voir ce qui se passe, ses mains deviennent moites et son estomac se rebelle. Henri, soudainement, conduit vite, beaucoup trop vite.

— Non, mais qu'est-ce qu'il lui prend à cet idiot ? Il va cesser de me coller, oui, peste-t-il.

— Que se passe-t-il, Henri ?

Frédéric aux aguets, ressent l'urgence dans la voix de son chauffeur.

— Ce mec est totalement cinglé, plus j'essaie de le semer, plus il accélère. Il cherche à nous coincer. C'est un SUV noir, il vient de se porter à notre hauteur, mais impossible de voir sa tronche, ses vitres sont teintées. Toi, mon salaud, t'as pas choisi le bon gars. Tu ne vas pas m'avoir si facilement. Tu veux t'amuser, ben, c'est parti.

Un premier choc violent à l'arrière fait bondir la limousine en avant. Le cœur du pianiste bat violemment. Une sueur froide descend le long de sa colonne vertébrale. Le sang se vide de son visage, une forte envie de vomir remonte dans son œsophage.

— Cela ne va pas recommencer, souffle-t-il.

— Du calme, monsieur Frédéric, je n'ai pas bu et j'ai manœuvré sous le feu de l'ennemi. Ce gars ne le sait pas. Je vous garantis que nous n'aurons pas d'accident. Je vous conseille de vous enfoncer dans votre siège. Il veut nous faire peur et…

Une nouvelle poussée lui coupe la parole. La voiture tangue légèrement et ralentit, sous un concert de klaxons furieux.

— J't'ai eu, connard! s'exclame Henri, fier de lui. Oh! Excusez-moi, mais je l'ai esquivé, il ne s'y attendait pas, game over.

Frédéric cherche sa respiration, elle semble s'être soudain esquivée.

— C'est bien… ce n'est pas grave… il se trouve où maintenant?

— Loin, nous ne sommes plus dans sa voie de circulation. Il s'est fait enfermer entre un camion de livraison et des taxis. Vous allez bien? s'enquiert-il en le voyant livide dans le rétroviseur. Je sais tenir un volant, je vous l'ai dit.

Frédéric n'en doute pas, malheureusement sa cécité rend les choses disproportionnées. Il ne peut rien anticiper, il écoute Henri qui parle toujours.

— La limousine de madame est un modèle long qui tient la route et qui n'est pas simple à casser. Une chance, à cette heure c'est plus calme, à la sortie des bureaux ça se serait avéré plus compliqué.

— Avons-nous eu affaire à un mauvais conducteur?

— Désolé, monsieur Frédéric, malheureusement je ne pense pas, non.

Il s'accroche à sa ceinture de sécurité comme un noyé à un tronc d'arbre dans un torrent à pleine puissance. Son cerveau branché sur le 220 volts clignote au rouge. Que vient-il de se passer? Qui les a poursuivis? Sa vie entière lui échappe. Il veut rentrer en hibernation et ne plus se réveiller, maudissant la Terre entière. Des larmes silencieuses roulent sur ses joues jusqu'à sa barbe en broussaille, sans qu'il puisse les retenir. Ses pensées reviennent sur le sujet de friction entre lui et sa grand-mère, et lui permettent de reprendre pied.

Pour ses rendez-vous, Mama tient à ce qu'il garde une tenue vestimentaire correcte. Pour un motif futile, il a piqué une crise et enfilé un survêtement commandé chez son tailleur, en lieu et place du costume choisi par sa grand-mère. Même s'il fait partie d'une marque renommée, Mama ne considère pas cette tenue adéquate à son rang. Les trois tenues de sport sont noires, idem pour les tee-shirts et les chaussettes. Dans son subconscient, il ne commettra pas d'impairs avec les couleurs. De plus, ils sont parfaitement assortis à son humeur. Grincheux, écrasé de fatigue et de peur, il se sent aussi à l'aise avec son corps qu'un canard dans la peau d'un ragondin.

Henri se gare et vient lui ouvrir la porte tout en l'aidant à descendre. À leur grande surprise, une Mama affolée les attend sur le trottoir.

— La police est à la maison, s'agite-t-elle.

— Tu les as appelés ? questionne son petit-fils surpris.

— Je les aurais appelés pour quelle raison, mon enfant ?

Soudain, elle se rend compte de l'état de Frédéric.

— Mon Dieu ! Tu es si pâle ! Henri, que s'est-il passé ?

— Nous avons rencontré un cinglé sur le périphérique, mais nous allons bien. Ça a rappelé de mauvais souvenirs à monsieur. Le mieux serait qu'il monte rapidement, le temps que je rentre le véhicule et que je vérifie les dégâts.

Cécile, chamboulée à son tour, pose une main tremblante sur le bras de son petit-fils.

Passer du rez-de-chaussée au deuxième étage ne leur prend que quelques minutes. Frédéric en profite pour se ressaisir totalement. Au fond de lui, il comprend que tout ce charivari n'est pas bon pour sa grand-mère. Henri lui a rapporté qu'elle ne dort pas très bien depuis l'accident. Accrochés l'un à l'autre, ils se dirigent vers le lieu où résonnent les voix. Il s'étonne de cet espoir un peu insensé d'entendre celle qui provoque des frissons en lui, quel idiot ! Ce mec a certainement d'autres priorités que de ressentir les mêmes délires.

Dès leurs entrées, Cécile, angoissée, leur annonce ce qui vient de leur arriver.

— Frédéric et Henri ont rencontré des problèmes lors de leur retour.

— De quel genre ? demande la voix de velours de Florian.

Aussitôt, une image incongrue prend forme dans son esprit. Frédéric s'imagine dans un lit aux draps froissés, cette sonorité murmurant à son oreille des mots obscènes. Il secoue la tête pour s'en débarrasser, mais c'est loin d'être simple. L'image persiste, provoquant des réactions inadéquates au moment et au lieu.

Pour Frédéric, son ouïe évolue de façon exponentielle, il est désormais capable de reconnaître les intervenants sans hésitation.

— Monsieur Carmichaël, vous êtes avec nous ? demande Hugo Marty.

— Hum… oui oui, évidemment. Je vous écoute.

— Nous détenons du nouveau dans votre dossier, déclare Ludovic Tapier.

— Des choses importantes, semble-t-il puisque vous vous trouvez dans mon salon, réplique Mama, piquante.

— Tu devrais t'asseoir, s'il te plait, lui demande son petit-fils.

Tous se dirigent vers les canapés. Lorsqu'il se trouve seul avec Henri, être guidé ne le dérange pas trop. Là, devant cet homme, il se sent mal à l'aise. Pour combler le tout, une douleur lancinante traverse sa main et son poignet malgré l'orthèse. Lors de sa dernière visite, la doctoresse Charmille a étudié ses radios, pas très heureuse du développement de la reconsolidation. Il l'a ressenti à son attitude rigide. Le résultat n'est pas celui qu'il espérait, lui non plus. Dans une semaine, elle va lui poser des plaques qui le tiendront éloigné de son piano pour au mieux, une année, avant qu'il ne puisse retrouver une possible dextérité, c'est surréaliste.

Chapitre 6

Florian

*D*e son côté, Florian, l'œil acéré, regarde le jeune homme, car celui-ci l'intrigue. Le sort continue à s'acharner sur lui. Visiblement, il vacille dans cette tempête et les effets paraissent destructeurs. Pendant leur première visite, Florian ne s'était pas montré trop curieux, heureux d'être à nouveau sur une enquête, mais aujourd'hui il a été attentif à plus de choses.

Les appartements, rue de Rivoli, le laissent muet. Il est probablement passé devant des centaines de fois sans s'y attarder. Une lourde porte cochère laisse le passage à de gros véhicules. L'immeuble, tout en pierre de taille, d'une couleur blanche qui tire vers le jaune, s'élève sur quatre étages. Au second, un balcon en fer forgé court tout du long. La famille Carmichaël, propriétaire l'occupe tout entier, et loue le reste. La grand-mère les a introduits dans un immense hall d'entrée avec tapis épais, console et placard pour y accrocher les manteaux des visiteurs.

Le salon où ils se trouvent possède une hauteur sous plafond impressionnante avec des moulures en rosaces. Une cheminée en marbre occupe un emplacement central. L'ensemble baigne dans la lumière qui provient de grandes baies vitrées. Florian a hésité à fouler le magnifique parquet en bois teinté.

Il fixe le duo, si différent. Ces deux-là s'adorent, assurément. Cette femme lui fait penser à une Lilliputienne perdue au creux des bras de Gulliver. Avec son mètre quatre-vingt-neuf, il demeure plus petit. Ce qui n'a en soi aucune importance. Il se souvient que Charline et lui collectionnaient tous les vinyles de cet artiste, sa femme assurait que le son ressortait plus clair sur ce support. Il revient dans la conversation.

— Effectivement, il serait bon que vous vous remettiez de cette histoire. Que s'est-il passé, monsieur Carmichaël ?

— Une voiture, par deux fois, a tenté de nous sortir sur le périphérique. Ce n'est pas que je refuse de vous donner de plus amples informations, mais ce serait plus judicieux de poser les questions à Henri, plutôt qu'à un putain d'aveugle ! Vous ne croyez pas ? s'agace le pianiste encore un peu pâle.

Florian voit la bouche de Frédéric se crisper. Certes, il a des excuses, mais il ne le croyait pas aussi arrogant. Il ne se sent pas capable de supporter ce prétentieux né avec une cuillère d'argent dans le bec. Il se blinde prêt à l'envoyer chier, mais se souvient qu'il doit se tenir tranquille, il a un boulot à effectuer.

— Revenons à notre enquête en attendant votre chauffeur, dit-il. De prime abord, tout était simple, un conducteur ivre, banal, sauf que ça prend une autre dimension avec le saccage des locaux de l'agence de votre manager.

— Comment ça saccagé ? Pour quelle raison ? Vous avez arrêté quelqu'un ? demande Frédéric.

— Personne ! Lorsque la voisine nous a avertis, c'était trop tard. S'il n'y avait que ça… le reste risque de ne pas vous plaire.

Frédéric tique, s'abstenant de tout commentaire, attendant sur le qui-vive ce qui va suivre.

— Avec l'accord des autorités judiciaires, nous avons récupéré les disques durs et de nombreux dossiers à l'agence. Nos techniciens ont déverrouillé ce qu'ils contiennent. Nous possédons désormais quelques réponses. Votre manager trempait dans un vaste réseau de prostitution. Il en était même le principal instigateur. Nous cherchons ses acolytes. Heureusement pour vous, il nous est apparu très vite que vous n'aviez aucun lien avec celui-ci, annonce Florian.

— Ce sale fils de pute! éructe Frédéric tout en claquant fortement son poing dans son autre main. Ne me dites pas qu'il se servait de mes tournées.

— Votre nom, votre renommée ouvrent des portes, il a pu ainsi échapper à certains contrôles. Il gérait un service d'escortes. Nous en avons retrouvé trois. Elles sont toutes étudiantes, approchées lors de vos récitals pour devenir mannequins. Il les adressait à de riches hommes d'affaires, soi-disant, pour leur ouvrir des portes. Des policiers fouillent dans la liste des portées disparues. Jusqu'à aujourd'hui, nos recherches nous donnent un fil conducteur pour une possible filière de traite des blanches jusqu'au Maroc, confirme Ludovic. Il nous faut attendre plus de résultats.

— Tout ce qui se passe est-il lié à lui? se récrie Frédéric.

— Nous n'en sommes pas certains. Le saccage et les lettres vous pointent du doigt. Les seules empreintes sur celles-ci concernent Keller et votre grand-mère.

Florian, au fil du temps, a découvert que l'on apprend beaucoup en donnant un temps de réflexion aux gens interrogés. Leurs réactions en disent souvent plus qu'ils ne l'imaginent. Il se focalise sur le pianiste. Celui-ci réfléchit, paupières fermées. Son mutisme frôle l'impoli cinglant. Ce mec commence sérieusement à lui courir sur le haricot.

Ce gars mérite d'être remis à sa place, pense-t-il. Il s'apprête à s'en charger quand un homme pénètre dans la pièce. Entre 30 et 40 ans, il boîte légèrement. Une cicatrice file de son menton à la lisière de ses cheveux ras, blonds. Son côté franc et sûr de lui plaît immédiatement à Florian, qui se lève pour le saluer, souriant.

— Vous devez être Henri.

— Oui, Henri Leclerc, je rangeais la voiture. Tout l'arrière est embouti, je suppose que monsieur Frédéric vous a expliqué.

— Vous supposez mal. Si vous pouviez y remédier, nous en serions ravis.

Henri regarde tour à tour son employeur et Florian, perdu.

— Nous revenions de chez le psycho…

Un grognement monte de la gorge de Frédéric à l'attention du chauffeur. Bon sang! Être aveugle ne lui donne pas tous les droits. Il se comporte en fieffé connard. Florian prend sur lui pour ne pas lui en coller une.

— Continuez, ne vous préoccupez pas des bruits parasites.

— Euh… hésite Henri, tout en jetant un coup d'œil à son employeur, d'accord. Nous venions d'entrer sur le périphérique lorsque j'ai remarqué un véhicule qui imitait tous mes mouvements. Je connais toutes les techniques pour semer un poursuivant. Celui-ci, n'était pas doué même s'il nous est rentré dedans deux fois. J'ai anticipé. À l'armée, je conduisais un Hummer en terrain hostile.

— Dans quelle unité? demande le capitaine, intéressé.

— Les fusiliers marins, déployés au Mali jusqu'à ce qu'une mauvaise blessure m'oblige à revoir mes priorités.

— Comment passe-t-on de l'armée à chauffeur privé?

— Grâce à l'association Carmichaël qui s'occupe de réintégrer dans la vie civile les blessés de guerre.

Henri ne semble pas vouloir s'étaler sur le sujet, il revient sur l'incident encore frais dans sa mémoire.

— Heureusement que nous étions avec la limousine, cet idiot n'en a pas tenu compte. Je n'ai que peu de renseignements à vous fournir sur le SUV : pas de plaque, noir, sale, aux vitres teintées avec une petite antenne de toit. Tout s'est passé trop vite. Une chose est certaine, il souhaitait nous envoyer dans le décor. J'imagine sa surprise, s'amuse celui-ci.

— Quel monstre peut envisager de faire tout ce mal? s'inquiète Cécile se tordant les mains.

— Désormais, c'est une évidence, sa cible est votre petit-fils. Les tags sur les murs de l'agence vous sont adressés. Nous détenons des photos, Henri, pourriez-vous les lire à voix haute, demande Florian tout en tendant quelques feuilles.

— Tout amour fait toujours une mauvaise fin, d'autant plus mauvaise qu'il était des plus divin. Sois sage ô ma douleur, et tiens-toi plus tranquille. Qu'importe ce que peut être la réalité placée loin de moi. Si elle m'aide à vivre. Fugitive beauté, dont le regard m'a soudainement fait renaître, ne te verrai-je plus que dans l'éternité?

Personne ne réagit, Henri rend les photocopies à Ludovic.

— Puis-je dire quelque chose? demande-t-il.

— Vous pensez à quelque chose en particulier?

— Ce début de poème *Recueillement* et ces citations, même si elles me paraissent inexactes dans leur retranscription, sont des citations de Baudelaire qu'il a mélangées. Il y parle de son amour au début puis de l'absence de celui-ci. Il pense à la mort des deux protagonistes. Enfin, ce n'est que ma vision.

Florian reste déconcerté par la sagacité de cet homme.

— Votre analyse est parfaite, Henri. Reprenons dans l'ordre, l'objet de son désir, Frédéric donc, a disparu. Il ou elle est perdu et se venge. Tant que c'est sur les murs, ce n'est pas grave. Comment connaissez-vous ce poème? questionne Florian, vraiment étonné.

— Je n'ai aucun mérite, lui, Rimbaud et Lamartine m'ont suivi partout, toute ma vie, sourit l'ancien soldat. Le graffeur de ces mots pour moi est dangereux. Il a dû rester un sacré moment dans l'agence. Les voisins ont forcément vu des mouvements lumineux, ceux d'une lampe frontale par exemple.

— Vous seriez un super flic, s'amuse Ludovic.

Frédéric suit la conversation avec beaucoup de mal et retient seulement qu'un cinglé le piste. Son cœur s'affole dans sa cage thoracique. Son angoisse grimpe en flèche, sa tête tourne, sa respiration devient laborieuse, au point qu'inhaler provoque en lui une douleur sourde. En hyperventilation, tout prend une ampleur démesurée. Un éclair lumineux traverse ses iris derrière ses paupières fermées. Il se sent glisser du canapé vers le néant, enveloppé par une chape de froid. La dernière chose qu'il entend est le cri de sa grand-mère.

D'un bond, deux des policiers se précipitent vers lui. Inconscient, il ne sent pas qu'ils l'installent sur le canapé. L'autre et Henri prennent en charge une Cécile chamboulée. La voix chevrotante, elle leur demande de bien vouloir le transporter dans sa chambre.

— Henri, indiquez-nous le chemin. Il sera mieux allongé sur son lit, tranche Florian.

Derrière cette foutue fierté mal placée, chez Frédéric se cache une fragilité bien réelle. Il montre un visage impassible, juste un masque. Les seuls moments où il est vraiment lui-même se détectent quand il joue, là, il rayonne. Florian a oublié le mauvais karma du mec pris dans sa colère contre lui.

Une fois dans la chambre, il remarque qu'on a arrangé la pièce pour une personne non voyante.

— Il vient de présenter une méchante crise d'angoisse, murmure Henri. J'ai déjà vu ça sur le terrain, ces attaques de panique c'est…

Frédéric, entre retour à la réalité et semi-brouillard, ne peut capter toute la conversation. Perdu dans ce maelstrom de voix et d'odeurs, il préfère se laisser emporter sans lutter dans les ténèbres.

Henri administre à Frédéric une dose de cheval d'antidépresseurs qui le rend nauséeux et sans force. Ludovic a rassuré Cécile. Avant leur départ dc l'appartement, Florian a demandé à Henri de bien vouloir ouvrir l'œil. En cas de besoin, il lui a même laissé son numéro de portable. Le petit-fils a beau lui taper sur les nerfs, Florian s'exaspère de ressentir en sa présence, une sorte d'exaltation. Lorsqu'ils se trouvent dans la même pièce, sa patience a une fâcheuse tendance à se faire la malle. Cet émoi, ou, quelle que soit cette sensation, n'a pas sa place dans son existence.

Un rictus étire ses lèvres en entendant une petite voix amusée, «quel menteur tu fais». Une pointe d'appréhension chahute son estomac. Hormis Charline, aucun homme, pas plus avant qu'après elle, n'a éveillé la moindre envie de sexe ou de sentiments. Cet emmerdeur, avec son caractère de cochon, paraît réactiver aussi cet organe en phase terminale au creux de sa cage thoracique. Florian n'accepte pas d'intégrer cette ambivalence de vibrations. Un brin de lucidité le fait freiner des quatre fers, se plonger dans l'enquête demeure pour lui la meilleure solution.

— Bon, les gars c'est clair que notre suspect, homme ou femme, nous invite à jouer à son jeu de piste malsain. Gardez en tête, continue Florian, qu'il poursuit un but précis. Ces citations m'ont donné une idée. Sous couvert de celles-ci, il parle de mort et d'amour, sauf que nous savons qu'il n'est question là que d'un amour à sens unique, imaginaire. En ce moment, le seul évènement réel auquel il fait face, demeure la disparition de l'homme avec qui il pense partager ce secret.

— Où veux-tu en venir avec tout ça? demande Ludovic. Tu m'as perdu, là.

— Promettez-moi de ne pas me prendre pour un siphonné se risque Florian.

— Au point où nous en sommes, une connerie de plus ou de moins, lance Hugo.

— La tentative sur le périphérique, les lettres, les tags, je mettrais ma main à couper qu'il s'agit d'une même et unique personne. Par contre, il ne savait pas que Carmichaël se trouverait dans le véhicule lors de l'accident. Dans les courriers, il menace, aime, souffre de manque, éprouve de la colère qui se transforme en rage et en haine. Avec ces passages de Baudelaire, il donne l'impression de s'enfoncer encore plus dans la désillusion face à ses sentiments qui ne lui sont pas retournés.

— Je dois être bouché parce que je ne pige toujours rien à tes putains d'explications, insiste Hugo.

— Notre suspect est soit un fan hystérique, soit un érotomane. Attention, ce n'est qu'une intuition, souligne Florian.

— Waouh! Késako? tique Ludovic.

— Peut-être que je me plante, mais voilà, je me suis un peu renseigné, pour le fan, vous connaissez. Pour l'érotomane, c'est en règle générale une personne obsédée par une autre. Dans 90 % des cas, il s'agit de femmes qui transforment et assimilent ce qu'elles imaginent à un acte d'amour, avec l'intime conviction que ce sentiment leur est retourné. Les messages ne sont compréhensibles que pour le harceleur. Il passe alors son temps dans un délire passionnel. Il contrôle l'illusion. Souvent, les victimes occupent des postes de prestige, ici, tout collerait, Carmichaël est connu, peu de photos de lui circulent. Pourtant, même si son homosexualité demeure cachée, pour moi je pense que nous avons affaire à un homme et non une femme.

— Pourquoi aboutir à cette conclusion? Ça implique que cette personne pourrait savoir que Carmichaël est gay. C'est pas un peu tiré par les cheveux? Souviens-toi, ces plans cul sont tous hors du coup. Qu'est-ce qui lui fait croire à tout ça, à ton harceleur? persiste Tapier.

— Sans passer pour un macho, une femme n'aurait pas réussi cette installation sur la Porsche, prendre les commandes du joystick… possible. Dans son monde, notre traqueur ne commet rien de mal. Pour diverses raisons, il est persuadé de détenir l'amour de Frédéric et se montre jaloux de ceux qui l'approchent. D'un autre côté, il se peut qu'il respecte le secret de celui-ci, tout un tas de merdes de ce genre encombre son cerveau.

— Putain! On cherche quoi? un homme? une femme? un fada? une licorne? un méli-mélo de tout ça? s'énerve Hugo.

— Voyons avec Carmichaël s'il se souvient avoir reçu des cadeaux anonymes ou si des choses ont disparu de sa loge, ça nous donnera un indice, propose Florian.

— Quel merdier! Une chance pour lui, rien n'a fuité. Tu imagines quoi pour la suite? questionne Ludovic, perplexe.

— D'après la psy, il existe trois phases: l'espoir, le dépit, la rancune. En ce moment, il glisse sur des montagnes russes, dans l'expectative. Il se remémore le passé, c'est l'espoir. La disparition provoque le dépit. Là, c'est l'incompréhension, il a déraillé et je n'arrive pas à comprendre s'il souhaite le tuer ou mourir avec lui. Apparemment, l'agent représentait un obstacle dont il s'est débarrassé, confirme Florian. Si c'est le cas, il risque de devenir agressif, voire dangereux pour tout ce qui touche notre victime.

— Quel foutoir! Fan, harceleur, où se dirige-t-on? On a tout et rien en fait, grogne Hugo, tranchant.

— L'enquête démarre maintenant, on a connu pire. Je suis quand même d'accord, c'est un sacré sac de nœuds, confirme Florian, en soupirant. Si tu pouvais cesser de ronchonner Hugo.

Maxence, installé devant son ordinateur, écoute en pointillé, son meilleur groupe d'investigateurs disséquer le peu qu'ils possèdent dans le bureau d'à côté. Il retrouve enfin son ami, le Florian fonceur qu'il connaît, capable de dénicher ce que les autres loupent. Il sait décortiquer la psyché d'un suspect avant même de le détenir en salle d'interrogatoire.

Pour qu'il retrouve son poste, Maxence a joué de ses connaissances. Il ne doute absolument pas que son meilleur ami mène à bien cette mission. Depuis sa reprise, il se conforme à ses obligations. Le décès de Charline l'a pratiquement détruit, mais le groupe fait front avec lui. Cette enquête tombe pile-poil pour l'éloigner de ses démons.

Une cavalcade dans le couloir pousse Maxence à sortir la tête de son bureau.

— Un problème ? questionne-t-il, les regardant placer leurs armes dans leurs holsters.

— Un meurtre quartier du Pont-de-Flandre dans le XIXᵉ arrondissement. Une jeune femme et vu son identité, il s'agirait de la secrétaire de Keller. J'ai signalé à la patrouille de ne toucher à rien avant notre arrivée. La PTS nous suit, hurle Florian, tout en courant.

Maxence sent une pointe d'envie, parfois, le terrain lui manque, il lui importe d'être présent pour ses hommes. Suite à la mort de Corentin, le seul amour de sa vie, il a voulu s'éloigner du côté répugnant que revêt parfois cette vie. Il ne l'a jamais regretté, se noyer dans la paperasse et les réunions l'a sauvé. Quand il rentre chez lui, sur sa table de nuit, son mari lui sourit pour toujours, comme soulagé de le savoir à l'abri. Une photo identique se trouve dans son portefeuille. Il aurait 30 ans aujourd'hui.

Des heures plus tard, il reçoit sur son portable la confirmation que Florian a vu juste. La scientifique passe les lieux au peigne fin. Les premiers relevés montrent que la victime ne présente aucun signe de défense. L'arme utilisée correspond à un petit poignard, ou un couteau de poche de survie, avec une lame en acier d'une dizaine de centimètres. L'assassin, un droitier, l'a enfoncée du bas vers le haut, juste sous le sein de la jeune femme. Impossible pour le moment, de savoir ce qu'il fabriquait ou cherchait chez elle, ni si les deux affaires sont potentiellement liées. Face à tous ces nouveaux éléments, Maxence décide de rajouter quelques policiers à cette enquête qui prend une drôle de tournure.

De retour au bureau, Florian n'est pas loin de s'arracher les cheveux dont quelques mèches s'échappent de sa tresse. S'ils ne manquent pas de suppositions, les preuves font encore cruellement défaut. En ce qui concerne un éventuel suspect, c'est chercher une aiguille dans la fameuse meule de foin. Il lit et relit tous les documents, passant de sa table au tableau sans que rien de significatif ne lui saute aux yeux. Pourtant, il demeure persuadé que quelque part dans tout cet amoncellement, une réponse se trouve là, sous leur nez. Il passe à côté de l'élément qui déclencherait la suite. Celui qu'ils recherchent manie les pièces du puzzle avec intelligence à la manière d'un joueur d'échecs. Épuisé, il penche sa tête en arrière et fixe les traces anciennes d'une fuite au plafond. Ça n'aide en rien à évacuer la migraine qui pulse à ses tempes depuis quelques heures maintenant. Il masse sa nuque, la réponse ne risque pas de tomber du ciel. Il se lève et avale un breuvage qui ressemble plus à de la pisse d'âne qu'à du café, n'ayant que ça sous la main. Florian songe au fait qu'il n'a rien mangé depuis un moment. Il commande des pizzas pour toute l'équipe alors que son esprit s'égare vers cet homme qui hante ses pensées, Frédéric.

Suite à la crise du jeune homme lors de leur visite, le médecin de famille l'a placé sous sédatifs. En accord avec la chirurgienne qui l'a opéré et qui souhaite, elle aussi, que sa convalescence se passe au mieux, il refuse que la police interroge son patient.

Entre ce qui lui arrive et sa prochaine opération, le jeune homme devient plus hargneux et angoissé que jamais. Florian reste cependant persuadé que dans un coin de sa mémoire, le pianiste détient des renseignements auxquels il n'a pas forcément prêté attention. Bon sang! Il déteste avancer au hasard, ça le rend à la fois nerveux, frustré et agacé. Là, ils affrontent deux morts violentes, un trafic de jeunes filles, un réseau d'escortes. Le pivot de tout ce cirque est un pianiste handicapé, qu'un fan, schizophrène, érotomane, paranoïaque, ou n'importe quelle autre affection, traque. Ce fantôme doit bien s'amuser à se payer leurs têtes.

Pour une reprise, Florian est gâté, mais au moins, son esprit s'active. À sa grande surprise, l'alcool ne lui manque pas, ses mains ne tremblent plus depuis quelques heures. Son esprit à nouveau affûté lui dit que tout ce fatras est le pire tas d'immondices auquel ils sont confrontés. Soudain, quand un bruit se répercute jusqu'à lui, il bondit sa main sur son arme. Ses doigts retrouvent sans difficulté leur place sur la crosse. Ce simple geste lui a échappé pendant des mois. Ce n'est que la femme de ménage. Il se rassoit. Les collègues sont encore sur la scène de crime.

Dès le début de ses études, il a appris à cloisonner, tout rejoint les petits tiroirs dans son cerveau. Cette fois, c'est à nouveau le cas. La première piste vérifiée avait été les plans cul de Frédéric. Aucun d'eux ne pouvait être leur suspect, leurs alibis en béton en font une voie sans issue. Pour eux, il gagnait sa croûte comme pigiste.

Dans le brouhaha du retour de plusieurs équipes, la sonnerie d'un portable résonne. Florian a besoin d'un instant pour s'apercevoir que c'est le sien. Il siffle pour demander le silence. Ludovic et Hugo, revenus, prennent leur place à leurs bureaux.

— Capitaine Delavent, s'annonce-t-il.

— Docteur Martin, j'ai quelques réponses pour vous.

— Bonsoir docteur, je vous mets sur haut-parleur, merci d'avoir travaillé pour nous si tard.

— J'ai terminé l'autopsie. Je souhaitais vous donner mes résultats de vive voix avant l'envoi de mon rapport. Je confirme les premières constatations. Cette jeune femme est décédée en quelques secondes. Le couteau a atteint la veine cave inférieure sous le diaphragme. Je dirais que le décès se situe entre 23 heures et 1 heure du matin. Elle montre un taux d'alcool de 1 gramme 87, pour une femme de sa corpulence, c'est énorme. Elle buvait de façon régulière vu l'état de son foie. Cependant, si elle a bu chez elle, nous n'avons trouvé ni bouteille ni verre sur place.

— A-t-elle été…

— Violée ? Non, ce n'était probablement pas le but de son tueur, ses habits n'avaient pas bougé. Je confirme, aucune marque de défense, soit elle connaissait son agresseur, soit il l'a surprise. J'attends d'autres résultats d'analyses, mais ne venez pas les pleurer, vous devrez patienter. Maintenant, passons à notre premier dossier. Le véhicule qui a percuté la limousine est un Toyota RAV4 de l'année 2006.

— C'est vachement précis, s'étonne Ludovic.

— Je n'ai pas de mérite. Dans la peinture de ce modèle et uniquement dans celui-là, on trouve une résine qui a été commercialisée cette année-là et qui a été interdite par la suite. Voilà, nous avons fait le tour, et… Capitaine, charmant sourire ou pas, la prochaine fois vous attendrez votre tour, annonce-t-elle, mi-figue, mi-raisin, à l'autre bout du fil.

— Vous obtenez vos chocolats, c'est promis ! Merci, doc.

— Avant de terminer cette conversation, je dois vous dire que j'ai laissé une partie de mon équipe là-bas pour être certaine de ne rien négliger. Mais n'attendez pas de miracle. La scène de crime est plus propre que ma salle d'examen, c'est incroyable. Votre suspect possède un sacré sang-froid, vous devriez peut-être intégrer cela à son profil.

Un silence de cathédrale règne dans la pièce lorsque Florian raccroche, le visage troublé, semblant réfléchir à toute vitesse.

— Et si ce meurtre était lié à tout le reste?... Ne peut-on envisager que la secrétaire détenait un élément que notre suspect voulait récupérer à tout prix? lance-t-il.

— Donc, pour toi il n'y a qu'une seule personne qui mène la danse, insiste Ludovic, peu convaincu.

— Réfléchis, si le mec en avait juste après Keller, pourquoi s'en prendre à cette pauvre fille? Son boulot consistait en quoi? Gérer des rendez-vous et répondre au téléphone, impossible que le manager l'ait autorisée à accéder à ses dossiers chauds.

— Si je te suis, elle prenait donc en charge l'emploi du temps de Carmichaël... ça se tient. Que voulait-il et l'a-t-il trouvé? s'interroge Ludovic

— Regardons dans les rapports ce qui n'a pas été récupéré par la scientifique.

— Minute papillon! J'ai un truc là, d'après sa meilleure amie à qui nous venons d'apprendre le décès, elle certifie que notre victime notait tout sur un petit carnet qui manque à l'appel ainsi que son portable et son ordinateur, la secrétaire rapportait tout chez elle, quel que soit son état, dans un grand sac. Tu as vu juste, Capitaine, observe Hugo.

— Merde! Maxence va devoir solliciter une protection pour le pianiste et ceux qui l'entourent. Ce connard tue les gêneurs, gronde Ludovic. Ton analyse colle, putain!

— Il perd pied et part à la dérive, précise Florian. Notre victime va devoir se bouger le cul. Je vais lui rendre visite avant qu'il ne passe sur le billard.

— Encore! De quoi va-t-il être opéré? demande un des flics, surpris. Il ne l'a pas déjà été?

— Je ne possède pas d'explications supplémentaires de sa grand-mère. Est-ce que ça ennuie quelqu'un si je m'y colle ?

— N'es-tu pas le mieux placé pour ça ? affirme un policier un peu à l'écart, le regard mauvais, belliqueux.

Florian le fixe, pas impressionné, depuis son retour dans le groupe, le gars le tacle régulièrement, sans qu'il en sache la raison.

— Encore dans un jour médiocre, Alban ? demande ironiquement Ludovic. Bobonne t'a jeté ?

— Du calme, tout le monde est fatigué, ce n'est pas le moment de se chercher des poux dans la tête. Alban, je t'ai déjà proposé de changer d'équipe si celle-ci ne te convient pas. Et si tu voulais la tête de chef de groupe, tu as eu tout le temps nécessaire pour t'en assurer pendant mon absence. Il te suffisait d'en faire la demande.

Après un petit moment de silence, Florian reprend plus tempéré.

— Je vais en profiter pour remercier tout le monde pour l'aide apportée depuis le décès de ma femme, sans vous, je serais encore à pleurer dans mon verre. J'apprécie que personne ne marche sur des œufs avec moi. Il revient vers le fauteur de troubles, ce que j'ai traversé me permet d'aider notre victime, donc le sujet est clos. Si tu souhaites poser des réclamations, transmets-les au divisionnaire, si tu choisis de poser une mutation, je ne m'y opposerai pas. Ceci étant réglé, peut-on reprendre notre travail ? Nous devons coincer ce cinglé, avant que la liste de ses méfaits ne s'allonge. Pour les premiers enquêteurs, terminez de manger et rentrez vous reposer quelques heures. Nous allons bosser en rotation, par équipe de trois et par période de huit heures. Après ces échanges d'amabilité, je ne veux plus rien entendre. Sauf si ça concerne notre affaire.

Florian, le visage fermé, quitte la pièce dans un silence de plomb sans avoir touché à sa pizza, abandonnant derrière lui un Alban vexé, au visage cramoisi, le regard assassin. Avant de poursuivre son chemin, il entre sans frapper dans le bureau de Maxence.

— Vas-y, fais comme chez toi, ne te gêne surtout pas. Un serpent dans ton jardin paradisiaque ? demande son ami, ironique.

— Je crois que tu vas être dans l'obligation de convoquer Alban. Je ne sais pas ce qu'il me veut et je m'en tape, le travail doit passer avant les égos de chacun. Pour le moment, j'aurais besoin que tu trouves un juge qui accorde une protection pour les Carmichaël. Notre suspect, homme ou femme, est proche du pianiste, j'en ai pratiquement la certitude.

— Un vulgaire anonyme perdu dans la foule de ses admirateurs ?

— Il faudrait qu'il connaisse notre deuxième victime, peut-être aussi qu'il rôde dans cette sphère… ou pas. Là, je bloque.

— Je te connais, je sais que ta demande est justifiée, mais ça manque de concret, tu t'en doutes, mentionne Maxence, tout en l'assurant de son soutien.

— Je fonce avec mes convictions, je penche fortement pour un érotomane, tu sais, c'est un…

— Prends-moi pour un con pendant que tu y es. Je crois posséder un minimum de culture. De ce qu'il me semble, à moi, ce sont très souvent des femmes.

— J'en tiens compte, mais ça ne colle pas avec la sexualité de Carmichaël. Il a assassiné Keller avec une prise des commandes à distance. Ensuite, la secrétaire avec un couteau : deux crimes, deux modes opératoires différents. Seule la seconde victime pouvait le mener à l'objet de son fantasme. Je parie mon salaire qu'il va continuer tant qu'il n'aura pas retrouvé Frédéric. Je sais que le juge Decaren t'a à la bonne, tu peux lui demander n'importe quoi, joue sur la célébrité de Carmichaël.

— Bon sang ! Tu n'imagines pas à quel point je suis heureux.

— Que… quoi… qu'est-ce que tu racontes?

— Je retrouve mon pote à l'esprit aiguisé comme un rasoir, à nouveau à l'aise dans ses baskets. Tu m'en dois une, mec! File, je m'occupe du juge. Je vais même envoyer un véhicule banalisé devant l'immeuble. T'es content?

Florian sort en souriant d'une oreille à l'autre, son monde retrouve un équilibre peu à peu parfait. Même si Charline demeure dans ses pensées, la douleur s'estompe.

Chapitre 7

L'ombre

Depuis que l'ombre a l'âge de raison, elle a compris que son géniteur est un connard de première et que sa mère ne vaut guère mieux. Leurs besoins constants d'argent, leur vision étriquée du monde les laissent profondément en marge de la société. Très tôt, elle a repéré les moments où il lui fallait se planquer devant les délires alcooliques de celui qu'elle hait autant que ce connard de Keller.

Elle a perdu espoir pour son idiote de mère. Cette pauvre folle croit que le Seigneur l'aidera à sauver son pochetron de mari. Elle a mis au monde un mioche qu'elle ne voulait pas. Elle a fini par devenir la copie conforme de son bonhomme. Ils finissent ronds comme des barriques, jusqu'à se foutre sur la gueule, obligeant les voisins à appeler les poulets.

Les services sociaux n'ont pas envisagé une seule seconde de retirer l'enfant, ombre malingre et transparente, de cette baraque. Ils ont persisté à verser les aides qui sont passées dans les bouteilles. Pour échapper à ses tortionnaires, elle s'enfermait et s'isolait dans l'antre qu'elle s'était aménagé dans les combles quand tout devenait trop lourd, rêvant qu'un jour, tout comme Mulan, en vraie guerrière, elle transpercera ses dragons de son épée.

Des plaies suintantes, laissées par une lame de rasoir, marquent le haut de ses cuisses lui permettant de se sentir vivante. Elles lui renvoient une jouissance nécessaire tout en évacuant son mal être.

Ses démons la poursuivent jusque dans son sommeil. Elle se voit toujours enfermée dans ce placard puant l'humidité, sans eau ni nourriture, jusqu'à ce que l'un d'eux se souvienne l'y avoir jetée. Rien que d'y penser, la bile remonte dans sa gorge.

Si les petits culs-terreux du quartier qui passaient leur temps à la railler avaient su qu'elle volait pour obtenir ce dont elle avait besoin pour vivre, ils l'auraient tabassée pour prendre ce qu'elle possédait, la dure loi de la rue. L'école n'ayant jamais été sa priorité, elle avait préféré vendre son corps sur les banquettes arrière dans des impasses mal éclairées pour une misère. Plus jamais, elle ne servira de tête de Turc à qui que ce soit.

De petits boulots en emplois merdiques, on a fini par lui proposer une place dans cette boite d'évènementiel pour suivre un mec qui joue du piano. La musique classique représente une daube pour vieux. Mais au moins, elle touche un salaire qui lui permet de vivre dans un meublé. Plus de prostitution et même si L'ombre se scarifie moins, l'anxiété et l'angoisse restent tapies dans son esprit.

Seule la lecture lui a sauvé la vie et lui donne l'occasion de s'évader, d'être une autre. Enfin, elle ne se sent plus à l'étroit dans sa peau, plus une moins que rien. Un bonheur tout neuf éclaire son univers, comble son cœur. Les tourments, les nuages sombres disparaissent. Bientôt son existence sera celle à laquelle elle a toujours aspiré.

Frédéric illumine tout sur son passage, lui adressant des mots gentils. Il lui sourit, connaît son prénom alors que pour les autres, elle n'est que *«hep! toi là-bas»*. Le voir embrase ses journées.

Chaque fois qu'elle se glisse dans sa loge, elle y trouve des petits cadeaux choisis avec attention. Leur relation doit rester secrète, sinon les jaloux se feraient une joie de démonter leur histoire : la même que celle de Tristan et Iseut. Elle se fiche de leur différence de milieu. Dans l'entourage de son aimé circulent des personnes malsaines. En premier lieu, ce faux-cul de Keller qui ne cesse de lui hurler dessus, ce qui l'agace au plus haut point. Si cet abruti savait tout ce qu'elle a découvert sur lui, il en resterait pétrifié. Elle connaît tous les secrets des deux hommes.

Frédéric mène une double existence, il sort avec des hommes, louvoie pour s'échapper des griffes de son agent et les retrouve dans divers hôtels, rendant L'ombre malheureuse comme les pierres. Il la teste, mais à la fin, c'est elle qu'il aimera à la face du monde. Le plus dur demeure pour elle les périodes de repos entre deux tournées ou deux récitals. Ne pas le voir ouvre une plaie béante en elle. Pendant ses concerts, il ne joue rien que pour elle. Pour l'imaginer plus proche, elle porte le parfum aux notes de santal qu'elle a chapardé quelques jours avant.

Elle l'a entendu dire au téléphone qu'il souhaite cesser les longues tournées, tout ça à cause de ce Keller. Pour des raisons différentes, l'agent et elle s'y opposent. Ce pervers se comporte comme un porc avec le personnel. Si elle arrive à l'écarter, un autre manager moins chiant prendra sa place. Mettre de la drogue dans sa voiture risquerait de rejaillir sur l'amour de sa vie. Pourtant, cet être malfaisant doit dégager du paysage. Des tas de scénarios virevoltent dans son esprit enfiévré. Au petit matin, parfaitement lucide, elle se lève, un plan bien établi en tête. Son budget va en prendre un coup mais le jeu en vaut la chandelle. Elle ne doit rien laisser au hasard. Pleine de fureur, elle traverse les rayons, choisissant avec soin tout ce dont elle a besoin. Son sac plein, elle se dirige vers un parking, du travail l'attend.

Pourquoi obliger Frédéric à se rendre à cette soirée? Ce connard de Keller ne sent jamais quand il dépasse les bornes. Aucune chance qu'il arrive à ses fins, il ne le sait pas encore. Se faufilant à cette réception, elle remarque sur le visage de son adoré, le masque des mauvais jours. Le corps de celui-ci vibre de frustration, manifestement, il s'emmerde, la rage couve en dedans.

Soudain, L'ombre le voit traverser la salle noire de monde en zigzaguant pour rejoindre son manager. De l'endroit où elle se tient, elle imagine la discussion tendue. Devant l'air déconfit du couple près de l'imprésario, elle se tord de rire. Personne n'a remarqué la jeune fille qui les accompagnait disparaître, tirée vers la cuisine par un homme habillé en serveur comme toutes les autres fois. Encore une pauvre petite princesse qui va rejoindre le petit cheptel de Keller. La silhouette longiligne continue d'épier le duo, en priorité sa marionnette, prête à suivre Keller dès qu'il quittera les lieux. En un clin d'œil, l'agent et Frédéric disparaissent. Elle les repère au moment où ils se dirigent vers la sortie.

NON… NON! Ça ne doit pas se dérouler de cette manière. Son sang se glace dans ses veines. Son cœur manque un battement. Pourquoi Frédéric grimpe-t-il dans cette Porsche? Toutes les autres fois, il a pris un taxi. Impossible de reculer, le mécanisme est réglé à la minute près, ça doit se dérouler au crépuscule.

Pour la réussite totale de son projet, la voix lui a certifié que les planètes devaient être parfaitement alignées, c'est le cas ce soir. Bon sang! L'ombre avait imaginé que Keller serait seul. La sueur roule sur sa peau, mais tout ce revirement ne l'empêche pas d'anticiper, avec une joie malsaine, la disparition de cette larve. Elle va devoir jouer serré, car sa marge de manœuvre entre l'hôtel et le lieu d'impact prévu n'est pas très longue. Elle réfléchit à toute vitesse, au pire, l'airbag côté passager est intact, il lui suffira de bloquer la ceinture de sécurité et son Frédéric sera juste un peu secoué.

Sur son moniteur, la voiture démarre, elle suit avec frénésie le trajet du véhicule, puis prend les commandes. Elle aimerait voir la tronche de ce connard égocentrique alors qu'il perd le contrôle du véhicule, que toutes ses tentatives pour récupérer la maîtrise de la Porsche sont vaines.

L'écran se brouille au moment du choc. Lorsqu'elle arrive sur les lieux, les pompiers, les flics et le SAMU sont là. Il ne reste pas grand-chose de la voiture clinquante. Du super boulot! Le plus gros du choc se situe côté conducteur. Un corps repose sous un tissu blanc. Le roi est crevé, vive le roi, le visage de L'ombre reflète à la fois sa joie de voir l'autre étalé sous ce drap et le questionnement face au départ de Frédéric avec les secours sur une civière. Maintenant, elle doit patienter, poser des questions est trop risqué.

Chapitre 8

Florian

*L*a visite d'hier chez le psy a laissé Frédéric dans un état mutique, donnant un sujet d'inquiétude au capitaine quant à l'avenir de celui-ci. Il a pensé au pianiste une partie de la nuit, se demandant comment il allait le retrouver. Devant l'immeuble de madame Carmichaël, il presse la sonnette. Une voix grave, déformée par le haut-parleur du digicode, lui répond. Comme il l'a promis, Henri monte la garde face à un ennemi sans visage. Florian n'a pas remarqué la voiture banalisée envoyée par Maxence, donc le harceleur ne la verra pas non plus. Pourtant, ça lui semble très insuffisant.

— Capitaine Delavent, s'annonce-t-il, jetant un œil alentour.

Un déclic, puis il pousse la lourde porte, choisissant les escaliers plutôt que l'ascenseur, grimpant les marches deux par deux. Henri l'attend sur le palier, son sourire ne masque par un certain abattement.

Ancien commando de marine, la majeure partie de son dossier militaire demeurant inaccessible à un civil, Florian sait qu'il a servi seulement quelques mois en Afghanistan avec pour mission de détruire et saboter des cibles stratégiques. Par la suite, on l'a affecté à une unité de combats amphibie et terrestre. Il a fait partie de ceux qui ont participé à l'assaut contre des terroristes retranchés dans un grand hôtel au Mali, le 20 novembre 2015 au début de l'opération Barkhane. C'est là qu'il a été gravement blessé et rapatrié.

Né à Strasbourg en 1982, il est fils unique de parents qui sont décédés dans l'incendie de leur maison pendant son deuxième déploiement. Depuis sa sortie d'hôpital et après une période de rééducation, il travaille comme intendant pour la famille Carmichaël. Florian a vite saisi que le gars restait un soldat, dès l'instant où Henri a rapporté le déroulement de leur course poursuite, avec une justesse toute militaire.

— Bonjour Capitaine, vu votre tête, je suppose que votre visite n'est en rien une visite de courtoisie.

— Je n'ai pas de bonnes nouvelles, en effet.

— Entrez, madame vous attend.

— Et Frédéric, comment va-t-il? a-t-il repris des forces? s'inquiète Florian.

— Disons qu'il n'est pas dans un de ces meilleurs jours. Il se replie totalement sur lui-même. Ce n'est facile pour personne dans cette maison. J'ai prévenu madame Cécile que le psy lui fait plus de mal que de bien. Lors du dernier rendez-vous, j'ai dû intervenir avant qu'ils n'en viennent aux mains. Nous avons annulé les suivants. Si vous voulez bien me suivre jusqu'au salon.

Tout cela ne surprend pas Florian. Frédéric pique sa curiosité, il l'étudie plus qu'il ne le devrait. Lors de sa dernière visite, il l'a trouvé asthénique. Si personne ne lui botte les fesses, le mec va partir en sucette, se laisser couler comme une pierre jetée du haut d'un puits. Florian connaît parfaitement le chemin que le pianiste emprunte pour l'avoir suivi lui-même. Ce qui le ronge ne disparaîtra pas d'un coup de baguette magique. Merde! D'autres avant lui ont vu leurs vies chamboulées et accompli les efforts nécessaires. Frédéric l'horripile, il lui en veut d'autant plus, qu'en sa présence, sa température corporelle grimpe en flèche. Pourtant, il s'est promis de ne s'en tenir qu'à son travail, de ne pas se laisser emporter par cette vague de désir qui gonfle en lui. Il lui suffit de penser à Charline, à l'amour qu'il lui portait et tout ira bien. Il se répète comme un mantra que tout cela n'est dû qu'au manque, il ne voit pas d'autres explications plus logiques que celle-ci. Peut-être que trouver un coup pour s'envoyer en l'air l'aiderait, ça fait si longtemps qu'il n'a pas touché de corps. Du moins s'efforce-t-il de se convaincre du bien fondé de ce cheminement.

À son entrée dans le salon, Florian reste déconcerté par le changement marquant de la grand-mère, qui semble avoir pris dix ans d'un coup. Livide, de larges cernes marquent son visage de porcelaine. Une colère sourde, dirigée vers le petit-fils, afflue en lui. Une furieuse envie de le secouer jusqu'à ce qu'il cesse de se lamenter sur sa petite personne, le crispe tout entier. Mais ce n'est ni l'heure ni l'endroit, à plus forte raison avec ce qu'il vient leur annoncer. L'ambiance morose risque de chuter rapidement.

— Capitaine Delavent, s'alarme Cécile, votre commandant m'a avertie qu'une voiture de police banalisée surveillait la maison. Je présume que si vous vous déplacez en personne, ce n'est pas pour prendre un café.

Elle lui tend sa main menue, même sa voix est différente, tremblotante. Il aimerait l'apaiser.

— Florian suffit, madame, capitaine Delavent reste bien trop protocolaire. Comment allez-vous ? Puis-je vous aider de quelque manière que ce soit ?

— Cette surveillance me rassure un peu. Mon petit-fils m'inquiète, il perd ses repères et s'isole de plus en plus, continue-t-elle en se tordant les mains. Cette atmosphère lourde nous mine le moral. J'ai proposé d'engager un service de sécurité, mais il refuse. Avant son accident, il gérait le trop-plein dans sa musique. Aujourd'hui, il n'a même plus ça. Ne roulez pas les gros yeux, allons nous asseoir. Laissez-moi vous expliquer certaines choses de notre vie. Avez-vous un peu de temps ?

— Pour vous ? Tout le temps du monde, sourit Florian, tout en s'asseyant face à elle.

— Charmeur, va ! Le père de Frédéric avait beau être mon fils, je n'étais pas d'accord avec son système d'éducation. C'était le Folcoche masculin de *Vipère au poing*, ce roman magnifique d'Hervé Bazin. Mon mari et moi ne l'avions pas élevé de cette manière. J'avoue que sa passion pour la musique nous rendait heureux. Il s'est débrouillé pour atteindre le meilleur niveau, devenant le plus jeune compositeur et chef d'orchestre au monde. Imaginez, il a dirigé son premier philharmonique, à tout juste 20 ans. Il a pris ce que vous appelez, «le melon», c'est là que tout a dérapé. Il possédait un certain charme, multipliant les conquêtes et vénérant le Dieu argent. Son unique don résidait dans son art, à ma grande honte, c'était un être froid et méprisant faisant fi de la vie des autres. Comme un coup de tonnerre, il a découvert la grossesse de Thérésa, la pauvre l'a chèrement payée. Pas question d'avortement, rien ne devait ternir sa réputation. Contre mon avis, il a donc épousé cette jeune femme que j'envisageais d'aider avec l'enfant. Son comportement envers ma belle-fille a été navrant, honteux. Croyant ne pas pouvoir me parler, sa seule issue face à ce désastre a été de se donner la mort. Ce sera un regret que j'emporterai dans la tombe. Elle n'était pas en terre, qu'il a fait déposer son fils sur le pas de ma porte, s'en débarrassant comme d'un paquet malodorant.

Cécile se plonge dans ses souvenirs douloureux, Florian ne la coupe pas. C'est difficile pour elle, vider son sac semble la soulager et la vider de son peu d'énergie. Elle reprend son récit.

— Aux 5 ans de l'enfant, il a eu le malheur de s'apercevoir que le piano l'attirait, aussitôt, il a décrété qu'il représenterait la nouvelle génération et deviendrait un musicien de renom. Il me l'a enlevé du jour au lendemain. Oh ! Ne croyez pas qu'il ait choisi de se comporter ainsi par amour de son fils. Oh non! lance-t-elle sèchement, tout cela n'avait pour unique but que d'épater la galerie et me blesser au passage. Dès cet instant, mon monde a chaviré et ma plus grande crainte a été qu'il en fasse son clone.

Comme s'il avait senti l'épuisement de Cécile, Henri arrive à point nommé avec du café et des gâteaux, coupant le récit de Mama. Il adresse un clin d'œil de complicité à Florian.

Le silence imprègne un instant le salon, chacun demeurant dans son monde. Cécile reprend des couleurs. Henri la connaît bien, semble-t-il.

— J'espère que je ne vous ennuie pas avec mes histoires. Je souhaite que vous compreniez un peu le passé de mon petit-fils, continue Mama reposant sa tasse.

— Je vous en prie, vos histoires, comme vous dites, sont passionnantes. Votre fils semble avoir été une personne assez complexe.

— Vous êtes gentil et très loin de la réalité, vous ne l'auriez pas aimé. Je cherche désespérément à comprendre à quel moment il a si mal tourné. À sa mort, contrairement à ce qu'il avait osé me soutenir, j'ai retrouvé une lettre rédigée de la main de Thérésa où elle expliquait son geste et m'adjurait de prendre soin de son bébé, son joyau… Ses mots hurlaient son amour pour son enfant, mais aussi pour le chant. Elle n'en pouvait plus de subir jour après jour les sarcasmes, les tromperies de son mari à la vue de tous. Ses conquêtes formaient une liste sans fin. À toutes, il promettait des rôles. J'ai protégé Frédéric du mieux que j'ai pu. Puis est apparu ce Keller avec qui mon fils s'entendait comme larrons en foire.

— Je crois que vous ne devez rien vous reprocher. Étant sans enfant, je ne peux me permettre de juger et j'imagine que chacun agit comme il peut, avec ce qu'il a.

— Exact! Il n'y a pas de mode d'emploi livré avec le nourrisson. Rien de ce que je faisais n'obtenait grâce à ses yeux. Lorsque j'ai financé la fondation à notre nom, avec mes propres deniers, mon fils a tempêté à s'en faire claquer les cordes vocales, mais j'ai tenu bon. Je souhaitais aider ces soldats blessés sans famille qui revenaient du front. En tant qu'unique héritier, monsieur s'était imaginé détenir un droit de naissance, tel un roi. Passant au-dessus de sa tête, j'ai légué le maximum à mon petit-fils ne lui laissant que ce que la loi française m'obligeait à faire.

Cécile regarde dans le vide, perdue dans ses souvenirs, puis revient vers le policier.

— Le destin en a décidé autrement. Je vous demande de ne pas juger hâtivement, s'il vous plaît.

— Je n'en ai pas l'intention. Puis-je vous parler franchement, sans vous froisser ?

— L'honnêteté m'a toujours paru une bonne chose, elle manque cruellement dans ce monde actuellement.

— J'ai entendu tout ce que vous souhaitiez me faire comprendre, mais Frédéric n'est plus cet enfant. Vous êtes une formidable grand-mère, très aimante. Vous le protégez, c'est normal, sauf qu'il est temps qu'il réalise que c'est à lui de procéder à des changements en se servant à bon escient de la dureté de son éducation. L'opération de sa main et de son poignet montre un fort taux de réussite. Même si ça ne me regarde pas, je me suis renseigné. Charmille est une sacrée chirurgienne, la meilleure dans son domaine. Le caractère tempétueux de Frédéric n'aide pas les soignants. Il doit diriger sa rage sur sa guérison. Je conçois que sa cécité lui donne envie de se rebiffer, la pilule est difficile à avaler. Il ne possède aucune prise sur son handicap. La vie ne se conjugue pas qu'en noir et blanc, bon gré mal gré, on doit souvent accepter ses zones grises. Croyez-moi je sais de quoi je parle.

Henri, interloqué, passe de Cécile à Florian sans savoir où poser son regard. Le capitaine a grossièrement mis les pieds dans le plat, sans tenir compte du proverbe, qui demande de tourner sa langue sept fois dans sa bouche avant de l'ouvrir. Cela part d'un bon sentiment, pour lui qui n'a pas cette chance de posséder une famille de sang capable de le soutenir dans ses malheurs. Après un blanc, Cécile s'adresse à lui d'une voix coupante, raide sur son sofa.

— De quel droit vous permettez-vous de juger mon petit-fils ?

— Effectivement, je n'en ai pas le droit et je vous demande d'accepter mes excuses. Vous m'avez raconté votre passé, alors je vous prie, à votre tour, d'écouter mon histoire. Il y a un an, j'ai perdu ma femme, l'amour de ma vie. Pendant un braquage de banque, elle a reçu une balle perdue lors d'échanges de tirs. Elle n'avait que 29 ans, rêvait de devenir pédiatre et venait de présenter sa thèse. Le jour de ses obsèques, après toutes ces années d'études, elle avait atteint son but, elle allait pouvoir exercer.

Florian baisse la tête, cherchant ses mots, l'émotion l'envahissant.

— C'est injuste. Nous avons vécu dix ans ensemble. Mon cœur s'est éteint ce jour-là, brisé, j'ai dû ramasser les morceaux. Je suis tombé très bas. Pour garder mon travail, un toit au-dessus de ma tête et le peu d'esprit qui me restait, j'ai dû accepter l'aide offerte par mon entourage. Je suis d'abord resté hébété, puis en colère contre le monde entier. La douleur me dévorait telle une torche, brûlant comme les feux de l'enfer. Mon unique but était de la rejoindre. Je me suis mis à courir au-devant des balles. J'ai bu jusqu'à ne plus savoir qui j'étais, cherchant à m'anesthésier. Mon cerveau baignait dans les vapeurs capiteuses. Alors vous voyez, je suis apte à comprendre, d'où mon jugement.

Cécile le fixe, interloquée.

— Votre famille a dû vous soutenir, murmure-t-elle.

— Il existe toute sorte de famille, celle de Charline devait gérer son propre chagrin. Quant à la mienne, nous avons perdu tout contact lorsqu'ils m'ont jeté à la rue, il y a des années de cela.

— Comment des parents peuvent-ils jeter leur propre chair à la rue ? Cela me dépasse.

Florian sent ses joues chauffer, malgré ces nombreuses années, il pense encore que l'on peut le rejeter pour ce qu'il est. Depuis que Maxence l'a ramené dans le monde des vivants, il s'est juré de ne plus boire, de ne plus mentir.

— Avant Charline, je n'étais sorti qu'avec des hommes. On me considère comme bisexuel, ce n'est pas le cas. Je ne sais pas ce que me réserve l'avenir, mais il n'y aura jamais une autre femme. Ce que je ressentais pour elle ne reviendra jamais. Je suis un homosexuel qui a aimé une femme : mon exception. Elle a emporté avec elle toute mon essence.

— Je demeure horrifiée qu'au XXIe siècle, on en soit toujours à taire son soi profond. Quand va-t-on en terminer avec ces préjugés ? Le cœur aime qui il aime, le genre importe peu. Frédéric aussi vit son existence à moitié, cela me met en colère. En attendant, le comportement de vos parents est inacceptable.

— Ils n'ont pas connu ma femme et ne savent pas qu'elle est décédée. Je suis leur unique enfant, une chance ! Ils ne peuvent blesser personne d'autre.

Une nouvelle connexion se glisse entre Florian et Cécile.

— Ils termineront seuls, idiots et bornés, affirme celle-ci.

Ce petit bout de femme au cœur immense est épatant d'ouverture d'esprit. La vie a malmené Henri. Il s'est lui aussi adapté. Frédéric doit sentir cet amour qui l'entoure, bon sang !

— Comment avez-vous réussi à cesser de boire ?

— Je me bats tous les jours pour ne pas redevenir cette épave. Je suis et je resterai un alcoolique. Mon meilleur ami, qui se trouve être mon supérieur, m'a poussé à me sortir les doigts du cu… oh ! Excusez-moi. Mon équipe me soutient, m'engueule. Je n'ai pas touché une seule goutte depuis mon retour sur le terrain. Je regrette d'avoir déçu tant de gens.

Cécile sourit, se penchant vers lui et tapotant sa main.

— Je ne suis pas une oie blanche, certes dans notre milieu, se sortir les doigts du cul n'est pas du meilleur goût. Je ne l'emploie pas, mais je l'entends chez mes soldats. Ils l'utilisent pour pousser ceux qui se laissent dépérir, demandez à Henri. Il en faut plus que ça pour me choquer. Croyez-moi, je ne suis pas la dernière à bousculer ce petit monde. Cependant, il me semble plus facile à manier que mon Frédéric. Jeune homme, vous êtes tout à fait selon mon cœur. Un jour, je vous raconterai ma vie plus en longueur, pas aujourd'hui. Henri, pourriez-vous nous apporter un nouveau café, s'il vous plaît ?

En un quart de seconde, il rejoint la cuisine.

— Cet homme se sent bien ici, sourit Florian.

— Il revient des ténèbres. Je n'ai fait que lui offrir un nid lorsqu'il ne savait plus où se poser.

— Il est en mesure d'apporter son aide à Frédéric, non.

— Il essaie, il essaie. Saviez-vous que notre Henri a perdu sa fiancée au début de son déploiement ? Elle aussi était militaire. Son véhicule a sauté sur une mine ne laissant aucun survivant.

— Il ne donne pas l'impression d'avoir subi un tel malheur, lance le flic, stupéfait.

— Vous avez choisi l'alcool, lui, épaule ses frères d'armes. Il passe tout son temps libre avec eux. Pour Frédéric, ses perspectives ont tellement changé qu'il ne sait plus quitter le labyrinthe dans lequel il évolue.

— Trop de gentillesse ne va pas l'aider. Il connaît parfaitement vos sentiments pour lui, il ne s'enfuira pas si vous montrez les dents.

— Voilà les cafés, signale Henri, déposant le plateau avec beaucoup de délicatesse malgré sa corpulence. Personne n'a touché aux pâtisseries.

Tous semblent perdus dans la résonance de cette conversation surprenante.

Florian, le front plissé, soupire tout en reposant sa tasse. Cécile et Henri se retrouvent intrigués par sa position soudain affectée, le sourire n'est plus de mise.

— À vous voir si emprunté tout à coup, j'en déduis que vous ne nous apportez pas des nouvelles réjouissantes, émet sourdement la grand-mère. Je vais me répéter, mais cette visite n'est pas due à un besoin subit de papoter avec la vieille femme que je suis n'est-ce pas ?

— Malheureusement, vous avez raison, mon emploi du temps ne me permet guère de faire de pause. Et ce que je vais vous apprendre ne va rien arranger… Il y a eu un autre meurtre. Nous avons trouvé le corps de mademoiselle Yvette Langlois.

— La secrétaire de Keller ? Cet homme l'avait embauchée pour sa plastique, pas pour ses connaissances en tenue de comptes, déclare Cécile. Ma mère, Dieu ait son âme, aurait certifié que c'était une femme facile. Je l'ai rarement vue sobre lors de ces soirées qui suivaient un récital. Désolée, vous allez trouver mon attitude un peu cavalière car en règle générale on ne balance pas sur une morte.

— Dans l'armée, on les repère de loin, on emploie un terme plus cru. Mes copains auraient dit qu'elle avait le feu au cul, en plus d'une jolie descente. Pour ma part, je lui trouve des circonstances atténuantes. Travailler avec ce porc ne devait pas l'aider, affirme Henri.

— Je suis navrée qu'elle soit morte, mais en quoi son assassinat est-il lié avec l'accident de mon petit-fils ?

— Je pense qu'elle fait partie intégrante de l'histoire, assure Florian, passant ses doigts crispés sur sa nuque. Elle possédait des renseignements sur votre petit-fils, adresses, téléphone, planning de travail et nous nous posons la question pour ses rendez-vous médicaux. L'hôpital nous ayant certifié qu'il avait adressé un courrier à l'agence, nous étudions cette piste.

— Je lâcherais bien un «Oh, mon Dieu»! Mais je doute de son utilité en ce moment.

— Je ne peux qu'être de votre avis, s'amuse Florian. Maintenant, nous avons affaire à deux enquêtes distinctes. Celle qui concerne Keller et ses malversations vient d'être affectée à une autre unité. Nous gardons le côté criminel et ce meurtre s'ajoute aux investigations concernant Frédéric. Malgré tout, nous pensons tous que le manager représentait un obstacle vite éliminé. Il a eu tort de ne pas prendre au sérieux ces lettres anonymes. Elles représentent une sorte d'avertissement, les tags en sont un autre. Le tueur élimine tous ceux qui l'empêchent d'atteindre son but: votre petit-fils. Savez-vous ce qu'est l'érotomanie?

— À vrai dire pas vraiment, déclare Cécile soudain intéressée, pourquoi?

— Je suppose que notre client en souffre, peut-être avec un zeste de schizophrénie et autres soucis psy. Il doit constamment s'ajuster entre le monde réel et celui de son délire, explique le policier.

— Pensez-vous qu'il pourrait vouloir tuer Frédéric? murmure-t-elle, blanche comme un linge.

— En toute honnêteté, je ne peux vous l'assurer. Ses troubles se nourrissent les uns des autres. Pour moi, il s'agit d'un homme dont la fixation sur Frédéric va grandissant. Mes collègues doutent de ma vision des choses, parce qu'en règle générale, ce diagnostic intervient chez des sujets féminins, assure Florian, déterminé à faire entendre son point de vue.

— Comment allez-vous coincer cette personne? questionne Henri. Ça paraît aussi difficile que d'attraper des terroristes. Expliquez-moi un peu ce que c'est ce truc, érot, machin chose, j'avoue ne pas connaître le sujet. Cela me semble inquiétant.

Florian se plie de bonne grâce à la demande de l'intendant.

— Il s'agit d'un trouble délirant. Le patient est persuadé que la personne sur qui se fixent ses sentiments les lui renvoie à distance. Il s'agit d'un amour à sens unique, car l'autre n'est pas au courant, pendant un temps du moins. C'est une espèce de groupie XXL. On le classe dans les troubles sexuels avec trois phases, l'espoir, le dépit et enfin la rancune.

— C'est tordu! Qu'est-ce qui lui fait penser que l'autre l'aime? insiste Henri.

— L'objet de son désir peut involontairement avoir dit ou fait quelque chose que l'érotomane a pris comme un aveu. Frédéric semble se trouver, malheureusement, à l'origine de cet amour illusoire. Il a dû lui parler, le suspect l'a approché, lui a laissé des petits cadeaux, pas nécessairement de valeur. Keller mort, il envisageait que tout se déroulerait parfaitement. Et Bing! Son fantasme disparaît. Désormais, la phase de dépit est devenue de la rancune, d'où les meurtres.

— Et ensuite? interroge à nouveau l'intendant.

— Il ne va pas revenir en arrière, sa dangerosité va augmenter dès qu'il va réaliser que ses sentiments ne lui sont pas retournés. Il va se sentir spolié. Avec cette pathologie, il peut aussi souffrir d'hallucinations auditives. Ses périodes de rémission s'espacent de façon nette. Dans son désordre, il obéit à une certaine logique, hors de ses crises, il paraît normal. Il doit travailler, dans quelque chose de simple ou répétitif. Le meurtre de la secrétaire n'était, à mon avis, pas prémédité.

Florian leur laisse un petit moment pour intégrer ce qu'il vient de leur expliquer. Il sait que cela doit être difficile à assimiler.

— Vous comprenez que j'aurai besoin de discuter avec Frédéric.

— Je ne crois pas... commence Cécile.

— Je suis là, Mama. Comment un être humain peut-il tuer pour moi ? Notre univers vient-il de basculer dans une autre dimension ? se préoccupe Frédéric d'une voix rauque, frappé de stupeur.

Le jeune homme vacille. Henri se précipite vers lui pour le soutenir sans trop s'imposer, le guidant vers le canapé et sa grand-mère. Florian retient un hoquet devant l'état effroyable de Frédéric : son visage cireux, ses cheveux plus longs tout emmêlés. Il tremble et a perdu du poids. Sourcils froncés, il se tourne vers le policier qui se demande depuis quand il est là, à les écouter.

— Si toutefois, un aveugle peut être utile, ironise-t-il, en quoi puis-je vous être d'une aide quelconque ?

— Bonjour, Frédéric, je sais que vous êtes fatigué et je suis désolé de venir vous ennuyer avec mes questions, mais pourriez-vous prendre le temps de réfléchir aux derniers mois qui viennent de s'écouler. Me dire si un individu, un homme ou une femme, s'est imposé à vous de manière anormale. Auriez-vous trouvé des petits messages ou des cadeaux jugés puérils, futiles ? Des objets qui vous appartenaient ont-ils disparu ? Le moindre petit indice nous serait d'une grande utilité.

Florian appréhende qu'à nouveau Frédéric joue au connard. Ses yeux noisette restent fixés sur Florian, un peu comme s'il savait où il se tenait. Cela lui fait tout drôle, il frissonne. Frédéric, de sa voix éraillée faute de s'en servir, se lance.

— La majorité de ceux qui m'approche les soirs de concert tient à être vue en ma compagnie. C'est cet abruti de Keller qui a instauré ces rencontres à la con qui me font horreur. Mon détecteur à conneries tinte alors aussi fort qu'une alarme incendie. Je ne suis pas une putain de star du rock, merde ! C'est une pure perte de temps et d'énergie. Autrement, ceux qui travaillent pour le spectacle vont et viennent dans ma loge… enfin, allaient et venaient, devrais-je dire. Keller a passé un contrat avec une entreprise, qui emploie aussi bien des hommes que des femmes. Ma loge demeurait vide pendant mon passage sur scène.

Chapitre 9

Frédéric

*F*rédéric s'enfonce dans le canapé, y pose sa tête. Sa fatigue paraît peser des tonnes. Florian ne le bouscule pas tant il a l'air dévasté. Toujours dans cette position, le pianiste reprend la conversation les yeux fermés.

— En y réfléchissant, des objets ont effectivement disparu, une pince à billets, un stylo Montblanc, une écharpe à laquelle je tenais parce qu'elle reste le seul souvenir de ma mère, une épingle de cravate en or me venant de mon arrière-grand-père… peut-être différentes choses dont je ne me souviens plus.

— N'importe qui a pu les voler, constate Henri.

— Ces deux évènements n'en finissent pas de tourner tel un manège fou dans ma tête. Lors de l'accident, je me suis senti impuissant. J'ai béni le ciel que la circulation soit à cet instant suffisamment fluide pour que personne d'autre ne fasse partie des blessés. Remonter dans une voiture me terrifie, ne rien voir multiplie tout à l'infini.

À la surprise de tous, il éclate en sanglots. Les larmes roulent sur ses joues blêmes comme si elles n'allaient jamais se tarir. Sa grand-mère l'attire à elle. L'émotion emporte Florian et Henri. Voir cet homme dans cette situation perturbe plus que de raison le flic. C'est toujours une ambivalence entre la gêne et l'impuissance, là, Florian se retient d'aller lui caresser le dos.

— Je suis vraiment pathétique, bredouille le jeune homme, embarrassé, essuyant ses joues. Je me sens tellement perdu, inutile.

— Pas du tout, vous êtes juste épuisé et croulez sous le poids de l'inquiétude. Vous devez accepter l'aide que l'on vous propose. Pour commencer, changez de psychiatre. J'en connais une vers qui vous envoyer, une personne zen et géniale. Maxie ne vous imposera rien, suivra votre tempo.

Florian laisse passer un instant au cas où le pianiste serait tenté de refuser.

— Si vous êtes partant, je peux vous la présenter. Elle ne donne pas de médicaments pour l'unique raison que la majorité de ses patients souffrent d'une addiction. Elle a vécu dix ans en Inde, sa gaité est contagieuse, elle nous emporte avec elle, nous fait avancer.

— Me rendra-t-elle la vue, votre magicienne ? demande Frédéric, mordant.

— Vous vous rendez-compte, que vous vous comportez comme le pire des idiots, s'irrite soudain Florian, perdant son sourire et toute amabilité. Je vais me montrer brutal et je n'en suis pas désolé. Vous vous appesantissez sur votre sort comme un petit garçon boudeur. Écoutez les conseils, voyez plus loin que le bout de votre nez, vous avancerez enfin. Il se trouve que vous n'avez pas le choix face aux cartes que le destin vient de vous donner.

Florian se pince l'arête du nez cherchant à retrouver un peu de calme.

— L'opération qui vous attend vous permettra de rejouer avec dextérité du piano. Par contre, c'est avéré, vous ne retrouverez pas la vue. Je me doute et comprends tout à fait que vous ressentez cette impression de vous trouver enterré vivant, mais l'espoir est un sentiment qui peut déplacer des montagnes. Des tas de musiciens ou chanteurs sont, ou étaient aveugles et heureux dans leur vie : Ray Charles, Stevie Wonder, Jeff Healey et j'en oublie certainement. Alors, cessez de pleurer dans votre bol, bougez-vous ! Vous n'êtes pas seul, putain ! Des gens dans le monde entier reçoivent des pépins en pleine poire, la Terre ne s'arrête pas de tourner pour autant.

Bon sang ! Ce gars a le chic pour le faire sortir de ses gonds, Florian ne sait pas trop comment rattraper ce coup d'éclat, encore un. Henri et Cécile de leur côté retiennent leurs souffles, le regard fixé sur les traits de Frédéric où les émotions se succèdent finalement c'est la colère qui l'emporte.

— Vous vous prenez pour qui ? hurle le jeune homme piqué au vif, se relevant d'un bond, manquant de s'étaler.

— Chéri, calme-toi, tu veux ! Florian évoque ce que personne dans cette maison n'a osé tenter. Même si ça te contrarie, je dois bien avouer que je suis de son avis. Nous allons donc cesser de marcher sur des œufs avec toi, appuie calmement Cécile, sûre d'elle. Nous ne te rendons pas service, regarde-toi, c'est pire de jour en jour. Je souhaite que tu ne te…

Un éclat de rire nerveux secoue Frédéric et déclenche chez Florian une oscillation musicale qui ricoche sous son crâne, propageant du désir dans tout son corps à la manière d'une traînée de poudre, y compris à l'endroit situé sous la ceinture qu'il croyait mort.

— Merde ! Désolé, je vous présente mes excuses, à votre grand-mère et à vous, souffle le flic, cela devient une très mauvaise habitude. Je n'avais pas à vous parler sur ce ton. Je n'accepte pas que vous vous sentiez battu d'avance. Nous épauler devrait vous occuper l'esprit, car j'ai un besoin urgent que vous rassembliez vos souvenirs.

— Des souvenirs ? Je n'ai que ça, continue Frédéric soudain plus calme.

— Monsieur Frédéric doit se rendre chez l'ergothérapeute dans une heure, avertit Henri, vous pourriez parler de tout cela à notre retour si ça ne pose pas de problèmes, souligne-t-il.

— Andréa m'attend effectivement pour une visite préopératoire, confirme le pianiste.

— Est-ce que ça vous ennuie si je vous accompagne? questionne Florian, surpris lui-même par sa demande.

— Soyons fous! sourit Henri. C'est parti, venez me retrouver tous les deux à la voiture.

Florian n'est jamais monté dans une limousine. Ébahi par les finitions intérieures, il regarde partout comme un enfant profitant du trajet qui se déroule dans une sorte de paix toute relative. À l'instant où ils arrivent devant le cabinet, trouver une place libre pour la grandeur du véhicule s'avère compliqué et les oblige à terminer à pied. Le flic ne peut s'empêcher de balayer du regard les lieux, une vieille habitude. Il observe les touristes déambuler, les enfants jouer dans un parc, les gens qui consomment en papotant à la terrasse d'un café, en somme, rien d'anormal. Pourtant, une personne isolée attire son attention.

Debout dans un renfoncement, une thermos dans la main, une silhouette étrange, de corpulence moyenne, aux vêtements larges, reste appuyée au mur. Ses cheveux châtains, coupés ras sur les côtés, laissent une mèche épaisse tirée vers l'arrière, dans une espèce de queue de cheval. Elle ne doit pas avoir plus de la vingtaine et détonne au milieu de ces gens. Pourquoi ressent-il l'envie de voir un peu mieux son visage? Probablement le fait qu'elle se tienne là, seule et que toute sa posture crie qu'elle souhaite demeurer invisible. Cependant, il ne prend pas le temps de s'y attarder et suit les deux hommes à l'intérieur de l'immeuble.

Chapitre 10

L'ombre

*L'*accident a eu lieu trois semaines plus tôt, comme prévu, l'affaire a été vite classée en simple accident. Les journaux débordent de reportages sur Keller, mais rien sur Frédéric qui semble s'être volatilisé. Comment va-t-elle pouvoir le retrouver sans aucun renseignement? Allongée sur son lit, la folle rumine des heures, s'en voulant de ne pas avoir envisagé ce cas de figure. Elle a manqué de jugeote, laissant sa haine prendre le dessus. À son grand déplaisir, elle ne peut que donner raison à son géniteur quand il la traite de bonne à rien. Hurlant de rage, elle casse tout ce qui lui tombe sous la main.

Ce n'est qu'une fois calmée, qu'une idée de génie traverse toute cette fureur: l'agence! Quelle idiote! Il ne lui reste simplement qu'à la surveiller, puis fouiller les lieux en toute tranquillité dès qu'elle en aura l'opportunité. L'esprit en effervescence, elle a prévenu son boulot qu'elle ne se sentait pas suffisamment bien pour assumer ses fonctions.

Arrivée devant les bureaux du manager, planquée dans un renfoncement, elle constate que les flics emportent tout ce qu'il y a à l'intérieur. Putain! Elle vient de se faire doubler. Toujours collée à cette pourriture de Keller, la pétasse de Marlène chiale comme une madeleine en les regardant faire.

Soudain, dans un déclic, L'ombre comprend qu'avec la secrétaire, elle tient son sésame pour retrouver Frédéric.

Cette pauvre gourde n'a pas inventé la poudre, ne l'ayant jamais rencontrée, elle ne se méfiera pas. Les flics partis, elle la voit s'éloigner, un sac pendant lourdement à son bras, en direction du petit bistrot à l'angle de la rue et décide de la suivre.

Elle l'accoste pour lui offrir un pot et l'écoute larmoyer dans sa Vodka, simulant la compréhension face à ce deuil qui la touche. Dès que son verre est vide, elle rappelle le serveur, prenant bien soin de ne boire le sien qu'avec modération. La secrétaire devient de plus en plus pleurnicharde et pousse la patience de L'ombre dans ses derniers retranchements. À bout, elle va jusqu'à lui proposer de la raccompagner chez elle, sauf qu'un ami, appelé entre deux, doit passer la récupérer. L'ombre grince des dents, un coup pour rien ! Cette conne a dû téléphoner pendant qu'elle se trouvait au bar pour commander une nouvelle tournée alors que le barman était occupé avec un autre client.

Aucun doute, avec cette soifarde, l'occasion se représentera. Remontée comme un coucou suisse, elle continue à tourner dans le secteur tel un lion en cage. Elle doit rentrer dans son taudis, c'est le seul endroit où elle peut réfléchir. Il lui a suffi de quelques heures pour que soudain, un nouveau projet prenne forme. Elle récupère le nécessaire dans ses placards et regagne l'agence dans la foulée.

La nuit est tombée depuis un moment lorsqu'elle y pénètre. Avec hargne, souhaitant effacer toutes traces de ce connard, L'ombre aidée d'une lampe frontale vomit sa furie sur les murs avec de la peinture en aérosols et saccage tout le mobilier. Sur un coup de tête, elle décide alors de se rendre chez la secrétaire qui, bien bourrée au café, lui a donné son adresse. La silhouette malingre fonce alors à l'épicerie de quartier, seul magasin encore ouvert à cette heure tardive, chope une bouteille sur les rayons, dépose l'argent sur le comptoir, gardant la tête baissée. Le caissier empoche la monnaie sans lui jeter un seul regard, plongé dans un jeu sur son téléphone.

Cette dinde de Marlène lui ouvre sans s'enquérir de qui se pointe. La chance l'accompagne, cette pouffe est seule. Elle avale plus de la moitié de la boisson avant de s'écrouler. Putain ! Elle tient mieux l'alcool qu'un mec. Par précaution, L'ombre lui tend un verre supplémentaire. À peine celui-ci avalé, cette gourdasse s'affaisse sur son canapé, ronflant comme un diésel. Elle ne se réveillera pas avant demain, avec en prime une sacrée gueule de bois. Génial ! Ça lui permet de fureter à sa guise.

Un chat s'enroule autour de ses jambes, d'un revers du pied, elle l'envoie valser au bout du salon où la pauvre bête atterrit dans un miaulement strident. Elle déteste ces bestioles. L'intérieur de cette baraque, tout en rose bonbon, est à dégueuler. Son regard balaie la pièce et s'éclaire en s'arrêtant sur l'îlot central : un ordinateur, un agenda, un téléphone.

L'ombre déchante très vite devant la demande d'un mot de passe, le nom du félin peut-être. Elle tire sur le collier, Berlioz. Sa maîtresse a dû trouver ça dans le dessin animé, impossible qu'elle connaisse le musicien. Le message d'erreur qui s'affiche l'énerve, relevant les yeux, elle fixe le calepin et le portable. Soulagée, elle va s'en saisir quand cette idiote se pointe derrière elle chancelante, s'écrasant sur son dos. L'ombre se retourne, la repousse violemment. Elle ressemble à un clown qui aurait loupé son maquillage.

— Ehhh ! Tu fais quooooi ? hoquète-t-elle… pas toucher.

— Tu viens m'emmerder après avoir torché une bouteille ! Pourquoi tu fais pas comme tout le monde ? Putain ! Tu devrais être en train de cuver. T'es quoi, une extraterrestre.

Dans un réflexe, L'ombre glisse sa main dans sa poche, le cœur battant à tout rompre au toucher du couteau. Ses doigts se referment autour du manche et en l'espace d'un éclair, dans un mouvement fluide et montant, elle enfonce la lame sous le sein, la sentant fendre la chair sans rencontrer d'obstacle. Les yeux de raton laveur s'écarquillent de surprise, la bouche s'ouvrant dans un O parfait et muet. Marlène s'écroule au sol comme une poupée de chiffon, sa robe plissée blanche s'étalant en corole. L'ombre retire la lame recouverte de sang, la referme et la remet à sa place.

Voyons, voyons, surtout gommer toutes les traces de son passage, elle attrape un chiffon, nettoie l'îlot puis glisse l'essuie-main, les verres, la bouteille avec son butin dans un sac en toile de jute. Sans un regard pour le corps, elle éteint les lampes et sort calmement pour regagner ce que son proprio nomme pompeusement son studio.

Les rues, à minuit, en milieu de semaine, sont pratiquement désertes. Avec tous ces obstacles, elle a la sensation, que là-haut quelqu'un adore tout à coup se mettre en travers de sa quête, cela la rend nerveuse. Elle verse son butin sur son lit, où les verres s'entrechoquent, les repoussant sur le côté avec le chiffon taché d'hémoglobine. Elle doit commencer par le plus facile, le carnet. C'est logique. Comme un enfant devant le sapin de Noël, elle est très agitée. Elle le repose, glisse ses doigts sur le velours de la couverture, son regard attiré par l'ordinateur sauf que tout ce qu'elle tente ne donne rien.

Elle jette l'appareil contre le mur où il se disloque. Le téléphone ne lui apprend rien de plus. Par contre, le carnet détient un fort pouvoir d'attraction. Elle l'ouvre avec impatience et soudain son ciel s'éclaire. Elle aurait été inspirée de commencer par là, cette pétasse possédait un pois chiche à la place du cerveau, les codes d'accès sont annotés noir sur blanc sur la première page, bon, c'est trop tard! Mais l'agenda se révèle une vraie mine de renseignements, rendant sa lecture très instructive. Désormais, elle tient enfin une piste et sait ce qui lui reste à faire. Mais cette enveloppe fermée au nom d'un hôpital parisien, qui tombe au sol, c'est quoi? Elle est adressée au secrétariat de cette enflure de Keller. Comment est-elle arrivée là? L'autre connasse a dû la mettre là avant l'arrivée des flics. Elle la tourne entre ses doigts, intriguée. Après tout, il n'est plus là, elle peut faire ce qu'elle veut. Fébrilement, elle l'ouvre et reste coite.

Frédéric s'est trouvé hospitalisé quelques jours, les papiers d'assurance l'attestent. Pourquoi autant de rendez-vous avec des spécialistes sont-ils inscrits tout au long des feuilles classées par date et dans un langage peu compréhensible? Il n'a pourtant pas dû être gravement blessé dans l'accident. Le mystère s'épaissit et elle n'aime pas ça, elle veut rester le maître du jeu.

Après avoir volé une voiture dont elle a camouflé les plaques, elle se rend à la première adresse indiquée sur les feuilles du centre hospitalier. Jamais elle n'avait imaginé que le retrouver poserait autant de problèmes, cette histoire prend des proportions qui ne lui plaisent pas du tout et qui n'arrangent en rien son humeur volatile Ne sachant pas trop à quoi s'attendre, elle se range sans trop de difficultés juste en face d'un immeuble qui ne paie pas de mine. Même le fait de penser à Frédéric ne la calme pas. Elle ne peut s'empêcher de l'avoir constamment à l'esprit. La dernière fois qu'elle l'a aperçu, il était superbe. C'est vraiment un homme canon, mais L'ombre avec ses 1 mètre 70, doit lever la tête pour le regarder. Elle aime par-dessus tout ses cheveux châtains auxquels se mêlent quelques mèches plus claires. Elle adore ses yeux noisette reflétant une grande douceur.

Sauf que là, alors qu'elle allait descendre pour regarder ce que pouvait lui révéler cette adresse, elle le voit arriver sur le trottoir et reste tétanisée par sa nouvelle apparence. Il est méconnaissable, comme rapetissé. Mais surtout, il n'est pas seul, un homme hideux, corpulent, le visage barré d'une cicatrice semble le soutenir. Son sang ne fait qu'un tour, c'est quoi ce bordel? Ainsi, pendant qu'elle s'inquiétait pour lui et se demandait où il était passé, monsieur se baladait bras dessus, bras dessous avec ce clown! Ils pénètrent à l'intérieur et le battant en bois se referme derrière eux.

À moitié hystérique, elle claque sa portière, traverse la rue en courant et se plante devant la plaque dorée vissée au mur qui annonce qu'il s'agit d'un psy. Pourquoi une visite chez ce toubib ? Elle décide de retourner à sa voiture et de les attendre. Dans sa tête les voix sifflent.

Une heure plus tard, ils ressortent et ne se séparent qu'en arrivant auprès d'un véhicule énorme, le balafré ouvrant la porte arrière et aidant le pianiste à s'installer. Celle-ci refermée, il contourne la limousine et s'assied au volant. Elle se prépare à les suivre à distance. En un rien de temps, avec frénésie, elle les prend en chasse. Suite à la première estocade, le conducteur semble piger qu'ils sont suivis et avec habileté, tente de lui échapper, mais il ne peut éviter le deuxième coup de boutoir qui ne fait pas bouger d'un iota le tas de ferraille. Avec la circulation, elle les perd, les retrouve. Ils ne doivent leur salut qu'à une queue de poisson qui la bloque entre plusieurs véhicules.

Heureusement pour elle, la taille et la couleur de l'automobile lui permettent de les suivre de loin un moment. Comble de malchance, à l'instant où elle allait sortir de ce bouchon, un camion lui bouche la vue. Elle crie comme une damnée et tape sur son volant, elle vient de perdre sa chance une nouvelle fois.

Elle ne peut que supposer que suite à ce rendez-vous, il rentre chez lui. Bon sang ! Elle n'apprendra rien de plus pour le moment. Elle se dégage sous les klaxons furieux des autos qu'elle détériore, s'en fichant totalement. Elle décide de se débarrasser du SUV dans les fonds sales et boueux de la Seine, et s'achemine en bus vers le boulevard Exelmans. Cette fois, grâce aux informations du carnet, elle sait que l'élu de son cœur vit là.

Un jour, L'ombre est tombée sur son trousseau de clés abandonné sur la table de maquillage et en a profité pour le dupliquer en pensant que ça pourrait servir. Maintenant, il suffit de trouver celle qui ouvre ce paradis. Elle stoppe net sur le seuil du duplex. Tout ce qui se trouve là est à l'image de Frédéric, sauf qu'il est absent. Où peut-il être passé, putain ? Il doit bien crécher quelque part ! Le cœur battant, les mains moites dans ses gants, la silhouette s'enfonce dans l'appartement, décontenancée par les couleurs criardes qui lui sautent aux yeux. Elle l'aurait imaginé dans des tons plus harmonieux.

Le rez-de-chaussée dessert une immense pièce de vie, où trône un superbe Steinway à queue, semblant attendre son propriétaire. Le sol en marbre noir et blanc est recouvert par d'épais tapis moelleux. Le long du mur, une console en verre trempé et pieds d'acier croule sous le poids des partitions parfaitement empilées. De telles demeures n'apparaissent que dans des revues spécialisées en décoration. Les gens de sa classe n'accèdent jamais à de tels lieux. Elle continue de se déplacer dans le silence, bouche bée devant les étagères chargées de livres aux couvertures magnifiques. Son envie se montrant la plus forte, elle retire un gant pour toucher les reliures quand son regard dévie sur des photos. Cadres en main, L'ombre examine un Frédéric à des âges différents. Sur plusieurs d'entre elles, on l'aperçoit avec son père, puis avec une femme vieillissante, sans oublier la tête de nœud sur d'autres.

L'ombre a beau chercher, elle ne voit aucune trace des récompenses musicales remises. Pourtant, elle les collectionne et possède des coupures de journaux dans sa boîte à trésors. Elle sera heureuse de les lui montrer.

Dans la cuisine ouverte, des tas d'appareils ménagers prennent la poussière sur les plans de travail. Le frigo est vide. L'odeur de renfermé indique que personne n'est venu dans ce lieu depuis un moment. Tranquillement, elle grimpe l'escalier en bois clair protégé par une balustrade en verre d'un côté qui rappelle la console et de l'autre, une en fer forgé ouvragé.

La chambre, imposante, est occupée par un lit XXL paré de draps noirs rayés, recouvert d'un plaid en laine rouge carmin.

Elle y glisse ses doigts, envahie par une douce sensation. Un dressing contigu contient de quoi vêtir des dizaines de personnes. À côté, sa petite penderie fait grise mine. Elle effleure les costumes, les tenues de scène, le tout suspendu sur des cintres en bois. Dans les tiroirs, elle trouve chaussettes et boxers. Le contenu du dernier la scotche littéralement. Ce n'est pas à lui ces trucs : strings en soie, shortys transparents, boxers en dentelle. Cela convient à un gigolo, pas à un homme de sa classe. Avec elle, il devra jeter tout cela.

L'ombre, chamboulée, ne s'y attarde pas. Elle musarde encore un peu, jette à peine un regard aux chaussures dont les paires s'alignent tels des petits soldats. L'odeur de Frédéric imprègne les lieux. Elle revient vers le lit et s'y allonge, les clés dans sa poche entrent dans sa peau. A-t-elle sa place dans ce décor de conte de fées ?

L'attente a du bon, son besoin de lui monte et fait bouillir son sang. Elle se relève puis dépose la rose rouge à longue tige qu'elle a apportée, à l'emplacement laissé par son corps. Il saura qu'elle est venue. Elle se souvient de ce concert d'où elle l'a vu sortir de sa loge avec une fleur similaire à sa boutonnière. Celle placée dans la loge par ses soins. Elle fait un nouveau tour, referme la porte, regagne en métro sa tanière, morne et triste avec la certitude qu'elle ne réussira pas à vivre sans cet homme. Avant de se coucher, elle vérifie la liste des prochains rendez-vous. Il ne lui reste plus qu'à le pister à nouveau. Demain, il se rend chez l'ergo… truc, bidule, elle y sera aussi et l'attendra. Cette fois, il ne lui filera pas entre les doigts.

Levée aux aurores, elle établit un poste de surveillance face au cabinet et poireaute des plombes. Elle termine son thermos de café quand Frédéric apparaît, amaigri et mal habillé, portant encore ses lunettes fumées. C'est quoi ce cirque ? Il ne pleure pas l'autre chiure quand même ? C'est alors que L'ombre remarque un troisième larron, merde ! Ça lui donne le vertige : l'image du tiroir traverse son esprit fébrile. Elle se retrouve à la limite d'un précipice. Elle fournit un effort surhumain pour ne pas entendre les voix rageuses gronder dans sa tête. Ce n'est pas l'heure de se montrer.

Le nouveau doit avoir à peu près l'âge du pianiste, robuste, avec ses yeux d'un bleu perçant, il balaie les lieux semblant sur le qui-vive. Son expression appartient à un type qui ne prend pas un non pour une réponse valable. Des lignes de tension ornent sa bouche sensuelle, aucun d'eux ne parle. Que représente-t-il pour son Frédéric? Un dernier coup? C'est possible, sauf qu'il ne les garde jamais pour un deuxième rendez-vous. Les obstacles continuent à se jouer d'elle, la contrarient et lui embrouillent les idées. Les autres ne comptent pas, crie la voix dans sa tête: juste elle et lui, alors tout ira bien.

Chapitre 11

Frédéric

*S*i L'ombre avait pu suivre la voiture de police, elle l'aurait vue se stationner devant une clinique du Trocadéro, dans le XVIᵉ.

Le meurtre de la secrétaire, relié à l'accident de Keller, a fait la une des journaux. Tous se posent la question de savoir où a disparu le pianiste. Un souci de plus pour l'assassin qui n'a probablement pas envisagé une découverte aussi rapide. L'ambiance dans le véhicule entre les trois hommes est morose, tendue face à l'enjeu qui se profile.

— Frédéric, nous sommes arrivés, tout va bien se passer. Charmille est la meilleure, vous devez croire en elle, elle fera pour le mieux. Je reviens vous chercher ce soir, mais par sécurité, Violaine et Romuald, mes collègues, vont rester avec vous, assure Florian. Je prendrai de vos nouvelles.

Frédéric se demande s'il est tombé sur la tête pour s'en remettre à ce flic ! Que sait-il de ce gars, à part qu'il a la langue bien pendue et très mauvais caractère ? Depuis son accident, on peut dire qu'il s'est hâté de rejoindre le club des crétins. Il accepte le comportement irritable de ce mec, à croire que les examens lors du choc n'ont pas révélé toutes ses blessures. Jusqu'à aujourd'hui, seule la musique éveillait en lui un tel déferlement de sensations.

— Frédéric, entend-il, je ne vous laisse pas tomber. Accrochez-vous et merde pour votre opération, ne perdez pas confiance.

Plein d'appréhension, il le remercie d'une voix ténue. Une infirmière le guide vers sa chambre où il se retrouve seul. Soudain, la porte s'ouvre à nouveau, nom de nom. C'est pire que dans un moulin. Puis une odeur qu'il reconnaît le fait sourire juste au moment où il allait râler.

— Monsieur Carmichaël, c'est Héloïse.

— Je sais, j'ai reconnu votre parfum au jasmin, je suis content de vous avoir comme infirmière en cet instant.

— J'espère que vous êtes prêt pour le grand jour. C'est moi qui vais vous aider à vous préparer pour le bloc. C'est parti, continue-t-elle, gaie comme un pinson.

Il se retrouve poussé sous la douche pour un lavage complet obligatoire. La gêne lui rosit les joues. Héloïse l'aide en douceur à enfiler la blouse d'hôpital, pose une charlotte sur sa tête et lui enfile les chaussons. Il préfère ne pas savoir à quoi il ressemble affublé de cet ensemble. Elle lui fait avaler deux gélules, l'installe sur son lit sans qu'il ait ouvert la bouche. Il ne doit pas être le premier connard qu'elle affronte et puis ce n'est pas comme si elle ne le connaissait pas.

— Bonjour, Frédéric, comment vous sentez-vous ? demande Charmille, tout en pénétrant dans la chambre à son tour, tel un courant d'air. Je passe vous donner quelques explications, vos radios m'encouragent à placer des plaques, continue-t-elle, sans attendre forcément une réponse.

— Mais je vais mettre des plombes à retrouver l'usage de ma main, gronde Frédéric contrarié.

— Ce choix augmente vos chances de récupérer plus précocement. Je préfère aussi une anesthésie locorégionale[3].

---

3 Anesthésie qui atténue ou supprime douleurs et sensations, elle endort uniquement la zone d'intervention en injectant à proximité le produit anesthésique.

— Pas générale ? s'inquiète le pianiste.

— Je pensais vous trouver moins affaibli. Si je pratique ce que nous avions prévu dans votre état, ça retardera votre rééducation. Sachez malgré tout que si j'avais le choix, je reculerais votre opération. On ne peut pas l'envisager sans risquer des problèmes par la suite. L'intervention va s'étaler sur environ une heure, si tout se déroule sans accroc. Ensuite, vous pourrez regagner votre domicile. Vous continuerez le kiné et l'ergothérapie. Un infirmier retirera les fils dans approximativement une dizaine de jours. Pour ma part, je vous revois pour faire le point avant votre sortie puis dans six semaines, ensuite tous les trois mois avec une radio. Je vous rappelle que vous garderez encore votre attelle.

— Pouvez-vous me dire si je dois me préparer à de grosses douleurs ?

— On va vous donner ce qu'il faut, je vais ajouter des massages. La consolidation s'effectuera sur onze à dix-huit semaines. Ne faites pas cette tête. Dès que je la jugerai effective et qu'il sera temps pour l'os de travailler sans gêne, je retirerai le matériel d'ostéosynthèse. On se donne un an, mais c'est variable suivant les personnes. Vous devez me faire confiance, avancer avec moi, pas contre moi. Nous en reparlerons sans souci lors de votre visite de contrôle postopératoire. Je comprends parfaitement vos inquiétudes, elles sont légitimes.

— Je tenterais bien la danse de la joie, mais vos médocs me rendent amorphe, maugrée-t-il.

— Vous savez que vous vous conduisez comme un enfant ?

— Vous n'êtes pas la première à me le dire, ronchonne-t-il.

— Certainement une personne sensée, je vous laisse en compagnie des petits éléphants roses. Ils vont calmer votre mauvaise humeur, se moque gentiment la chirurgienne. On se voit plus tard.

Pourquoi tous ces gens ne perçoivent-ils pas que son monde s'est mué en un endroit sombre et glacé ? Demain est proche, mais il n'a pas la capacité de dire de quoi il se composera. Il lui semble qu'il ne se relèvera jamais et qu'il ne sert plus à rien, pense-t-il avant de sombrer dans un sommeil artificiel.

Il reste en salle de réveil quelques heures, l'opération s'est déroulée comme prévu et Charmille l'autorise à regagner l'appartement de sa grand-mère.

Il demeure étonné de voir que Florian, alors qu'il n'y était pas obligé, se trouve là comme il l'avait promis avec Violaine et Romuald. Un peu vaseux, il se referme sur lui. Il laisse Henri et tout ce petit monde agir comme il l'entend. En l'état actuel, il n'en a pas grand-chose à faire. Chez Mama, il constate que deux nouveaux policiers les attendent, le capitaine les présente comme étant Marc et Sophie, lieutenants tous les deux. Cécile, se rendant compte de la fatigue de son petit-fils, le guide vers sa chambre, où celui-ci s'écroule comme une masse sur son lit. À peine a-t-elle le temps de lui déposer un doux baiser sur son front qu'il s'endort.

Les jours suivants, tout l'ennuie, le roulement des couples de flics, son ergothérapeute et son kiné qui passent pour ses exercices. Un quart de seconde suffit pour qu'il remarque que ce qui l'embête le plus tient au fait que Florian n'est pas revenu depuis son retour de l'hôpital, il lui manque. Il en reste ahuri. Comme d'un fait exprès, ce satané flic choisit ce moment pour se manifester. Henri l'introduit dans le boudoir de Cécile sans s'attarder et retourne vaquer à ses occupations car il doit s'absenter.

— Madame Carmichaël, j'aimerais emmener votre petit-fils au commissariat pour voir si par hasard il ne pourrait pas nous apporter son aide. Voyez-vous un inconvénient à ce qu'il me suive ? Bien entendu, s'il se sent suffisamment d'attaque. Je vous promets de bien veiller sur lui.

Rien dans la voix de Florian ne laisse deviner qu'il a eu, plus tôt, une entrevue avec Cécile, tenant à ce que son petit-fils bouge, désespérée, elle n'a pas trouvé plus subtil. Avec un clin d'œil vers elle, Florian continue.

— Après une semaine, vous devez être remis de votre passage au bloc énonce le flic.

— Mon petit chéri, prendre l'air te fera un bien fou, je pense que la demande de Florian tombe à point nommé.

Depuis huit jours, il voue aux enfers un nombre aléatoire de personnes. Il sortirait même avec le diable si ça lui permettait de penser à autre chose qu'à sa rééducation et sa douleur.

— Florian, je vous le confie. Henri est parti en urgence près d'un de ses frères d'armes qui a fait une tentative de suicide. Je ne serai pas seule, puisque ces charmants policiers restent avec moi. Prévenez-moi de votre retour.

Comment expliquer ce qu'il ressent, assis à côté du policier ? Il n'arrive pas à imbriquer ses pensées. Une liste d'hypothèses et une peur atténuée se bousculent dans sa tête. Il sent ses joues brûler. Le véhicule ralentit, le moteur se tait. Toujours sans un mot, Florian lui ouvre la portière, pose sa main au creux de son coude pour l'aider à descendre. Ce contact l'électrise. Il déglutit avec difficulté. À l'évidence l'attirance ne se contrôle pas. Le policier le guide à l'intérieur des locaux. Quel crétin ! Il vient dans un éclair de comprendre l'incroyable. Tout ce temps, Frédéric a porté des œillères. Que peut-il offrir à cet homme qu'il ne connaît même pas ? Oui ! Ce gars l'attire et pas qu'un peu. En lui, la colère et la douleur se livrent un duel sans fin, le consument. Il ne sait plus comment gérer ce maelstrom d'émotions, il se sent proche de s'effondrer.

Chapitre 12

L'ombre

Assise sur son scooter, L'ombre emboîte le pas du trio lorsque celui-ci ressort, gardant la limousine à bonne distance, en ne les perdant pas de vue. Ils stoppent devant une adresse inconnue. Elle patiente alors qu'ils disparaissent à nouveau, se demandant combien de temps va encore durer ce cirque.

Voulant éviter qu'on la repère, elle mène sa petite enquête, mimant un intérêt pour l'architecture et apprend que les appartements de l'immeuble où ils se sont engouffrés, sont tous habités. Pour en savoir plus, elle s'incruste dans la file d'attente de la boulangerie et suit, sans trop y porter attention, la conversation entre la vendeuse et une vieille bonne femme aux doigts couverts de bagues. Tout en elle crie, je suis blindée de pognon. Un apprenti sort du fournil les interrompant pour demander si la livraison des Carmichaël a été effectuée. Sur une réponse positive, il regagne l'arrière-boutique laissant les deux femmes reprendre leur conversation.

— Pauvre femme… l'accident de son petit-fils a provoqué un tel chamboulement. Heureusement que ce charmant Henri l'assiste, une vraie perle cet homme, discret et courageux en plus.

— Chacun son lot de soucis, merci, répond la serveuse aimablement en prenant sa monnaie, peu tentée de rebondir sur les assertions de sa cliente, à demain.

Celle-ci se tourne vers L'ombre, souriante, dans un mouvement répétitif, attendant qu'elle lui donne sa commande. La silhouette dégingandée demande un pain au chocolat, heureuse de ses découvertes. Trois personnes vivent dans l'appartement. Si elle comprend enfin le pourquoi de cette attelle sur son aimé, reste à éclaircir le mystère des lunettes de soleil lui interdisant l'accès au regard de celui qu'elle traque par amour.

Tous les jours qui suivent, elle vient faire du repérage sur le bâtiment qui l'intrigue. Une chance pour elle, installée à la terrasse du café qui lui fait face, elle peut passer inaperçue et noter les habitudes de ses occupants : le couple d'environ 50 ans sort en premier. À 10 heures tapantes, la vieille aux bijoux va chercher sa demi-baguette. Ensuite vient celle aux cheveux violets qui part avec son caniche en promenade, le même cirque reprendra vers 13 et 17 heures. Il y a aussi le facteur qui livre son courrier sur les coups de 11 heures. L'ombre ne quitte pas la porte cochère des yeux. Aucun de ceux qui justifient sa présence ne pointe le bout de leur nez la plaçant entre la colère et l'envie de foncer à l'intérieur. Mais la voix lui défend dans un murmure de s'aventurer sur ce chemin.

Les conversations autour d'elle se télescopent. Beaucoup de ces clients forment un nœud d'habitués. L'ombre a beau se montrer attentive à leurs échanges, le bruit de la circulation, la peur de se faire repérer, lui interdisent de s'approcher plus avant. Se trouver au milieu de cette petite foule la maintient dans un anonymat précieux. Le manège incessant des serveurs lui donne le tournis. Toute cette agitation place son cerveau en surchauffe, le faisant bugger.

Une question rapplique en permanence dans son esprit au sujet de ce gars accroché aux basques de Frédéric, qui est-il ? Le balafré officie en tant que chauffeur, mais elle ne saisit pas le rôle de l'autre bellâtre. Elle enrage, dès qu'une entrave s'éloigne, une autre se manifeste. Elle a remarqué la tristesse de celui qu'elle aime et sait que pour lui aussi, leur séparation s'avère difficile.

Sortant de ses réflexions, elle sursaute en découvrant les trois hommes qui patientent sur le trottoir. Pour un peu, elle les aurait loupés. Bon sang ! Ils ne se quittent plus et pourquoi le chauffeur porte-t-il un sac en bandoulière ? Une voiture de police vient se stationner devant eux : ils s'y engouffrent. L'ombre traverse dans le flot de circulation, perd du temps à tergiverser sur la ligne à suivre, puis c'est trop tard. Puisqu'elle se trouve coincée, elle tente de pénétrer dans la bâtisse. Merde ! Il lui faut un putain de code et comme pour la narguer, pas un seul nom n'est inscrit sous cette foutue sonnette ! Zut, zut et zut ! Elle tape du pied et grince des dents, à son plus grand désarroi, son repérage ne donne pas les résultats escomptés. Quelle merde !

Elle réprime au mieux sa rage et en déduit que puisque Frédéric vit là désormais, elle n'a plus qu'à patienter. L'odeur infâme du goudron qui fusionne avec celle des pots d'échappement la rend dingue. Elle suffoque, sa peau devient moite. Un tambour joue dans son crâne et se mêle à la voix. Ça ne risque pas de s'arranger si elle demeure encore dans le vague. Les contrariétés persistent lui donnant une envie folle de hurler à s'en casser les cordes vocales.

Pour le moment, elle doit s'avouer vaincue, elle perd une bataille, mais pas la guerre. Il convient qu'elle regagne son antre. Pourtant cela s'avère trop tard car à l'instant, une alarme interne se déclenche, l'envahissant avec la force d'un tsunami. Ses pensées se chevauchent : trop de voix, trop de bruit. Elle s'enfuit à l'opposé de la direction prise par le véhicule des flics. Une question se répétant à l'infini, pourquoi ont-ils embarqué Frédéric ?

Son esprit dysfonctionne parcouru de coupures intempestives. Si elle ne prend pas de recul, elle va tout faire foirer. Si seulement cette connasse dans sa tête fermait sa gueule. Si elle pouvait cesser de la traiter de tous les noms et ne plus répéter que Frédéric ne se mettra jamais avec une merde comme elle. Elle lutte en permanence contre cette andouille qui ne sait que mentir. Mais d'un autre côté et si elle avait raison ? Rien que d'y penser, son estomac se tord sous la nervosité, la bile remontant le long de son œsophage.

Arrivée devant son studio, elle balaie du regard son voisinage. Personne n'a posé le bout d'un orteil chez elle et cet isolement lui convient parfaitement. Tête baissée, cachée sous sa capuche, elle se rue à l'intérieur, s'adosse à sa porte et régule sa respiration. Elle s'enferme à double tour, tirant les quatre verrous. Elle n'a pas choisi ce trou à rat pour sa grandeur ou sa chaleur intérieure. Son salaire de misère ne lui autorise pas mieux. Elle y végète en compagnie des blattes, dans une odeur de moisi, rien à voir avec le duplex de son amoureux. Un SDF l'aurait refusé, préférant dormir à la belle étoile, même en plein hiver.

Les seules notes de couleur éclairant ce lieu viennent des petits cadeaux de Frédéric. L'espace tout entier lui est consacré : des autographes, des affiches, des CD. Sa boîte à trésors, tout s'aligne en partie sur une table bancale et sur le mur.

Elle s'allonge sur ce qui lui sert de matelas pour établir un plan de bataille. Elle doit le tirer des griffes de ces deux malabars qui lui interdisent toute échappatoire. La voix lui conseille de s'en débarrasser d'une manière ou d'une autre et L'ombre est totalement d'accord avec elle. Nom d'une pipe ! Elle qui imaginait que Keller disparu, ils obtiendraient leur paradis. Elle serre les mâchoires, se forçant à inspirer et expirer, jusqu'à ce que ses idées deviennent à nouveau limpides.

Rester chez elle n'est pas une option, si elle veut réussir, il lui faut dépasser son pétage de plomb. S'installant en position fœtale, son esprit se trouve envahi par ces voix qui interfèrent à tout moment, mêlées à celles de ses géniteurs. C'est à cause d'eux, si elle en est là, qu'elle rate des choses importantes pour sa quête. Elle a vainement tenté de devenir celle qu'ils aimeraient. Vouée à ressembler à une grande folle pathétique, épuisée, L'ombre sombre dans les bras de Morphée.

Chapitre 13

Florian

*D*ans le hall, un homme faisant les cent pas écarquille les yeux en voyant le duo passer l'entrée, puis le sourire aux lèvres se précipite vers eux.

— Je rêve, le grand Frédéric Carmichaël! s'exclame-t-il.

Frédéric, reconnaissant la voix d'Edouard, s'emmêle dans ses propres pieds et serait tombé sans l'aide de Florian. Par réflexe, celui-ci se positionne en protecteur. Énervé, l'artiste repousse son ange gardien.

Surpris, le policier se tient en retrait, regardant les deux hommes interagir.

— Je n'suis pas une princesse en détresse, putain! Je ne risque rien. Lui et moi nous nous connaissons depuis si longtemps. Que fabriques-tu ici vieux renard?

— Une sale affaire. Te souviens-tu de Lord et Lady Craven? Ils sont les parents d'une jeune Alicia, portée disparue depuis la soirée qui a suivi ton dernier récital. Je les soutiens dans cette épreuve.

— Effectivement, je me souviens qu'ils discutaient avec ce connard, mais je ne m'y suis pas attardé. Keller râlait parce que je le dérangeais et que je souhaitais rentrer. Je crois qu'il leur a dit un truc du genre: attendez-moi, nous n'en avons pas terminé. La femme m'a fait de la peine. Elle était livide, par contre son mari retenait une certaine colère. J'espérais qu'il lui en colle une, s'énerve le pianiste. Merde! j'aurais peut-être dû les écouter.

— Tu es certain de ça? demande Edouard, intrigué.

— Évidemment, ne me prends pas pour un con, je n'étais ni bourré ni drogué. Je n'ai jamais vu leur fille. Trop de monde, trop de bruit, trop de trop, je n'avais qu'une envie ficher le camp de cet endroit de malheur. Keller avait, comme toujours, vu trop grand…

— Merci, mon garçon, le coupe-t-il, je vais signaler cela à l'équipe chargée de cette enquête, peut-être que ça leur sera utile. Tu peux m'expliquer ce qui t'est arrivé là? Tu t'es blessé? s'inquiète l'homme en remarquant soudain l'attitude empruntée du jeune artiste.

Florian, patientant toujours à leurs côtés, ne tient pas à parler dans l'entrée, car on ne sait jamais qui traine vraiment dans les commissariats.

— Je me présente, capitaine Delavent, accepteriez-vous de nous suivre dans un endroit plus discret? demande-t-il. Je pense que vous allez peut-être pouvoir nous aider.

— Un problème? s'étonne l'homme qui les a alpagués.

— Suivez-nous, insiste le flic.

Florian se pose la question, à savoir que représente cet homme pour Frédéric, le voir lui sourire aiguise sa jalousie envers le musicien. Un amant? N'est-il pas trop vieux? Que sait-il des goûts de l'artiste dans ce domaine, après tout il est libre d'agir comme il l'entend, ce n'est pas son problème. Une fois dans son bureau, il les installe devant sa table de travail, referme la porte.

— Comment vous êtes-vous rencontrés? questionne-t-il plus sèchement qu'il ne l'aurait voulu.

L'homme le fixe, étonné par l'agressivité de son interlocuteur et secoue la tête. Son regard passe de Florian à Frédéric, mais soudain il semble saisir un mystère et sourit.

— J'aurais dû me présenter. La surprise de voir ce garçon a dû vider mon cerveau du peu qu'il lui reste. Je me nomme Édouard Capestang, avocat en droit de la propriété intellectuelle pour quelques jours encore. C'est moi qui ai monté le contrat entre Keller et ce pianiste émérite, à la demande de son père. Tout cela remonte à quelques années déjà et ça ne me rajeunit pas.

L'avocat semble plonger dans ses souvenirs puis reprend.

— Je ne t'avais pas revu depuis, mais je t'ai suivi de loin, entre parenthèses, tu as bien travaillé. Il aurait été bien que l'on te voie aux obsèques de ton manager. Grossière erreur, la presse va te pourrir. J'ai entendu dire que ce brave Clément avait changé, les rumeurs sur lui courent avec un intérêt croissant, ce monde est vraiment petit, souligne-t-il, désolé.

— Vous parlez de quel genre de rumeur ? ose Florian.

— Il serait question de drogue, d'argent voire de filles enrôlées dans un réseau. Les gens ont la langue bien pendue et une fois que les morts sont enterrés, ils ont tôt fait de se délier. C'est dingue ce qui peut alors circuler.

— Sauf que là, c'est vrai. Ce brave Clément, comme vous dites, volait Frédéric, lance Florian, glacial.

— S'il n'y avait que ça ! aboie le jeune pianiste. Il s'est servi de moi pour ses saloperies. Si la presse a vent de ce scoop, nous allons être associés l'un à l'autre, au mieux, je vais passer pour le connard de service, au pire pour un être immonde. Puisque je ne remonterai pas sur scène, ça n'a plus d'importance de toute façon. As-tu déjà eu l'impression que le ciel allait te tomber sur la tête ? Eh bien, c'est ce que je ressens depuis l'accident. Je me trouvais dans la voiture. Ce fumier m'a tout pris.

— C'est donc ça ta main, mais peux-tu m'expliquer le pourquoi des lunettes.

— Cécité ! Je ne distingue plus que le jour et la nuit, insiste le musicien d'une voix tranchante.

Sous le choc, l'avocat vire au vert, cherche une confirmation dans les yeux de Florian qui acquiesce d'un signe de tête.

— Je suis désolé pour cette épreuve qui te frappe, mon garçon. Quelque part, je me sens un peu fautif de ce désastre. Mon cabinet a grandi si vite que j'ai délégué des tas de dossiers. Ce n'est pas une excuse, mais ma femme souffre depuis des années d'une sclérose en plaques et l'on vient de lui diagnostiquer un cancer incurable des ovaires. Tu comprends que je veux rester près d'elle le plus possible et de ce fait, je ne peux pas m'occuper de toi.

Capestang, débordé par les émotions, tente de se ressaisir et se retourne vers Frédéric.

— Tu comprends qu'il est impossible que tu restes sans manager ou représentant légal. Je connais deux personnes de qualité en qui tu pourras avoir confiance. Serais-tu d'accord pour les rencontrer ? demande l'avocat.

— Qu'est-ce que tu ne saisis pas Edouard, dans : je suis aveugle ? Je ne jouerai plus jamais, s'emporte Frédéric, hargneux.

— Tu oublies que je te connais depuis tes 15 ans. Combien de fois, ton père t'a-t-il obligé à jouer les yeux bandés ? Ce que je n'ai jamais approuvé d'ailleurs, mais tu te débrouillais alors sans partition. Aveugle ou pas, tu peux y arriver, il suffit que tu te fasses confiance. Le seul souci demeure ta main, je vois que tu as subi une opération. Qui t'a opéré, rassure-moi, ce n'était pas un boucher ?

— Mathéa Charmille, à la clinique du Trocadéro.

— Dieu merci ! Elle fait partie des meilleures, tu es entre de bonnes mains. Maintenant, voyons le côté juridique, j'appelle Philippe Dacran, c'est lui qui reprend mes clients. Son mari,

Karl Messanguer, manage le groupe de rock qui fait fureur en ce moment : ONEXO.

L'avocat attend de voir leurs réactions, rien ne venant, il sourit, ONEXO est très loin du monde de Frédéric.

— Tous les deux aspirent à changer de vie, vous pourriez représenter la solution à vos problèmes respectifs. Je ne crois pas placer leur secret entre de mauvaises mains si je te dis qu'ils ont lancé une procédure d'adoption. Leur petite Ella ne devrait pas tarder à faire son entrée dans le monde. Tu ne m'as toujours pas donné la raison de ta présence ici.

Aidé de Ludovic venu les rejoindre, Florian résume de façon nette et concise les deux derniers mois qui viennent de s'écouler.

L'avocat, abasourdi, demeure sidéré devant ces révélations.

— Par la barbe de Samuel ! Si je m'attendais ! Vous pensez coincer cette personne rapidement, vous avez des pistes ?

Capestang est certain qu'il n'extrapole pas en imaginant que ces deux hommes sont attirés l'un par l'autre, il suffit de les regarder à leur insu pour saisir qu'ils n'en sont pas encore vraiment conscients. Ce capitaine se montre assez protecteur envers le jeune pianiste. Le comportement du policier aux cheveux tressés et au regard bleu acéré outrepasse, certes, les lignes de son devoir, mais l'avocat a dépassé depuis longtemps le stade du jugement d'autrui. Néanmoins, si ce flic souhaite aller plus loin, il va devoir se battre contre l'éducation de fer que le jeune pianiste a reçue. S'installer dans une relation homosexuelle après tant de temps caché aux yeux du monde entier sera peut-être un immense pas à sauter. Edouard ne connait malgré tout pas grand-chose de la vie privée de Carmichaël depuis qu'il est parti après cette fameuse signature de contrat. Il n'est pas étonné de savoir que celui-ci est gay. Des années plus tôt, il l'avait envisagé et souhaité que le père ne l'apprenne jamais. La voix de velours du policier le ramène à l'instant présent.

— Le dénominateur commun reste sans conteste Frédéric. Nous naviguons à l'aveugle, sans mauvais jeu de mots. Nous courons après une chimère les mains liées dans le dos. Pour moi, il s'agit d'un homme, alors que le groupe penche plutôt vers une femme. C'est vous dire dans quel merdier on nage, s'agace Florian.

— Si j'avais su quel minable était vraiment ton manager ! Il cachait bien son jeu ce salaud. Je comprends ton tourment. Tu te trouves désormais dans l'obligation de devancer les fouineurs et vite, persiste l'avocat.

Florian s'énerve, ce mec est un serviteur de la loi, il doit connaitre le secret d'une enquête, putain ! Il ne manquait plus que ça !

— Il y a un moyen de révéler certaines choses sans dévoiler le plus important, continue l'homme, comme s'il se trouvait relié à son esprit.

Capestang continue sur sa lancée.

— Je connais ce milieu, s'ils n'ont qu'un infime doute, ils vont creuser. Ensuite, Frédéric pourra dire ou faire ce qu'il veut, il sera trop tard. Je te conjure de voir ces deux hommes.

— Personne ne me verra comme un handicapé, explose l'artiste, belliqueux.

— Je ne peux pas parler à leur place, nom d'une pipe ! Tes lunettes pourraient être un caprice de star, quant à ta main, tu expliqueras avoir fait une chute dans ton escalier.

Capestang se débat pour trouver une solution un peu nerveusement, puis se calme.

— Mais là, on discute sans savoir, Karl envisagera peut-être d'agir sans ta présence. Il certifiera que l'on doit te laisser du temps pour te remettre de cette tragédie. Personne ne te tiendra rigueur de vouloir rester au calme. Capitaine, vous êtes certain qu'il n'y a pas eu de fuites sur l'enquête en cours concernant Keller ?

— On ne peut plus, lorsque l'on sait combien nos gars dans nos locaux vendraient père et mère pour une minute de célébrité. Une chance, hein ? ironise-t-il.

— Nos deux groupes sont sauvages, les autres ne s'y frottent pas, confirme Ludovic avant que Florian ne puisse intervenir, encore plus depuis le retour du capitaine.

— Frédéric, à un moment donné tu devras redémarrer ta carrière, même si pour le moment cela te parait impossible, s'agace Capestang. Ta façon de gérer la situation va te fermer des portes. On pardonne à une célébrité des écarts, mais on l'oublie aussi très vite. Le Frédéric que je connais foncerait dans le tas sans se soucier du qu'en-dira-t-on.

Un ange passe, le temps semble s'arrêter de longues secondes, chacun demeurant dans ses pensées.

— La cuvée est bonne ! C'est ma fête tous les jours en ce moment, murmure Frédéric, les lèvres pincées.

Ses sourcils, sous son froncement, ne forment plus qu'une barre sur son front. Il retire ses lunettes. Aidé de son pouce et de son index, il frotte ses yeux. Florian l'étudie en silence. Il observe ses mains aux doigts longs et fins qui se terminent par des ongles parfaitement manucurés. Ses traits nobles n'ont rien d'une beauté de magazine. Il apparaît brut de décoffrage. Florian ressent cette attraction, se bat comme un lion contre celle-ci. Il doit sortir tout ça de sa tête, même si le gars le fascine, il n'y aura jamais rien entre eux.

Il ne peut pas éprouver ce qu'il a touché du doigt avec Charline. Il en est désarçonné. C'est comme s'il la trompait, il ne trahira pas ses vœux. « *Tu n'es qu'un idiot, mon amour, murmure la voix de sa femme dans sa tête. Tu as le droit de vivre après moi et lui a besoin de toi, tout entier. Aime-le comme tu m'as aimée, je te garde pour toujours, je veille sur toi, sur vous deux.* » Il manque de tomber de sa chaise. Tous ces mois, il a souhaité l'entendre et voilà qu'elle arrive amusée, pour lui susurrer son assentiment. C'est dingue ! Son amour est à elle, uniquement pour elle. Il aurait adoré lui répondre, lui dire ce qu'il n'avait pas eu le temps de lui avouer, mais elle était partie. Il sent ses yeux s'embuer.

L'urgence dans les paroles autour de lui le ramène dans la salle, il essuie ses yeux discrètement, tentant de se reprendre.

— Capitaine, Frédéric a-t-il besoin d'un représentant ?

— Euh, d'un avocat ? Pour quelle raison ? demande Florian troublé. Bien sûr que non, il est victime, ce sera à envisager si nous faisons face au procès de ce traqueur. Je dois juste revoir quelques faits avec lui, réveiller sa mémoire. Si ça le sécurise, vous pouvez rester, vous assurer que ses droits sont respectés.

Capestang en fait un jeu. La voix du policier change de tonalité dès que ça concerne Frédéric. Il veut voir le résultat de cette histoire pour midinettes.

— Je vais accepter votre charmante invitation. Peut-on avertir les Craven de ce contretemps ?

— Ludovic, tu veux bien avertir Maxence. C'est notre commandant, indique-t-il au vieil avocat.

Florian doute que Frédéric en sache plus : il n'est pas déçu, rien ne sort de leur entretien. Le jeune homme prostré tient un verre d'eau d'une main tremblante. L'effort a été violent.

Et si Florian l'avait trop poussé, si c'était sa faute, se questionne le flic, mal à l'aise. Quand il est lancé, il lui arrive de pousser le bouchon trop loin. C'est là que, comme piqué par une guêpe, le musicien se redresse, les surprenant tous.

— Un truc me revient, à une période, lors de mes concerts à la salle Gaveau, au philharmonique de Berlin, ainsi qu'à la salle de Berwald à Stockholm, je trouvais dans ma loge des bouquets, des chocolats, des poèmes. Le pianiste se tait, réfléchit un moment. Maintenant que j'y pense, à Pleyel aussi. J'avais posé la question à Clément pour savoir ce qui lui prenait avec tout ça ? Il m'avait ri au nez, en déclarant qu'il n'avait pas de temps à perdre avec des conneries pareilles. Je ne m'y suis plus intéressé ensuite. J'ai tout balancé dans un carton qui doit toujours se trouver dans ma loge. Mon habilleuse a bénéficié des fleurs.

— Des mots avec les cadeaux ? questionne Florian aussitôt sur le qui-vive.

— Non, jamais, je l'aurais précisé autrement, lance le musicien, revêche.

— On se calme, intime Ludovic, cela remonte à peu près à quelle date ?

— Hum, si je prends la première salle, je dirais huit mois. Avant ça, je n'avais rien remarqué, il y a même eu une accalmie entre l'Allemagne et la Suède. Ensuite, un soir j'ai trouvé une superbe rose rouge à longue tige, d'un grenat éclatant. La seule chose à laquelle j'ai pensé, c'est qu'elle rendrait assez bien à la boutonnière de mon costume en jersey noir lorsque je me rendrais sur scène.

— Putain ! s'exclame Ludovic excité, c'est ça ton déclic, t'avais raison, Florian. C'est à ce moment que ce siphonné a pris ce geste pour lui.

— Il ou elle, cela lui est apparu comme un encouragement, un signe que vous lui portez des sentiments, reprend le capitaine.

— C'est une histoire de fou, Frédéric doit être placé sous protection, s'agite Capestang. Votre cinglé est un réel danger.

— Henri me suffit, soulève Frédéric.

— Non ! s'entête l'avocat, il te faut un vrai service de sécurité.

— Nous ne vous avons pas attendu, Maître, une voiture banalisée stationne déjà en bas de chez lui, insiste Florian.

Chapitre 14

L'ombre

L'ombre s'en veut toujours pour son dernier pétage de plombs des jours précédents. Toutes ces certitudes s'en trouvent bouleversées, elle est restée prostrée des heures. L'appel de son patron qui lui a hurlé dans les oreilles pour lui demander si elle comptait revenir à son poste un jour l'a poussée un peu plus à cran. Ce connard a menacé de la remplacer. «*Monsieur n'est pas une œuvre de charité !*» si seulement elle avait pu l'envoyer chier. Elle doit garder ce boulot pour le salaire de merde qui l'accompagne.

Elle a des problèmes plus importants à gérer. Sa priorité, retrouver Frédéric. Rester cloîtrée n'arrange pas les choses, les voix se font belliqueuses, tranchantes.

L'ombre n'a pas connaissance de cette nouvelle opération. Ni que des hommes la surveillent, encore moins que la police se rapproche dangereusement. Si elle avait le moindre soupçon, elle se bougerait les fesses et ne serait pas en train d'enfiler cet uniforme dérobé sur son ancien lieu de travail, juste pour emmerder ses employeurs. Le stress la rongerait et elle se montrerait plus prudente, peut-être y réfléchirait-elle à deux fois, mais non, elle poursuit son plan… inexorablement.

Souriante, elle vérifie sa tenue, prend la sacoche réfrigérée, puis se dirige sur son scooter vers la rue de Rivoli. C'est son jour de chance, la porte cochère s'ouvre sur le couple de cinquantenaires.

— Bonjour, je dois effectuer une livraison pour une certaine madame Carmichaël.

— C'est au deuxième étage, bonne journée à vous.

— Merci, répond L'ombre radieuse.

La porte se referme sur les deux idiots, la lumière se coupe. L'ombre cherche l'interrupteur, positionne sa casquette bas sur son front, grimpe l'escalier, sa glacière vide sur le dos. À destination, elle colle son oreille sur l'épais panneau de bois. Aucun son ne se répercute au travers. Elle grogne, hésite. Mince ! Si près du but, elle ne va pas se dégonfler. Elle sonne, patiente, le cœur battant à tout rompre. Elle espère que ce soit Frédéric qui lui ouvre. Sauf qu'elle tombe de haut, le passage s'entrebâille sur une petite bonne femme.

— Vous désirez ? demande-t-elle d'une voix ferme pour son âge.

— Frédéric doit m'attendre, débite-t-elle d'une traite, montrant la glacière vide du fastfood.

— Il ne commande jamais cette nourriture immonde.

Cette vieille peau ne va pas l'emmerder. Elle doit dégager le passage plus vite que ça. L'ombre souffle pour se calmer.

— Nous sommes bons amis et je ne serais pas venue s'il ne m'avait pas appelée.

— Je connais les amis de mon petit-fils et vous n'en faites pas partie, s'entête-t-elle la porte toujours entrouverte.

— Pourtant, c'est lui qui m'a contactée ce matin.

Elle sait qu'elle vient de commettre une erreur quand un éclair de surprise passe dans le regard de la grand-mère.

— C'est totalement impossible, ce matin il était retenu, alors vous mentez. Allez-vous-en, insiste Cécile, comprenant que cette personne n'est pas ce qu'elle prétend.

Mama s'accroche à la porte comme un noyé à une bouée, tentant de toutes ses forces de bloquer l'entrée.

— Toi, espèce de sorcière, tu ne vas pas m'empêcher de voir l'homme de ma vie.

La cinglée la repousse violemment. La femme s'écroule lourdement sur le parquet, son crâne émettant un bruit sourd. Elle paraît avoir rejoint l'éternel. L'ombre enjambe le corps lorsque des voix se rapprochent. Affolée, elle cherche une échappatoire. Les jambes de la rombière dépassent sur le palier. Elle balaie celui-ci, réalise qu'il ne lui reste qu'une seule issue : l'étage supérieur. Elle prendra l'ascenseur pour regagner le rez-de-chaussée, pendant que les gens seront bien trop occupés avec l'ancienne, un nouveau signe du destin. Elle vibre d'anticipation quand des cris résonnent.

De retour du duplex, Frédéric et Florian entendent les hurlements. Le policier, arme au poing, se précipite, laissant le pianiste avec Karl et Philippe. Il grimpe les marches quatre à quatre, tout en sortant son portable et en rengainant son pistolet. Il pare au plus pressé, mais arrivé à l'étage, la scène le frappe de plein fouet. En premier, il voit le couple, puis distingue les jambes de Cécile. Que s'est-il passé ?

— Capitaine Delavent, j'ai besoin de toute urgence d'une ambulance pour une femme de 70 ans, probablement agressée, évanouie, pas de blessure apparente, battements de pouls rapides, mentionne-t-il les doigts sur le cou de la blessée, agenouillé près d'elle.

Il donne l'adresse et regarde Frédéric monter l'escalier presque à quatre pattes.

— Florian, hurle-t-il, dis-moi ce qui se passe, putain ! Où est Mama ?

— Doucement ! répond-il tout en allant l'aider à se relever, je pense que quelqu'un l'a poussée, mais je ne crois pas que ce soit grave.

— T'es devenu toubib dans les dernières heures ? vocifère-t-il.

Le musicien tremble comme une feuille totalement paniqué, Florian le comprend, lui aussi a peur, mais ce n'est pas une raison pour que Frédéric lui saute à la gorge.

— Tu fais chier, Fred ! Il n'y a pas de sang, elle a une bosse à la tête. J'ai appelé les secours, je connais mon boulot et moi aussi j'ai eu peur, hurle-t-il passablement énervé et touché. On va rentrer plutôt que continuer à se donner en spectacle. Tu me suis ou tu te démerdes tout seul ?

Le couple recule devant la discussion orageuse, mais Florian les intercepte.

— Auriez-vous vu quelqu'un en montant ? questionne-t-il sèchement.

Du coin de l'œil, il aperçoit le pianiste se laisser glisser au sol en s'aidant du mur, puis s'approcher à tâtons de sa grand-mère.

— Non, en sortant nous avons croisé un livreur de fast-food. Il livrait chez madame Carmichaël. Un jeune homme charmant. Je n'ai pas vraiment vu le logo.

Putain ! il avait raison, leur suspect est de sexe masculin.

— Vous êtes sûrs qu'il s'agissait d'un homme ? Pourriez-vous m'en donner une description plus détaillée ?

— Certains ! Mieux que ça, mon épouse suit des cours de dessin, elle va pouvoir faire son portrait.

Le policier n'a croisé personne lorsqu'il est monté, donc il ne reste pas 36 solutions, le gars doit être encore coincé dans l'immeuble. Son témoin infirme ses espoirs lorsque celui-ci laisse entrevoir une autre possibilité.

— Nous voulions prendre l'ascenseur, mais impossible, il était dans les étages.

Bordel de merde ! Cette anguille risque de lui filer entre les doigts car il lui semble avoir entendu ce fichu ascenseur descendre pendant qu'il s'occupait de Mama. La colère l'envahit quand il regarde Cécile toujours évanouie, si fragile dans les bras de son petit-fils. Florian ne comprend pas. Où se trouvent Henri, Sophie et Romuald ? Leur unique boulot consistait à surveiller la vieille dame, ces crétins vont entendre parler du pays.

Chapitre 15

La peur de perdre cet homme avant d'avoir osé tenter sa chance le frappe comme un uppercut. Le handicap de Frédéric le laisse sans défense face à ce détraqué qui rôde dans les parages.

Florian, pendant un moment, ne réussit pas à articuler le moindre mot. Submergé par un flot d'émotions qui roulent à la manière d'une bille de flipper dans son cerveau. Son monde tangue à nouveau, il ne permettra pas à une autre personne de mourir sans rien tenter, pas avec ce méli mélo à l'intérieur de son cœur. Il voudrait pouvoir demander l'avis de sa Charline tant il se sent perdu, que lui conseillerait-elle? Il doit se focaliser sur la sécurité de Frédéric en priorité. Il ne pige pas vraiment ce qui bruisse entre eux, mais il refuse de fermer les yeux dessus même si pour le moment cela le dérange ne serait-ce que de l'envisager. Il va devoir y songer de plus près, mais plus tard.

— Encore ton tic, relève Ludovic.

— Quel tic?

— Dès que tu passes en mode alerte ou qu'un truc te prend la tête, tu glisses tes doigts nerveusement sur ta nuque.

— Ah bon! Je n'avais jamais remarqué. Je suis juste fatigué, convient-il, revenons à nos moutons. Pas besoin d'un service de sécurité, si trop de personnes sont au courant pour Frédéric, le secret n'en sera plus un. Nous sommes sept flics dans le groupe auxquels nous pouvons rajouter Henri qui a botté le cul des terroristes. Maxence peut imposer des patrouilles de la BAC. Le principal, c'est que rien n'éveille la méfiance de ce timbré.

— Sept flics ? tique Capestang, ironique. Pour moi, c'est loin d'être suffisant.

— Vous n'allez pas m'apprendre mon métier quand même ! s'énerve Florian.

— Calme-toi, lance Ludovic, explique-nous un peu ton plan.

— Violaine, Marc, Sophie, Romuald, Hugo, toi et moi allons tourner en binômes. Violaine et Romuald surveilleront l'intérieur de l'immeuble. Marc et Sophie assisteront la BAC. Hugo et toi, vous planquerez dans le deuxième véhicule banalisé. Henri et moi demeurerons avec Cécile et Frédéric.

Florian, satisfait d'avoir paré à toute éventualité, fixe Capestang, assez fier de lui.

— Je dois avouer que tout me semble parfait, intervient l'avocat. Je n'en attendais pas moins de vous.

— Même si pour l'instant nous semblons piétiner, personne ne s'approchera de Frédéric, il devra me passer dessus, appuie le capitaine.

Celui-ci se rappelle au petit groupe d'une voix sourde, les traits tirés.

— Quelqu'un peut-il me ramener chez moi ? demande Frédéric lugubre.

Lorsque Florian se rapproche de l'endroit où le pianiste est assis, son souffle survole la nuque de celui-ci, pour se perdre dans ses cheveux fins. Frédéric rougit en sentant sa main se poser sur son bras retenu par l'écharpe. C'est encore pire quand il lui murmure à l'oreille :

— Excusez-nous, dans cette folie nous vous avons abandonné. Je vais vous reconduire. Vous êtes éreinté. Vous pourrez, vous et votre grand-mère, vous reposer sereinement.

Florian l'aide à se relever. Alors qu'il vacille, il le retient fermement contre lui. Son odeur épicée s'évapore vers ses narines. Son idiot de sexe réagit à ce rapprochement. Pourvu qu'aucune des personnes présentes ne remarque cette bosse sous sa braguette. Sur le chemin du retour, aucun des deux hommes ne ressent le besoin de parler. Florian le croit assoupi. Il ne bouge pas, remarquant son corps tendu comme un arc, son visage blanc comme un linge, le flic se sent désolé de lui imposer tout cela.

Cécile est soulagée par ce cordon de sécurité. Ce gentil capitaine la charme de plus en plus. Pendant le repas, tous les trois remarquent que Frédéric picore dans son assiette, sans participer à la conversation. Il finit par regagner sa chambre, las de sa journée. La grand-mère s'excuse, partant à son tour se reposer. Henri indique à Florian où il passera la nuit. Un lit lui tend les bras dans une pièce contigüe à celle du musicien. Toutes les heures, il patrouille dans l'appartement, y croisant Henri. Ils partagent même un café dans la cuisine.

Le flic finit par s'installer dans le fauteuil proche de la fenêtre dans la pièce où Frédéric dort. Les volets ouverts laissent la lune pleine éclairer le corps recouvert par la couette. Son sommeil paraît agité, son opération récente, sa rééducation, ajoute certainement du poids à une situation difficile.

Florian profite de ce temps pour réfléchir, quand un bruit attire son attention à l'extérieur. Ne remarquant rien, son regard se tourne à nouveau vers le lit. Le visage enfin détendu sous l'effet de l'assoupissement, le musicien perd son air froid et hautain. Il peut passer d'arrogant et prétentieux, à perdu et fragile, en un claquement de doigts. C'est certainement dû à son éducation austère.

Encore une fois, un tumulte provenant des bâtiments en face l'oblige à épier un peu plus les lieux. Il est 3 heures du matin, les lampadaires ont diminué d'intensité, il distingue vaguement une ombre qui longe le mur. Comme elle continue son chemin, il ne s'y attarde pas plus que ça. Probablement que les flics en faction l'auront vue eux aussi. Florian jette un regard vers Frédéric qui, semble-t-il, n'a rien entendu et dort du sommeil du juste.

Cet homme témoigne d'une force de caractère qui lui permet souvent de cacher son vrai ressenti. Le flic redoute sa réaction demain, lorsqu'il lui demandera de l'accompagner à son duplex. Cela risque d'être une sacrée bataille.

L'aube se lève alors qu'il se laisse sombrer pendant quelques heures. Son réveil est brutal. Il a dormi si profondément, qu'il n'a pas entendu l'occupant du lit se lever. Chapeau! Il est à chier comme garde du corps. Il retourne dans sa propre chambre, se douche, très énervé.

Toutes leurs recherches mènent à un cul-de-sac. À ce rythme, Florian va y gagner un ulcère. L'image dans le miroir lui montre un homme pâle qui accumule la fatigue. Il s'appuie sur le lavabo. Une image inappropriée, de Frédéric nu, derrière lui, le caressant sans pudeur, apparaît dans son esprit, réveillant une partie de son corps, fière et dure. Un besoin urgent de se soulager le précipite sous la douche, il lui suffit de quelques allers et retours sur sa hampe pour que sa délivrance marque le carrelage. Tout en marmonnant, il s'habille, vraiment, le chemin pervers de ses pensées tombe au mauvais moment. Il glisse son arme dans son holster, se dirige vers la cuisine d'un pas décidé, y retrouvant Henri.

— Bien dormi? se moque celui-ci, gentiment.

— J'ai grappillé une heure ou deux. Excusez-moi, j'ai complètement oublié de vous demander comment se porte votre frère d'armes ?

— Il n'est pas seul, mais c'est difficile de se retrouver avec deux jambes en moins et une moitié de bras. On sait tous que ça peut arriver mais quand c'est le cas, une chape de plomb nous écrase, on reste dans l'impossibilité de voir notre avenir. On souhaiterait y être resté…

Pendant un instant, Henri semble perdu dans son passé. Revenant progressivement à lui, il demande à Florian :

— Désirez-vous un grand café noir ?

— Je peux me servir vous savez, sourit-il. Comment surmontez-vous ce qui vous est arrivé ?

— Je l'accepte chaque matin en ouvrant les yeux, je me dis que j'ai de la chance d'être vivant. On m'a accordé un nouveau jour et ce n'est peut-être pas le dernier. Aider mes frères me donne un but dans la vie, je me sens utile.

— Je devrais prendre exemple sur vous, dit-il en se saisissant de la tasse. Où sont-ils tous ? s'interroge Florian en regardant autour de lui, cherchant apparemment une personne bien particulière.

— Madame dort encore, elle en a besoin. Vous avez compris qu'il ne lui reste plus que monsieur Frédéric. Le perdre l'anéantirait, ils sont liés comme les doigts de la main. Je me demande combien de temps elle va tenir avec cette peur au ventre ?

Henri secoue la tête, comme impuissant, puis lui indique une direction de la tête.

— Vous trouverez monsieur au salon. Je l'ai laissé avec deux hommes qui ont été autorisés à entrer, l'équipe dehors a tout vérifié. Je crois qu'ils ne sont pas d'accord sur un truc. Ils parlent depuis plus d'une heure, parfois fort. À la demande de monsieur Frédéric, on vous a laissé dormir.

Florian pique un fard, la victime qui laisse son gardien au repos, du jamais vu pour lui. Ayant une vague idée de ces visiteurs, il termine d'une traite son café et dit :

— Henri, je vais avoir besoin de votre aide pour qu'il accepte de m'accompagner chez lui. Même s'il ne voit pas, je suis certain qu'il sera capable de me dire si quelqu'un est rentré dans son logement.

— Oh merde ! pouffe-t-il. Bon courage. Je préfère affronter l'ennemi que monsieur en rogne.

Le capitaine dépose sa tasse dans l'évier puis gagne le salon, prêt à relever ce nouveau défi.

Le son d'une voix rageuse résonne derrière la porte close et guide Florian vers le salon. Lorsqu'il entre, ses yeux se fixent sur Frédéric. Son cœur accélère dans sa cage thoracique. Son cerveau se déconnecte un quart de seconde devant cet homme qu'il n'a jamais vu aussi rouge de colère. Il est tellement énervé qu'il ne remarque pas son arrivée. Il agite ses bras dans tous les sens, hurlant sur les nouveaux venus.

— Je vous emmerde, j'emmerde ces vautours de la presse. Je ne tiendrai aucune conférence devant ces hyènes. J'admets bien volontiers qu'il me faut un nouveau manager pour débroussailler ce merdier, pour le reste c'est NON ! lance Frédéric exaspéré.

Ce pétage de plombs semble leur passer au-dessus de la tête. Les deux hommes, sans doute habitués à pire avec leur groupe de rock, gardent un calme olympien. Grâce à Capestang. Florian sait qui est qui : Philippe Dacran, l'avocat aux cheveux couleur café, où s'éparpillent quelques mèches plus dorées, 38 ans, possède des yeux aussi bleus qu'un ciel d'été qui éclairent son visage. Apparemment, cet homme se fout de savoir qu'il possède un vrai charisme. Sa mâchoire carrée s'ombre d'une légère barbe, ses lèvres pleines contrastant avec son nez droit. Son corps longiligne, sculpté sans aucun doute par des heures de sport, s'oppose à l'apparence de son mari. Le flic étudie son compagnon Karl Messanguer.

Du haut de ses 42 ans, celui-ci dégage un certain charme et semble vénérer son homme. Sur sa nuque, ses longs cheveux bruns parsemés de mèches grises se mêlent de façon inégale. Ses traits plus durs, plus secs, donnent l'impression d'avoir été taillés à coup de serpe, ne se trouvant pas adoucis par les yeux qui tirent sur le chocolat. Une barbe parfaitement coupée lui couvre le bas du visage faisant ressortir son nez qui paraît avoir survécu à une chute ou une bagarre. Contrairement à son époux, en jean et polo Lacoste, il est vêtu d'un pantalon de cuir et d'un pull en V, bleu ardoise. Sans le toucher, Florian parierait pour du cachemire. Il sourit devant leur interaction.

— Chéri, émet Dacran d'une voix égale, comme si le coup de gueule du pianiste lui passait au-dessus, tu es désormais le manager de Frédéric. Tu dois pouvoir assurer cette conférence avec moi à tes côtés. Tout le monde saura qu'une personne se charge de ses affaires.

— Amour, je sais pourquoi je t'ai épousé, susurre le manager. Que penses-tu de ça ? « Le grand Carmichaël ressort très atteint par tous ces évènements et souhaite pour le moment demeurer en retrait. Dès qu'il se sentira mieux, il réservera une surprise à ses fans ». Cela te paraît-il crédible ? Et toi, Frédéric ? Tu es le principal intéressé, ton opinion compte.

— Vous pariez sur le mauvais cheval, messieurs. Quoi que je pense, ça n'a plus d'importance. Tant que fans et journalistes restent loin de moi c'est prioritaire, balance celui-ci amer, la pitié, très peu pour moi, faites ce que vous voulez je m'en fiche royalement.

Les époux se tiennent l'un près de l'autre sur un des canapés, cheveux en bataille et guerroient pied à pied avec leur nouveau poulain. Carmichaël s'agite, les doigts crispés sur le dossier du fauteuil derrière lequel il se tient droit comme un I, le visage totalement fermé. Florian décide d'intervenir avant que le pianiste ne devienne ingérable. Fait chier cet emmerdeur !

— Ça suffit ! Tu vas cesser de jouer au con, s'énerve-t-il en le tutoyant pour la première fois, ils cherchent seulement à t'aider, tête de mule.

Tous sursautent au son de sa voix qui claque et se tournent simultanément vers lui.

— Et vous êtes ? demande Philippe, interloqué.

— Le flic qui dirige cette enquête. Je peux vous certifier que vous n'obtiendrez rien de cet âne bâté. Il préfère pleurnicher. Vous vous dites que je suis le pire connard de cette Terre, vous avez entièrement raison.

Florian, excédé par le comportement du pianiste, ne retient pas ses mots.

— Il doit rencontrer un psy digne de ce nom. Je lui ai indiqué une personne capable de l'assister, j'attends toujours la réponse. Plus tôt, il acceptera sa cécité et reconnaîtra que l'on n'y peut rien changer, plus vite il avancera. Rassurez-vous, je ne suis pas un abruti dépourvu de sentiments. Il est au pied du mur, soit il avance avec le jeu que le destin lui a envoyé, soit il choisit de se cacher pour noyer son chagrin dans le poison qu'il décidera. Je parle en connaissance de cause.

Le capitaine souffle un instant, rien ne stoppera tout ce qu'il retient en lui depuis ces derniers jours, enfin peut-être pas tout, mais le principal.

— La chirurgienne maintient qu'il a toutes les chances de retrouver les touches de son piano, s'il accepte de suivre scrupuleusement sa rééducation. Il s'est planqué derrière sa musique toute sa vie. C'était confortable sauf que là il est à poil. Il doit admettre son homosexualité, abandonner ces putains de conneries auxquelles il s'accroche. Sinon ça va lui péter à la gueule. Tous, autant que nous sommes, devons arrêter de le plaindre et lui éviter de s'enfoncer parce que le jour viendra où il n'y aura plus rien à protéger, termine Florian un rien essoufflé.

Il cesse de tourner dans la pièce comme un lion en cage, le corps bouillonnant, les sourcils froncés, il force le regard éberlué des deux hommes.

— Un cinglé dans la nature lui court après, persuadé que votre futur poulain l'aime. Dans son cerveau dérangé, il ne voit que ça et se débarrasse de tout ce qu'il considère comme un obstacle entre eux, reprend-il, plus calme. Frédéric doit se bouger l'cul.

Le pianiste, transformé en statue, reste bouche bée, une veine pulsant à son cou, le corps rigide, il en oscille de rage. Le premier à reprendre ses esprits est Dacran.

— Putain ! Vous feriez un malheur dans un tribunal si vous souteniez l'accusation, s'amuse-t-il.

Florian devient rouge pivoine. Quand va-t-il apprendre à la fermer ? Ses doigts passent dans ses cheveux qu'il n'a pas pris le temps de tresser, mal à l'aise.

— Vous me plaisez, continue l'avocat tout sourire.

Un rire de gorge répond au grognement de son mari.

— Pas de cette façon, idiot, aucune chance que je quitte la perle que je possède, tu me suffis, chéri. Jeune homme, vous venez de prouver de la plus belle des manières que vous et nous sommes sur la même longueur d'onde. Frédéric doit se soigner et nous laisser gérer les vautours. Comment envisagez-vous de coincer ce crétin ? Pouvons-nous vous apporter une aide quelconque ?

Poussez Frédéric à venir avec moi dans son duplex déjà, tente-t-il comme on jette une bouée à la mer.

— En quel honneur ? Puisque je n'y vis pas. Je refuse de m'y rendre de toute manière, fulmine le musicien.

— Quelle faute ai je commise pour mériter ça ? s'irrite le flic. Tu sais que le tueur a récupéré des éléments dans les affaires de Marlène, bordel! Il te cherche certainement, toi, son amant disparu! Triple buse! Toi, sur qui désormais, il en sait assez long. Remets les choses en perspective, sombre imbécile. Il tue, saccage, te piste, alors ça serait plus simple de le serrer avec ton aide, gronde Florian. La scientifique va s'y rendre quand même, mais tu nous ferais gagner du temps, car toi seul peux sentir si un intrus a pénétré chez toi, mais apparemment tu t'en fous, finit Florian, sibyllin cherchant à piquer son égo.

— Je croyais qu'un putain de policier, un capitaine de ton acabit saurait ce que le terme aveugle veut dire, ironise Frédéric, rageur.

Florian passe la parole à Karl. Celui-ci, une main sur l'épaule du jeune rétif, continue doucement.

— Frédéric, Florian possède un franc-parler qui te heurte, mais il a raison. Tu dois le suivre, tu pourras percevoir certaines choses, j'en suis sûr. Tu disposes d'un nouveau pouvoir, utilise-le.

Avant cet accident, le pianiste était un musicien talentueux. Ses blessures ont fait voler en éclats son avenir. Il se sent tellement plus vieux que ses 30 ans. Tout lui file entre les doigts. Que veulent-ils lui faire croire? Il n'est qu'une coquille vide et inutile.

— Quand est-ce que ça va s'arrêter? J'en ai marre, chuchote-t-il, vaincu.

Sans plus y réfléchir, Florian l'attire dans le creux de ses bras, ne supportant pas de le voir se torturer de cette façon. Se fichant comme de sa première chemise que les deux autres les regardent, il tient à le rassurer. L'odeur de sa peau le chamboule méchamment. Il respire profondément les yeux fermés, tentant de se reprendre. Putain! Cette enquête doit se terminer au plus vite s'il ne veut pas se perdre.

Chapitre 16

*F*lorian sent Frédéric rendre les armes. Le pianiste reste interloqué, jamais il n'aurait toléré un tel degré d'intimité avec personne avant cet homme. Même s'il le refuse plus ou moins, il doit accepter qu'avec lui, il se passe quelque chose qu'il n'a jamais connu. Un incendie dévaste son corps en entier. Malgré lui, il savoure ce mur solide et musclé contre lui. Son odeur envahit ses sens. Aucun de ses coups d'un soir n'a éveillé un centième de ces sensations. Il doit se rendre à l'évidence, jeter ses croyances aux orties. Son cœur bat vraiment pour quelqu'un. Sa vie va-t-elle s'en trouver changée ? Sera-t-il capable de vivre une telle relation ? Et s'il se faisait des idées ? Est-ce qu'une fois ce feu dévorant consumé, il restera quelque chose ?

Mis à part avec Cécile, dans sa vie les câlins et les je t'aime n'ont pas existé. Son père refusait de perdre son temps avec ces futilités. Son jeune esprit ne devait être envahi que par la musique pour devenir le plus grand. Si en plus, il l'avait vu avec un homme, il l'aurait écarté comme un vulgaire insecte. Quant à sa mère, il ne connaîtra jamais sa position sur le sujet, elle qui a opté pour la manière la plus directe d'échapper à cet homme froid. Il garde une rancune envers elle, celle de l'avoir abandonné. Le couple que formaient ses parents a forgé en lui cette certitude que les sentiments mènent à la confusion et aux complications. Alors pourquoi ce revirement?

Jusqu'à Florian, il imaginait que son piano et sa musique représentaient l'unique but de son existence. Cela le terrifie de ne plus rien maîtriser. Il a été à la fois rassuré et insatisfait de le savoir dans sa chambre. Il a fait tout son possible pour éviter qu'il sache qu'il ne dormait pas. Il l'a entendu remuer sur sa chaise et senti son regard sur lui, puis enfin sa respiration se réguler au petit matin. Tendu et en proie à des envies peu catholiques, il a refusé de se soulager au risque de réveiller l'objet de son désir brûlant.

La main de Florian dans son dos le transforme en flaque, contrairement à son membre qui montre à nouveau de l'intérêt. Lorsque le policier murmure son prénom d'une voix sourde, il comprend à sa grande honte, que celui-ci n'est pas passé à côté de sa réaction. Il s'écarte doucement, le rouge embrasant ses joues.

Aussitôt, Frédéric remonte son mur de protection, son visage retrouve cet air maussade. Florian est tenté de croire que les iris qui le fixent le voient réellement.

— Nom d'une pipe Frédéric, gronde le flic, désespéré face à son entêtement, tu oublies un peu vite que celui qui te pourchasse détient tous les renseignements te concernant. Ton adresse personnelle figure sur beaucoup de documents. Nous devons seulement vérifier que ton harceleur ne s'en est pas servi à bon escient. Cela nous permettra juste d'écarter cette piste.

— Même si ton crétin de suspect a pu s'y rendre, et cela reste à prouver, il lui sera impossible de franchir l'entrée, c'est un vrai blockhaus.

Henri entre au bon moment avec du café puis regarde les personnes présentes tour à tour.

— Si je puis me permettre, il serait judicieux de prendre un autre véhicule moins reconnaissable que la limousine.

— Si ça peut aider, nous sommes venus avec notre Cherokee, les vitres sont teintées. Il y a sept places, relève Karl.

— Bien vu, Henri, je vous laisse la BAC avec Violaine et Marc. Merci, monsieur Messanguer.

— Puisque nous sommes appelés à nous voir souvent, je suggère que nous nous appelions par nos prénoms, Philippe et Karl.

— Au cas où notre suspect se planquerait dans le coin, nous n'allons pas lui faciliter la tâche. Nous vous retrouverons au Musée du Louvre, à moins que vous ne préfériez le café Marly ? demande le capitaine.

— Nous stationnerons en double file devant le café, le temps pour vous, de grimper dans notre voiture.

Voilà, c'est parti, bientôt Florian va savoir si son instinct est toujours aussi affûté. Plus ils s'approchent, plus Frédéric devient tendu. Ses doigts tapotent sa cuisse dans un rythme croissant.

Arrivés devant l'immeuble cossu, il se stoppe avant de descendre du véhicule, puis Florian lui ouvre la portière et aide le musicien à en sortir. Le flic, sur le qui-vive, étudie les lieux, même si le quartier respire l'opulence, aucune indication ne permet de savoir qu'une célébrité vit ici. Dans la rue, la circulation est habituelle, les piétons filent sans s'occuper d'eux. Tout semble normal, un peu rassuré, il pose sa main sur le bras de l'homme à ses côtés. Les mains tremblantes, Frédéric lui tend son trousseau.

À première vue, la porte de son duplex n'a pas été forcée et lorsque Florian insère la clé, un cliquetis se fait entendre. Frédéric, accroché à son bras, marque un temps d'arrêt, obligeant tout le monde à patienter à l'entrée, puis avance à l'intérieur.

Le capitaine écarquille les yeux devant la magnificence du cadre, il n'a jamais vu un endroit si superbement décoré. Tout a été choisi avec goût. Pourtant, cet appartement lumineux, doté d'une grande élégance, reflète un manque de vie, un peu comme aseptisé, il en ressort une certaine froideur. À côté, son lieu de vie semble miteux. Trop occupé à examiner la pièce luxueuse, il emboutit Frédéric qu'il a carrément abandonné au milieu de la pièce. Celui-ci tétanisé sursaute à son contact brutal. Le musicien n'a toujours pas bougé, le front plissé, aux aguets. La scientifique attend la permission de leur supérieur pour s'engouffrer à son tour.

— Que se passe-t-il ? questionne Florian.

— Quelqu'un a pénétré chez moi !

— Comment peux-tu être si catégorique ?

— Ça sent la vanille ! J'ai cette odeur en horreur, elle est mêlée à autre chose… C'est écœurant !… C'est dingue… on dirait…

Frédéric arrête de parler, cherchant à quoi se rapporte cette essence…

— C'est étrange, j'y retrouve une partie du santal de mon parfum.

Florian ne perd pas de temps à douter, le harceleur utilise donc une essence à la vanille, Frédéric une au santal, normal de les retrouver sur les lieux. Il fait signe à la PTS de démarrer ses recherches. Il avait raison de penser que son cinglé viendrait en ce lieu.

— Karl, Philippe, pourriez-vous rester dans un coin avec Frédéric en prenant soin de ne toucher à rien, tant que les relevés ne sont pas effectués.

Sans attendre une réponse, le limier en lui totalement réveillé, avance, étudiant tout sur son passage, suivi par un technicien.

— Les cadres ont été touchés, au vu de ta maniaquerie, tu n'as pas pu les laisser désordonnés de la sorte, annonce-t-il glacial. Frédéric, ton piano ? Ouvert ou fermé ?

— Toujours fermé à cause de la poussière.

De l'index, il désigne l'espace ouvert à une jeune femme cachée derrière un masque et une combinaison, sans le signaler au pianiste. Comme il s'y attendait, tous ces éléments mis bout à bout prouvent que quelqu'un est effectivement passé.

Elle pose un cavalier chiffré[4] jaune à ce nouvel emplacement et prend une photo, puis à l'aide d'un pinceau, passe de la poudre noire. Les cônes orange de marquage s'échelonnent sur le chemin du visiteur fantôme.

— Je monte, grimace Florian. Comment notre suspect a-t-il découvert cet endroit, si ce n'est dans ce qu'il a récupéré chez Marlène.

— Encore une connerie que je dois à Keller ! rage Frédéric dans son coin hors de lui.

Florian, sans un mot, pointe les balustrades à un autre technicien.

— Ludovic, du nouveau de votre côté ? demande-t-il dans son portable, tout en se dirigeant vers l'étage. Quelqu'un a récupéré les vidéos des récitals… Évidemment, que je sais que la victime n'utilise pas les réseaux sociaux, mais ses fans, si. Concentrez-vous dessus pour l'instant. Préviens Hugo qu'il a déboulé chez Frédéric, oui je sais, ça peut être «elle», mais je suis sûr de moi. La PTS pratique les relevés. Je vous tiens au courant, salut.

— Tu as vu juste pour la visite, lâche Tapier à l'autre bout du téléphone.

---

4 Une fois le périmètre en place, l'enquêteur va disposer des plots ou cônes de marquage afin de mettre en évidence les différents indices et de les hiérarchiser. Les cavaliers utilisés par la police scientifique sont de différentes tailles, couleurs, numérotés ou alphabétiques.

— Ça ne me rend pas plus heureux pour autant, s'agace-t-il avant de raccrocher.

Du regard, il balaie les lieux, envahi par un sentiment étrange alors qu'il se déplace vers le dressing. Il enfile ses gants et repère les tiroirs mal fermés, puis les ouvre en grand. Nom d'un moulin à poivre! Ainsi le sage ne l'est pas tant que ça, il peut apparemment se montrer torride et aventureux. Quelles surprises lui réserve-t-il encore? Il imagine son joli derrière moulé dans cette soie et cette dentelle tout en s'évertuant à ignorer le brasier qui enflamme son ventre. Jamais Florian n'a imaginé voir un homme dans ces vêtements, pour lui, il en est aux simples boxers en coton. Soudain Florian n'a plus à s'inquiéter que les agents de la scientifique remarquent son érection. Celle-ci se fane d'un coup lorsqu'il se retourne vers le lit. Sur l'oreiller, une rose rouge grenat à longue tige donne l'illusion d'une tache de sang. Ce n'est pas avec ça que Frédéric va se sentir mieux.

— As-tu trouvé quelque chose? hurle justement celui-ci.

— Tes tiroirs sont, je suppose, toujours fermés, eux aussi? demande le capitaine de l'étage.

— Ce n'est pas de ma faute si je suis un peu maniaque, s'irrite le pianiste.

— Ils ont été fouillés! Je suis désolé.

— Putain! Ma vie est ouverte à tous les vents! vocifère-t-il, passant du blanc au cramoisi.

Florian rejoint le petit groupe à l'entrée et envahit son espace, murmurant à son oreille, les yeux fixés sur le pouls battant de son cou.

— Tu as le droit de porter ce que tu veux, personne n'a à te juger. J'ai demandé à ce que l'objet du délit reste fermé vu que rien ne semble avoir été bougé, alors du calme, ça va aller.

Le musicien abaisse ses paupières de soulagement, sa pomme d'Adam bouge en mouvements rapides, témoin de son stress. Florian prend sa main, il se fiche qu'on les voit, d'autant que les autres le regardent bizarrement devant ce tutoiement venu automatiquement depuis quelques heures. Le jeune homme ne le repousse pas.

— Mesdames, messieurs, vous devriez obtenir des preuves sur tous les endroits signalés. Je compte sur vous, et ce, pour hier si possible, ordonne-t-il tout en lâchant le pianiste.

— En plus des cadres, des livres, du piano, des partitions, tu souhaites que la chambre soit vérifiée avec les deux premiers tiroirs, insiste Laura, sous son masque. En ce qui concerne la cuisine, je n'ai rien remarqué.

Elle bosse avec Florian depuis longtemps et connaît son système de fonctionnement sur les scènes de crime. Il met toute sa confiance en elle et son équipe.

— Faites attention au piano, s'il vous plaît. Demandez à des pros de nettoyer après vous, merci. Laura, nous quittons l'endroit. Tu trouveras un truc sur le lit, lui glisse-t-il à l'oreille en vérifiant que le musicien ne l'entend pas.

Chapitre 17

L'ombre

Installée en face de l'immeuble, elle se remémore la chute de la vieille. Ses yeux écarquillés lui ont donné un sentiment jubilatoire. La garce n'a pas cru son petit discours et elle a vu son visage. Si elle s'en sort, elle va devoir la liquider. Par sa faute, elle vient d'entrer en pleine lumière effaçant tout effet de surprise. Malgré tout, elle a su se montrer plus maligne qu'eux. Le remue-ménage provoqué par l'attaque lui a permis de s'enfuir par l'ascenseur pour regagner son poste d'observation débarrassée de son déguisement. Jusqu'à présent, elle était la maîtresse du jeu, elle n'est plus sûre de le rester. La rage l'étouffe devant la perte de l'avance gagnée, ce nouvel obstacle ne fait que s'ajouter aux autres. Une logorrhée de pensées, plus envahissantes les unes que les autres, s'aligne dans son cerveau enfiévré. La voix courroucée dans sa tête se montre insistante.

— Tu n'es qu'une sombre abrutie, une minable, une ratée. Toi avec le pianiste ? Laisse-moi rire.

— Connasse ! Tu dis deux fois la même chose et ferme ta gueule, tu ne sais pas de quoi tu parles !

C'est humiliant, elle n'est qu'une boule de nerfs. Dans la précipitation, elle a commis une erreur de taille. Voir Frédéric avec ce connard aux cheveux tressés lui a fait perdre de vue son but initial. Un feu intérieur la déchire. Une bordée de jurons jaillit et ses poings serrés s'ankylosent à force d'être crispés. Elle approche dangereusement du précipice. Attablée à la terrasse du café, son sac contenant sa tenue de livreur caché entre ses jambes, elle essaie de se fondre parmi les autres clients.

Les pompiers, sirène hurlante, se sont stationnés suivis d'une nuée de flics, un vrai désastre ! Ils ont mis un moment avant de repartir sans gyrophares. Qui est monté avec cette vieille bique ? Apercevant les policiers intercepter tous ceux qu'ils croisent afin de vérifier leur identité, elle se tasse, son cœur exécute une embardée à leur approche.

— Papiers s'il vous plaît ! demande l'un d'eux, peu aimable.

Elle les tend sans trembler.

— L'adresse est bonne ? continue le flic, alors que l'autre note les renseignements sur une tablette. Vous venez souvent ici ?

— En général, c'est calme.

— Vous n'avez rien remarqué depuis votre arrivée ?

— Comme quoi ? demande-t-elle, une nuance de défi dans la voix.

— Une personne au comportement étrange qui serait sortie de l'immeuble d'en face.

— Je n'ai pas vraiment fait attention, désolée. C'est grave ?

— Une tentative de cambriolage ratée, vous vous trouvez loin de chez vous, insiste-t-il, lui tendant sa carte tout en le fixant.

Putain ! Il va lui lâcher la grappe, ce crétin !

— J'aime me balader et l'ambiance ici est bonne. Ce n'est pas interdit ?

— Non, en effet. Bonne journée.

Un signal d'alerte clignote dans sa tête, même s'il est impossible qu'ils établissent un lien. Pour le moment, elle doit augmenter ses précautions. Tout part en vrille. Sur sa messagerie, elle vient de récupérer un ultimatum de son boss. Tous ces connards se trouvent en compétition pour l'emmerder. Même son banquier se joint à la fête. Il souhaite le voir renflouer son compte au plus vite. La veille, son propriétaire l'a traqué pour le paiement du loyer. Sa vie se restreint comme peau de chagrin. Qu'en est-il de tous ces ignares qui affirment que les grandes douleurs sont muettes ?

Le poème de Louise Ackermann *De la lumière* lui revient, elle s'en récite quelques vers qui en général l'apaisent.

« *Parfois, son désespoir confine à la démence.*
Il s'agite, il s'égare au sein de l'Inconnu,
Tout prêt à se jeter, dans son angoisse immense,
Sur le premier flambeau venu.
La Foi lui tend le sien en lui disant : "J'éclaire !
Tu trouveras en moi la fin de tes tourments."
Mais lui, la repoussant du geste avec colère,
A déjà répondu : "tu mens !" »

Ces vers paraissent écrits pour elle. Ressentant cette sensation curieuse qu'elle s'enferre de plus en plus dans un piège et calcule avec effort son coup suivant dans ce jeu d'échecs.

Chapitre 18

Florian

Florian s'accroupit près de Frédéric pour caresser ses joues humides de ses larmes.

— Tu veux bien accepter de m'écouter, je pense qu'elle souffre d'une commotion. Il n'a pas eu le temps de lui faire plus de mal. Il vient de commettre sa première erreur. Je sais que tu refuses de m'entendre, mais je te promets qu'il va payer pour ce qu'il lui a fait. Et ce n'est pas ta faute.

— C'est ce que tu crois ?

— Exactement, tu ne peux pas être responsable de la fixette de ce connard.

Alors que les secours prennent Cécile en charge, Henri remonte les marches.

— Vous étiez où, bordel ? hurle Florian à l'intendant.

Henri sursaute, l'air blessé. Il montre ce qu'il tient dans sa main.

— Madame m'a envoyé chercher ses mots fléchés. Sophie et Romuald patrouillent dans l'immeuble. Je me suis absenté seulement quelques minutes, termine-t-il, penaud.

Aussitôt, Florian s'en veut, l'ancien soldat n'est pas flic, il a obéi à sa patronne. La colère et ce je-ne-sais-quoi qu'il ressent pour le pianiste ont obscurci son esprit, il se comporte en abruti. Il fixe les deux lieutenants qui arrivent essoufflés.

— Capitaine, que s'est-il passé? demandent Sophie et Romuald le visage tourné vers la vieille dame, toujours au sol entre les mains des secours.

— Ce qui s'est passé? Vous ne le voyez pas? aboie-t-il. On en discute plus tard.

Un gémissement de Cécile le rassure, il s'est attaché à cette femme. Les pompiers confirment le diagnostic de Florian. Par mesure de précaution, ils la dirigent sur l'hôpital pour vérifier ses constantes, acceptant qu'Henri l'accompagne.

— C'est moi qui devrais y aller, s'écrie Frédéric.

— Certainement pas, gronde Florian, tout le monde à l'intérieur. Immédiatement!

Celui-ci tente de gérer les conséquences de cette attaque éclair. Tous, mal à l'aise, lui font face dans le salon. Froidement, son regard passe des uns aux autres. Il fonce bille en tête.

— D'abord toi, Frédéric, tu dois rester hors d'atteinte de ce dingue et suivre mes instructions. Il va saisir chaque opportunité, surveiller cet immeuble. Il a dû voir les pompiers et s'attend à ce que tu emboites le pas à l'ambulance. NON! rugit-il sortant de ses gonds, je ne souhaite pas entendre quoi que ce soit, content ou pas, tu vas rester ici.

Le capitaine se tourne vers son équipe, furieux, le regard assassin.

— Maintenant, à nous, je vais vous coller un rapport au cul! Pourquoi n'avez-vous pas appelé des renforts avant de vous éloigner sachant qu'Henri s'absentait?

— Capitaine, nous avons effectué le tour du pâté de maisons seulement après nous être assurés que tout était okay, souffle Sophie, dansant d'un pied sur l'autre, mains derrière le dos. Violaine y est toujours, je vais l'avertir de l'agression.

— C'est ma faute, j'aurais dû anticiper qu'il chercherait une ouverture pour intervenir, tente maladroitement Romuald.

Il bosse avec ce supérieur depuis peu, mais il trouve qu'il se montre juste. Ils ont merdé, normal qu'ils se prennent une soufflante. Il se tourne vers le petit-fils.

— Je vous présente mes excuses, nous sommes vraiment désolés.

— Je suis fautif aussi, formule Florian calmé, passant une main sur sa nuque, j'aurais dû le prévoir. Allez à l'hôpital rejoindre Henri qui se trouve déjà auprès de Cécile. Personne d'autre que le personnel soignant n'entre dans la chambre, seulement après qu'une vérification ait été effectuée sur chacun d'entre eux.

Les deux flics filent sans demander leurs restes.

Philippe et Karl patientent dans un coin, attendant que l'orage passe. Florian attrape son portable tout en surveillant Frédéric, avec lui, il perd toute objectivité.

— Maxence, je veux des flics en tenue dans tout le périmètre et que ça ressemble à un essaim d'abeilles. Il est comme un pyromane qui vient d'allumer un incendie, à coup sûr, il va rester dans le coin pour admirer son œuvre. Il est sur le sentier de la guerre, je veux qu'on lui foute la pression. Et putain ! j'avais raison, c'est bien un homme. Je t'ai envoyé deux témoins avec Violaine. J'installe notre Q.G. chez madame Carmichaël. J'ai merdé en donnant de telles responsabilités à un civil. Tu peux m'envoyer la PTS avec Ludovic et Hugo, s'il te plaît, dit-il en refermant son téléphone d'une main et en passant l'autre dans ses cheveux.

— Désolé d'avoir gueulé, voir Cécile comme ça m'a déboussolé, se justifie Florian en fixant Frédéric toujours prostré dans le canapé.

Puis il se retourne vers les deux hommes toujours silencieux :

— Karl, j'aimerais que l'on se réunisse avec mes supérieurs pour savoir comment utiliser votre intervention télévisée.

— Chéri ? questionne Philippe.

— Dites-nous juste l'heure et le jour, nous serons là. Je vous laisse nos coordonnées, précise Karl.

— Frédéric en a assez supporté pour aujourd'hui, je crois. Nous allons vous quitter, donnez-nous des nouvelles de madame Carmichaël. Attrapez cette pourriture ! termine Philippe.

— Comptez sur moi pour ça, encore plus après ce qui vient de se passer !

Ils se trouvent désormais seuls, les sanglots du pianiste déchirent Florian. Le flic ne peut se cacher davantage et taire son attirance, il sait que quelque chose dans son cœur se trame, il décide de lâcher la bride à son esprit.

Frédéric s'est imaginé le pire, sa cécité l'empêchant de relativiser et amplifiant son ressenti. Le policier décide de crever ce silence qui s'installe et s'ouvre au pianiste.

— Frédéric, tu veux bien me parler ? Comment vas-tu ? Je me doute que tu m'en veux.

Ce dernier ne répond pas. Difficile de déterminer s'il refuse de dialoguer ou s'il préfère l'ignorer.

— Je suis navré, elle a dû piger assez vite qui se présentait à sa porte. Elle ne lui a probablement pas facilité la tâche. Cette femme est courageuse, elle en a vu d'autres.

Son sourire doit passer dans le son de sa voix, car Frédéric semble enfin se détendre. Florian lui ôte ses lunettes, les pose sur la table basse. Il s'y assied, face à lui.

— Je me sens totalement responsable, insiste Florian. Il est évident que nous n'avançons pas aussi vite que nous le souhaitons, nous ne sommes pas des magiciens.

Il entremêle ses doigts glacés aux siens, Frédéric ne les retire pas. Si l'enquête traîne en longueur, ce qui se passe entre eux progresse, les dépassant quelque peu. Il semble pourtant qu'aucun d'eux ne tente de le refuser.

— Je te fais une promesse, ça va prendre un peu de temps, mais on va le serrer. Les voisins vont nous fournir un portrait-robot. Dès qu'elle le pourra, Cécile confirmera s'il est correct. Je peux t'assurer que le mec aurait pu se fixer sur n'importe qui, et…

Coupé par la sonnerie de son téléphone, Florian avertit Frédéric qu'il s'agit d'Henri :

— Oui Henri, je vous mets sur hautparleur, on vous écoute.

— Elle va bien, les examens montrent une légère commotion. Ils vont la garder cette nuit pour plus de sécurité. Elle leur a fait savoir ce qu'elle en pensait, du coup, elle y a gagné un calmant. Si la nuit se déroule bien, elle sortira demain matin. Elle m'a demandé de rassurer monsieur Frédéric.

— Merci, Henri, encore une fois excusez-moi pour tout à l'heure. Si elle se réveille, dites-lui que je reste avec son petit-fils, assure-t-il en fermant son portable.

Les deux hommes sont rassurés par les dernières nouvelles. C'est alors que soudainement l'ambiance change, devenant plus électrique. Le temps semble comme suspendu. Tendus l'un vers l'autre, ils prennent conscience que quelque chose frémit entre eux. L'air se charge d'une tension sexuelle longtemps retenue. Florian essuie de ses pouces les larmes de soulagement qui dévalent sur les joues de Frédéric. Inconsciemment, sans savoir qui en est le responsable, la distance entre eux s'efface. Leurs lèvres se rapprochent jusqu'à se toucher, puis s'abandonnent à leur désir dans un baiser doux et réconfortant.

Prenant conscience de l'intensité du moment, le flic recule un instant. Le jeune homme suit le mouvement pour quémander un autre échange plus ardent, ses mains encerclent la nuque de Florian qui abdique volontiers, se laissant happer. Leur baiser transmet toutes leurs émotions, le transformant en une jouissance intense et brutale. Un râle résonne dans sa gorge. Les contours du champ de vision du policier disparaissent soudain. Cherchant de l'air, il s'écarte et reste interdit devant le visage extatique de son compagnon qui garde les yeux clos. Ses pommettes et le pourtour de ses oreilles virent au rouge. Ses lèvres gonflées montrent la sauvagerie de leurs échanges. Repensant au contenu du tiroir dans le duplex, Florian doit repousser ces images de Frédéric juste vêtu de soie et dentelle, le moment n'est pas venu. Le désir qui les anime provoque un renflement très visible sous leurs braguettes qu'ils ne peuvent ignorer.

— Je ne t'imaginais pas si sauvage, murmure Florian. Je pensais que tu allais m'envoyer sur les roses.

— S'il y a un endroit où j'aimerais t'envoyer, ce n'est certainement pas là, souligne Frédéric, audacieux.

Florian remarque que le marron de ses iris possède une teinte plus claire qu'il ne l'a cru auparavant, tirant sur la couleur d'un bon whisky. Il n'a jamais été si près de perdre son sang-froid devant ce mélange de vulnérabilité et de force que montre le pianiste à cet instant. Leurs mains de nouveau liées, il l'attire contre lui. De sa langue, il joue sur ses lèvres entrouvertes et glisse sa main libre derrière la nuque du pianiste pour accentuer leur baiser, puis recule doucement. Dévastés par l'intensité de leur baiser, ils se retrouvent, front contre front, haletants.

C'est alors qu'une question hors contexte du pianiste le statufie coupant net toute envie de s'aventurer plus loin. Les deux hommes s'écartent l'un de l'autre, revenant à l'affaire.

— Comment a-t-il pu rentrer dans mon duplex ?

Florian reprenant rapidement ses esprits répond :

— De toute évidence, il doit posséder les clés, car il n'y a pas eu d'effraction. Il y a eu accès d'une manière ou d'une autre.

— Pfff… connerie ! Elles restent en permanence dans mes poches, tout comme mon portable.

— Même lorsque tu joues sur scène ? s'étonne Florian.

— Mais non, idiot ! Je ne peux rien glisser dans mes tenues de concert. Je laisse tout dans mon costume accroché dans ma loge.

— Donc, n'importe qui a la possibilité d'y avoir accès, sans risquer d'être surpris. Pendant un spectacle, je suppose que l'endroit grouille de monde, confirme le capitaine.

— Pour certains vestiaires, il y a des clés et l'entrée des artistes se trouve sous la garde d'un vigile, mais ce n'est pas toujours le cas.

— Pourquoi Keller ne t'a-t-il pas attribué une sécurité permanente ? Tu es quelqu'un de reconnu quand même !

— Trop cher ? Une gêne pour ses trafics ? Qu'est-ce que j'en sais, moi ? s'énerve Frédéric.

— Effectivement, j'aurais dû y penser.

— On peut passer à autre chose ? questionne le pianiste farouche. Et si on reprenait là où nous nous sommes arrêtés.

Florian sent les longs doigts de Frédéric glisser sur sa joue dans un attouchement aérien. Son visage s'avance alors que sa bouche fond sur la sienne pour un baiser fougueux, le début d'une barbe couvrant sa mâchoire marque sa peau. Plus rien n'a d'importance, son esprit se vide, son corps s'alanguit dans le plaisir de serrer cet homme dans ses bras. Leur relation devient fusionnelle les surprenant tous les deux. Ils oublient ce harceleur fantôme. L'un contre l'autre, ils restent silencieux jusqu'au murmure de Frédéric.

— Pourquoi es-tu devenu flic ?

Dieu merci ! Cette excuse lui donne l'occasion de ne pas se comporter comme un animal en rut. À ce rythme, il risque de craquer. Saisissant la perche tendue, il se racle la gorge, tentant de remettre ses idées en place.

— Euh… on va dire le hasard, je souhaitais devenir avocat, mais j'ai rencontré celle qui a tout bousculé dans mon planning de carrière.

Frédéric sursaute, il n'avait pas envisagé qu'il pouvait avoir quelqu'un dans sa vie, une femme en plus. Il recule comme piqué par un serpent.

— Reste là, souffle Florian le serrant contre lui, je vais t'expliquer, tu jugeras ensuite d'accord ? J'ai fait la connaissance de Charline et à ma grande surprise, elle m'a aimé. Nous nous sommes mariés. Elle voulait soigner les enfants, mais sa bourse plus ses petits boulots ne suffisaient pas pour des études aussi longues. Il nous fallait un salaire sûr pour nous en sortir.

La voix de Florian devient rauque, comme s'il avait du mal à en parler. Le pianiste est perdu, mais comme il veut tout savoir sur ce flic mystère, l'écouter devrait éclairer sa lanterne.

— Vos parents ne pouvaient pas vous aider ?

— Ceux de Charline l'assistaient au mieux.

— Elle est où ? Pourquoi t'exprimes-tu au passé ? Vous êtes séparés ?

— On peut dire ça comme ça, elle a été abattue, il y a un peu plus d'un an, pas de soutien familial, là non plus. Son père et sa mère n'ont toujours pas surmonté leur chagrin et j'ai refusé d'ajouter le mien au leur. Je ne parle plus aux miens depuis une explication très orageuse alors qu'ils venaient de me surprendre très occupé dans ma chambre avec le fils du garagiste. Je n'avais pas 18 ans, je me préparais à passer mon BAC et tout s'est effondré, j'y ai gagné un aller simple pour la rue. En un quart de seconde, je n'étais plus l'enfant que mes parents adoraient, j'étais devenu un être immonde. J'avoue que je n'imaginais pas un seul instant cette réaction.

— Attends ! Je ne veux pas me montrer idiot, mais… tu viens de me dire que tu t'es marié avec une femme, j'avoue que je suis dérouté.

— Il n'y a rien à comprendre. Pourquoi devrait-on cocher des cases, donner un nom à ce que l'on ressent ? C'est la société qui place des étiquettes, si tu es différent de ce qu'elle choisit, tu dois t'effacer, plier la tête. Pour moi, je n'aimerai jamais une autre femme, c'est impossible. C'était déjà une surprise avec Charline, car rassure-toi, je suis profondément gay. Durant toute notre relation, je n'ai aimé qu'elle. Je n'ai eu envie de personne, homme ou femme. Mon cœur l'avait choisie, elle.

— Elle savait pour ton homosexualité ? s'étonne Frédéric.

— Oui, elle m'avait remarqué avec mon mec du moment à une fête étudiante. Le gars n'était pas l'amour de ma vie, on s'amusait tout comme toi avec tes coups d'un soir.

— Comment passe-t-on, de «*j'aime les garçons*», à «*je me marie avec une fille*» ? Quelle certitude avait-elle que tu ne la quitterais pas pour un mec ?

— Justement, ça ne s'explique pas et nous n'avions aucune certitude ni l'un ni l'autre. Dès que l'on s'est vus et jusqu'à son décès, il n'y a eu que nous deux contre le monde entier. Elle était et restera mon unique. Beaucoup n'y croyaient pas.

Florian paraît absorbé dans ses souvenirs, il secoue la tête et reprend doucement.

— Elle adorait les musées, crois-moi si tu veux, elle pouvait rester des heures devant un tableau. Elle était aussi une de tes fans inconsidérées.

— J'en suis honoré, murmure le pianiste.

— Son départ m'a tué, elle me manque tous les jours, le deuil ne se termine pas après l'enterrement. J'aurais tout donné pour revenir en arrière, profiter encore plus de cet amour qui nous unissait. Étrangement, je me sens apaisé, j'étais persuadé que cette plénitude ne reviendrait pas pour moi.

Le capitaine caresse du pouce la main qu'il tient, se taisant quelques minutes avant de reprendre :

— La Terre récupère sa rotation à un rythme normal. La vie se montre chienne, je suis parti bosser, elle dormait après ses nombreuses heures de garde. Je l'ai observée, détendue et calme dans son sommeil. J'ai terminé mon café, je l'ai embrassée, sans imaginer une seule seconde qu'elle ne rentrerait plus jamais. À cause d'une balle perdue, tout est parti en fumée, j'ai sombré au point de ne plus savoir qui j'étais.

Terminant son récit, le flic s'installe plus près du musicien le prenant contre son torse. Plongés dans leurs pensées, les deux hommes laissent un silence paisible et doux s'installer entre eux.

Se trouver dans les bras de Frédéric sur le canapé, dans le silence de la maison, n'étonne pas Florian. Il y a des mois qu'il ne s'est pas senti aussi bien. Plus le temps passe, moins ce poignard lui déchire le cœur.

— Comment était votre mariage ?

— Il s'est déroulé le plus simplement du monde. J'avais loué un costume, Charline avait emprunté une robe courte et blanche à une amie. Toutes mes économies étaient passées dans nos alliances et son bouquet. Cette amie et Maxence, mon coéquipier à l'époque, nous ont servi de témoins. Faute de moyens, ses parents n'ont pas pu venir. Les miens peuvent finir en enfer, je n'en voulais pas. Ils n'ont pas connu ce trésor qui m'a accepté comme j'étais.

Florian, très ému, essuie une larme qui roule sur sa joue et revient à Frédéric.

— Les braqueurs vivent dans leurs cellules pour un sacré bout de temps. Je mentirais si je te disais que ma haine a disparu. C'est toujours dans un coin, mais grâce à mes coéquipiers je m'en sors. Probablement, lorsqu'il sera question qu'ils sortent, tout ressurgira. J'ai appris qu'il fallait parfois accepter les mains tendues. D'ailleurs, tu devrais essayer. Que dirais-tu de rencontrer Maxie ? Dis-toi qu'avant de la croiser, j'ai grave déconné.

— Comment ça ? s'enquiert Frédéric.

— Tourner la page me demandait trop d'efforts, j'avais la sensation d'abandonner Charline… encore, murmure Florian la gorge serrée par l'émotion de ses souvenirs. J'ai plongé la tête la première dans l'alcool, sans Maxence j'aurais perdu mon boulot, il m'a mis en face d'une certaine réalité. Tu n'aurais certainement pas approché le connard que j'étais devenu. Je savais me montrer exécrable pour que l'on me fiche la paix.

Frédéric cogite, il comprend qu'il doit lui aussi se tenir sur ses deux pieds, se bouger. Le destin lui joue un tour étrange, ce mec collé à lui l'attire plus que de raison. Il était loin d'imaginer qu'un jour il y aurait de la place pour autre chose que la musique dans sa vie. Si une personne sait qu'une catastrophe peut frapper de bien des manières, c'est Florian qui l'a appris à la dure. Frédéric est certain qu'il ne laissera personne l'atteindre. Pourquoi perdre du temps à tenter de comprendre ce qui leur arrive, parler avec cet homme est si facile.

— Mama refuse de croire que mon père, à sa façon, devait m'aimer. Peut-être a-t-elle raison ? Tant que je restais sur mon tabouret devant mon piano, il se foutait du reste. S'il avait juste supposé que j'aimais les garçons, la réaction aurait égalé la puissance d'une bombe atomique.

— T'as trouvé le moyen d'en voir en douce, s'amuse Florian.

— Oui, mais ce n'est pas vivre que de devoir mentir, d'avoir peur que l'on découvre ta vraie nature. C'est usant à force. Si tu savais comme les propos homophobes de Keller me transperçaient, me faisaient un mal de chien. Chaque fois qu'une connerie sortait de sa bouche, je n'avais qu'une envie, lui faire bouffer ses couilles. Cet enfoiré m'obligeait à sortir avec ces filles qui me donnaient envie de vomir.

Frédéric soupire puis reprend d'un ton las :

— Avant toute cette merde, je rêvais de prendre une année sabbatique. J'étais déterminé à me séparer de lui. De toute façon, quelle importance de déblatérer sur ce qui est foutu !

— Cesse de raconter n'importe quoi, tranche le flic en le faisant taire avec le seul moyen efficace qu'il connaît, le bâillonnant de sa bouche.

Frédéric surpris, l'autorise à entrer. Frustré, il aimerait voir son visage, découvrir le moindre grain de sa peau, la couleur de ses yeux, ses expressions. Remplaçant sa vision par ses mains, il tâtonne de ses doigts le derme doux, devine la fossette de son menton, ressent le duvet de ses joues pour terminer sur une bouche gourmande. La chair de poule couvre son épiderme, son ventre se contracte et une langue de feu parcourt son corps. Statique, Florian le laisse libre de dessiner ses traits. Cet homme chamboule son monde, lui ouvrant la porte d'un univers inconnu. Perdu dans les brumes de la passion, le bruit d'ouverture de la porte les sépare. Le spectacle qu'ils montrent, cheveux décoiffés, lèvres gonflées, joues cramoisies, ne laisse planer aucun doute sur ce qu'ils faisaient. Un rire secoue Florian devant leurs gestes miroirs. Il repousse doucement son compagnon, le recouvre d'un plaid pour cacher cette bosse aux visiteurs. Le sourire éblouissant qui naît sur les lèvres du pianiste scotche le flic. Il donnerait tout ce qu'il possède pour revoir ce visage magnifique.

— Connard ! Ça t'amuse, hein ? murmure-t-il au jeune homme.

Il dépose un baiser léger, s'assied dans le fauteuil tout en replaçant ses cheveux. Son cœur bat la chamade. Il croise bras et jambes, surpris de voir Henri, Sophie et Ludovic pénétrer dans le salon.

— Qui est resté avec Cécile ? s'inquiète-t-il.

— Romuald et Marc, répond Sophie.

Si le trio remarque un truc étrange, il le garde pour lui. Pourtant, un éclair de malice traverse le regard de Ludovic qui lève un sourcil.

— Pour les patrouilles? demande Florian, l'esprit à nouveau sur l'enquête.

— Le divisionnaire a mis le paquet sur les investigations. Au vu du passage, la PTS garde peu d'espoir. Les empreintes de tous les habitants de l'immeuble ont été relevées, quant aux vérifications d'identité, je doute que ça donne grand-chose. Laura va lancer la comparaison avec celles du duplex. Le portrait-robot est en cours. Voilà pour les dernières infos! Tu crois quoi, mec? Y en a qui bossent pendant que les autres se la coulent douce, ironise Ludovic le regard pétillant.

Il est content de voir le rouge envahir les pommettes de son capitaine, enfin il retrouve celui qu'il a connu du temps de Charline. Il comprend même qu'il y a anguille sous roche et sourit devant le doigt d'honneur que lui adresse Florian qui choisit de revenir à leur témoin de l'agression.

— D'après son mari, sa femme dessine parfaitement, relève Florian.

L'éclat de rire de Sophie lui fait tourner la tête vers elle alors que Ludovic explique.

— Il se trouve qu'elle se cherche dans la période cubique entre Braque, Picasso, mais qu'elle n'a rien de Sonia Delaunay, si ça peut te donner une idée. Le technicien s'est finalement tourné vers notre logiciel. Lorsque madame Carmichaël sera en mesure de nous dire ce dont elle se souvient, on complètera.

— Henri, comment va-t-elle depuis votre coup de fil? questionne le capitaine.

— Ils ont bénéficié d'un aperçu de son caractère. Sa famille ne plie pas devant l'ennemi, a-t-elle grogné, affirme fièrement l'intendant.

Attiré par la bouche de Frédéric, Florian semble parti très loin.

— Si tu pouvais revenir avec nous, s'amuse Ludovic. Romuald et Marc restent à l'hôpital pour la nuit, donc ici nous serons cinq avec Henri.

— Ne me compte pas, Hugo et Maxence m'attendent. Tu veux bien demander qu'ils m'envoient une voiture, précise Florian.

Ludovic s'éloigne pour passer son coup de fil. Henri et Sophie semblent plongés dans une conversation passionnante. Florian se tourne alors vers Frédéric et s'accroupit :

— Cette nuit, tu dois dormir et t'efforcer de manger. Promets-le-moi ! Nous allons coincer ce fils de pute, lui murmure-t-il.

— Pourquoi pars-tu ? boude le pianiste.

— Cesse de jouer au gamin capricieux avec moi, ça ne marche pas, rétorque Florian en se redressant.

— Je n'ai pas vraiment le choix, n'est-ce pas ?

— Pas si tu veux participer de près à l'enquête.

— Connard ! lâche Frédéric en esquissant un sourire.

— C'est mon deuxième prénom.

— Dis-moi que ce n'était pas un rêve et qu'il se passe bien quelque chose entre nous ?

— Écoute bien ce que je vais te dire. Sache que je ne suis pas du genre à sauter sur tout ce qui bouge, surtout pas après ce qui s'est produit avec ma femme. Si nous nous sommes embrassés, c'est que je le voulais et que je le veux toujours. Donc maintenant, j'aimerais que tu me fasses confiance et que tu me promettes que tu vas te reposer.

— Tu en as vraiment de bonnes ! Avec ce qui vient de se passer, ça va surchauffer et à mon avis, je ne serai pas seul dans ce cas, n'est-ce pas ? dit le pianiste en lui touchant l'entrejambe.

— Allumeur !

— La voiture arrive, les interrompt Ludovic. Maxence te fait savoir que l'avocat et son mari seront présents à la réunion demain matin. Violaine travaille sur les indices au bureau.

Il se dirige vers la cuisine, Florian s'abaisse à nouveau et lui vole un baiser. Le portable de Sophie sonne achevant sa discussion avec Henri. Sa conversation terminée, souriante, elle se retourne vers son chef de groupe.

— Devine qui est ravi de venir te chercher. Ce cher Alban t'attend impatiemment en bas.

— Je vous confie Monsieur grognon! N'écoutez pas ses jérémiades de sale gamin. Il doit avaler un truc et dormir.

Sous le regard suspicieux de ses collègues, il sort. Surpris par le tournant que prend sa vie, une tempête déferle dans son esprit. Comment ne pas être frappé par tout cela? Et s'il laissait le destin avancer les pions qui lui sont destinés.

Bien loin de son agitation, les policiers avancent pas à pas. La légiste Martin croise ses découvertes avec Laura pour monter un profil ADN. La fluviale cherchant le corps d'un suicidé qui a sauté du pont du Garigliano, tombe sur un véhicule récemment jeté dans les eaux de la Seine. Après examen, il s'avère qu'elle correspond avec une enquête en cours de la criminelle. Les preuves s'amoncèlent, mais ne pointent personne en particulier, les laissant dans un épais brouillard.

Dans son bureau, le capitaine se bat avec ses pensées qui concernent le pianiste. Il sait que Dacran et son mari ne vont pas tarder à arriver. Florian se pose beaucoup de questions et se demande s'il doit s'embarquer dans cette aventure. Il ne peut oublier, Charline, la femme de sa vie. Néanmoins, quelque chose chez le pianiste le pousse à se projeter un peu plus loin, chose que jusqu'à présent, il pensait impensable. Le fait que celui qui l'attire soit plongé dans les ténèbres le perturbe plus que nécessaire et crée en lui un véritable chamboulement. La fragilité de Frédéric, l'impulsivité due à son état, son besoin d'être aimé pour lui-même, tout en lui le charme.

Un lien invisible semble les rendre captifs l'un de l'autre. À la manière d'un millefeuille, les raisons de fuir s'entassent, mais c'est trop tard. Son amour pour Charline lui a laissé croire, à tort, que son muscle cardiaque était mort avec elle, qu'il n'était plus qu'une mécanique tout juste bonne à le maintenir debout. Et voilà qu'il s'emballe à nouveau pour un homme. Le goût de sa bouche délicieuse demeure sur ses papilles. Il a exploré cet antre chaud, caressé chaque surface avec un plaisir gourmand et ne demande qu'à réitérer l'expérience.

Sous ses airs bravaches se cache l'enfant que son père ne l'a pas autorisé à découvrir. Son insécurité criante se planque sous une confiance forcée. Frédéric montre le côté face au monde, Florian découvre le côté pile. Il a le choix d'ignorer la situation ou de l'accepter pour construire une belle histoire. Le timing ne peut se montrer plus mauvais. S'il ne se focalise pas sur cette enquête, la moindre erreur mettra Frédéric en danger, un vrai casse-tête chinois !

Et s'il se trompait ? Si ce désir naissant n'était que fugace ? D'un côté le veuf avec son métier de flic, de l'autre un homme riche et connu, hormis leur désir, qu'ont-ils en commun ? Il se sent comme une figurine jetée au sol qui aurait éclaté en milliers d'éclats acérés, inutile. Pour le moment, impossible de gérer ce fatras qui le déstabilise. Il verra plus tard à gratter ce qui le démange. Ce n'est pas le moment de rêvasser.

— Hé ! Florian ! Ça serait formidable si tu participais un peu, râle Maxence. C'est bon, t'es là ?

Il rougit et bafouille, si ses collègues avaient la moindre idée du chemin de ses pensées, il y gagnerait un savon de son supérieur pour faute grave.

— Je pensais à l'enquête, ment-il effrontément. On l'a manqué, à ça ! précise-t-il, montrant un écart entre son pouce et son index. Tu peux répéter ce que tu disais.

— Je venais te chercher, le manager et son mari sont arrivés. Alors, bouge-toi les fesses, viens à leur rencontre, gronde-t-il.

Parfait ! Il va enfin pouvoir passer à autre chose.

— Si tu cessais de gueuler ! Je connais cette affaire dans ses moindres méandres, peut-être mieux que toi, Boss, vu qu'elle envahit même mon sommeil. Nous ressemblons à des poulets sans tête qui courent leurs derniers moments dans la basse-cour. À moins que madame Irma ne trouve une réponse dans sa boule de cristal et ne vienne nous apporter un nom et une adresse, notre enquête ne sera pas clôturée aujourd'hui.

— Ne sois pas négatif, il a commis plusieurs erreurs. J'espère qu'il va s'affoler et en perpétrer d'autres.

— As-tu une idée d'où il possède ses connaissances en poésie ? Il a dû faire des études ou il lit beaucoup, je pense. Maintenant, j'attends impatiemment qu'il se plante à nouveau, quel sera son prochain coup ? Un autre meurtre ? Un enlèvement ?

Florian et Maxence pénètrent en salle de réunion, saluent les deux visiteurs, tous s'installent autour de la table. Tout comme eux, Hugo et Ludovic présentent des signes de fatigue évidents.

— Messieurs, bonjour, en premier lieu nous vous apportons de bonnes nouvelles qui devraient nous aider à redorer le blason de Frédéric, démarre Philippe, fier de lui. Pour ce faire, nous avons contacté un animateur de télévision qui nous réclame à cor et à cri depuis des années. Il est si heureux de nous avoir enfin, qu'il a tout accepté dans nos propositions. Karl va passer dans l'émission de KG, nous attendons maintenant qu'il nous fasse parvenir la confirmation de l'horaire et du jour.

— Qui est ce KG ? questionne Florian, dubitatif.

Il voit tout le monde le regarder comme si soudain des cornes lui avaient poussé au sommet de la tête.

— Voyons ! Kaussac Gérald, le talk show le plus visionné de la petite lucarne. Son taux d'écoute crève le plafond à chaque émission, il reçoit les plus grands du monde musical. C'est un touche-à-tout de génie. Depuis des mois, il nous tanne pour que nous apparaissions dans son émission avec le groupe que je gère. Si vous ne connaissez pas KG, vous ne savez rien sur ONEXO non plus. Vous vivez dans une grotte ? demande Karl abasourdi.

— On va dire ça ! Je sors d'une année très agitée et regarder la télévision n'entrait pas dans mes priorités, répond Florian. En quoi ce truc est-il un atout pour notre affaire ?

— Mon cher mari est doué pour parvenir à ses fins. Il suffit que l'on mette en place un scénario bien rodé. Le monde de Frédéric s'est fracassé et nous devons tout tenter pour qu'il ne soit pas blessé à nouveau. D'ailleurs, j'aimerais rencontrer votre thérapeute, celle dont vous nous avez parlé.

— Maxie est la meilleure, je ne désespère pas d'avoir Frédéric à l'usure. Votre coup de main est le bienvenu.

— Ce serait une bonne chose qu'il vous écoute. Nous devons avouer que notre association récente n'aide pas. Une chance que cet abruti de Keller ne l'ait pas abîmé plus profondément.

— Mama donnera l'élan nécessaire pour qu'il se rende chez Maxie.

— Revenons à ce soir, suggère Maxence, expliquez-nous votre plan d'action.

— ONEXO part pour une très longue tournée la semaine prochaine. J'ai accepté qu'il présente en live deux des titres de leur nouvel album. Comme je vais cesser de travailler avec eux. Je profiterai de l'émission pour l'annoncer et passer le flambeau à leur nouveau manager. Ce sera le premier étage de la fusée, ensuite je parlerai de Frédéric. Reste à espérer que votre suspect morde à l'hameçon et qu'il suive cette émission. Je vais distiller les informations, juste de quoi tendre le filet, termine Karl, sûr de lui.

— Pourquoi ne pas en profiter pour diffuser votre portrait-robot? Je pense en tant qu'avocat que ça donnerait plus de résultats qu'avec les gardiens de la paix le cherchant parmi les spectateurs. Avec sa dernière erreur, il va éviter de prendre des risques, gronde Philippe.

— Pour le moment, je ne pense pas que cela soit une bonne idée. Gardons-le sous le coude et voyons si votre interview donne un résultat, affirme Maxence, sûr de lui.

Les flics présents secouent la tête en accord avec ce que vient de dire l'avocat. Ils ne comprennent pas la décision de leur chef.

L'animateur de radio, tellement heureux de recevoir Karl et son mari, passe une annonce sur le réseau social de son émission. Il prévient qu'il réserve une énorme surprise à ses fidèles et que la programmation habituelle est modifiée. Voulant garder le mystère, il demande à tous de regarder son show, le lendemain dès 21 heures précises pour un rendez-vous qui marquera la saison.

Le jour arrive, rien n'a fuité et l'atmosphère du studio est électrique. Chacun émet une idée sur les fameux invités, des paris ont même été lancés. La page de l'émission déborde de questions, de suppositions plus extravagantes les unes que les autres, le buzz fonctionne et dépasse les espérances du présentateur.

En voyant l'heure approcher, Florian s'agite, inquiet. N'y trouvant aucun intérêt, il ne visionne jamais ces émissions, persuadé qu'elles détruisent la matière grise des jeunes cerveaux. Il va à coup sûr être bon à enfermer après son passage dans les coulisses. Tout ce vacarme le submerge, les gens sont en mouvement permanent, puis le silence fige totalement les lieux. Les lumières s'éteignent, un décompte lancé d'on ne sait où démarre. Tout reprend plus fort.

La scène, située au milieu d'un halo lumineux, permet de voir ce fameux groupe à la mode, bruyant et sans attrait pour le capitaine. Florian se sent si vieux avec ses 34 ans. Les gars qui forment le quatuor donneraient du lait si on leur pressait le nez. Leurs vêtements conviendraient à des sans-abris, pantalons troués, marcels en coton blanc, rangers. Leurs yeux sont maquillés, leurs cheveux luisent de gel et pointent en épis. Un sourire lumineux fend leurs visages, un peu comme s'ils venaient de conquérir le monde. Le batteur donne le top départ. La salle menée par le rythme déborde d'énergie contagieuse, presque hystérique.

Florian vérifie que ses oreilles ne saignent pas. Il grommèle tout seul dans son coin, le bruit l'empêche d'entendre toute conversation dans ses oreillettes. Il est évident que personne n'a pensé à ce boucan. Karl a omis de le prévenir que ça ressemblait plus à une partition mal écrite, distendue et bruyante, qu'à un véritable morceau de musique. Le seul atout du groupe demeure le chanteur. Il est sexy, mais bon ! Rien à voir avec Frédéric. La chanson terminée, le gamin salue la foule, le corps en sueur et le sourire Ultra Brite bien en place. L'ovation manque d'achever Florian, qui, les yeux fixés sur le présentateur, ne remarque pas la silhouette sombre s'approcher. Il sursaute en sentant une douleur sur son côté droit. Il tente de se retourner alors qu'un violent coup sur la tête l'envoie dans les ténèbres. Personne ne remarque l'agresseur s'enfuir.

Les projecteurs, dont la puissance pourrait éclairer la forêt amazonienne tout entière, se dirigent sur KG. Ce gars âgé de 40 ans, au sommet de sa gloire, survole la profession et suivant son humeur hilarante ou sarcastique, peut faire ou défaire une carrière. Des vedettes prestigieuses se croisent sur son plateau. Pour le moment, ses hôtes devisent, installés dans ces fauteuils aux formes étranges, d'un rouge criard.

— Merci, les garçons, on peut dire que ça déménage. C'est sympa de nous en offrir la primeur. Nous attendons votre deuxième passage. Ce soir, chers amis, c'est le jour des surprises, mon prochain invité n'est autre que Karl Messanguer, le manager du groupe qui vient de vous en coller plein la vue et les oreilles, un réel défi pour moi de lui faire accepter cette venue.

— Vous comprenez que gérer ces gamins représente un travail à plein temps, ironise-t-il.

— Je ne peux que vous féliciter pour le résultat. Ces garnements tiennent le haut du classement depuis six mois face à des pointures, c'est incroyable ! Jusqu'où vont-ils aller ces génies ?

— Merci, mais tout le mérite leur revient, ils bossent dur pour ça. Mais je ne suis pas seulement venu pour les soutenir, j'ai d'autres raisons à vous donner concernant ma présence sur votre plateau.

— Mes petits chéris, s'amuse KG, tourné vers le public en folie, Karl vient nous abreuver de petits potins coquins ou croustillants ?

— Vous allez être déçu, j'en ai peur, répond Karl amusé, se tournant vers le public.

Une clameur bruyante parcourt les gradins.

— Chut ! Écoutons notre ami, émet KG, mains en l'air, un sourire plaqué sur les lèvres, en comédien hors pair.

— Tout le monde sait qu'ONEXO va partir en tournée pour six mois aux USA. Par contre, je ne vais pas les suivre. Je ne les abandonne pas de gaité de cœur, mais je les laisse entre de bonnes mains, celles de mon assistant : Ariel Delacroix. Il travaille à mes côtés depuis cinq ans et gèrera ces chenapans fermement, les gardant dans le droit chemin. Je les suivrai de loin en espérant qu'ils n'oublieront pas tout le travail fourni ces derniers mois.

— Yo ! On ne vous entend pas souvent, mais quand vous sortez de votre tour d'ivoire, ça déplace de l'air. Ne me dites pas qu'à 42 ans, vous prenez votre retraite ?

— Ne rêvez pas ! Je souhaite privilégier ma famille, rester auprès de mon fabuleux mari. Je vais avec plaisir couper l'herbe sous le pied des paparazzis, qui au gré de leur folie, nous séparent ou nous collent avec des amants imaginaires. Jusqu'à aujourd'hui, nous n'en avions rien à cirer. Alors oui, nous sommes un couple gay. Oui nous nous aimons toujours et pour longtemps. Non, nous ne voulons pas divorcer. Cette dernière année s'est révélée stressante. Nous avons gardé secret notre parcours, long et angoissant avec une mère porteuse. Si tout va bien, notre fille verra le jour dans quelques semaines.

Un tonnerre d'applaudissements lui coupe la parole. Il ressent du soulagement, car jusqu'à cet instant précis, il avait redouté la réaction du public. Hormis quelques sifflets, il n'entend rien d'irrespectueux. Avec l'aide de KG, il tente de reprendre la parole.

— Malgré ce bonheur tout neuf, lance KG, notre milieu ne va-t-il pas vous manquer ? Karl Messanguer qui se range, l'univers va trembler ? se moque-t-il.

— Vous n'avez pas entendu toutes mes confessions, ceci est ma première raison, passons à la suivante, profitez-en, ça ne reviendra pas de si tôt, ironise-t-il. J'ai cherché le moyen d'obtenir une vie plus calme, le destin se montre clément avec moi, puisqu'il répond à mes vœux. Il place sur ma route un artiste incroyable qui souhaite la même chose que nous pour son avenir. J'ai l'immense honneur de vous annoncer que nous venons de signer un contrat d'exclusivité avec le grand Frédéric Carmichaël.

— Le fabuleux Carmichaël ? Ce n'est plus un changement, c'est un cataclysme ! se gausse le présentateur.

— À moins de vivre sur Mars, ajoute Karl, vous savez que Keller nous a quittés tragiquement, il y a plus de trois mois.

— En effet, oui! Les réseaux sociaux ont disjoncté sous le monticule de questions, pourriez-vous nous éclairer?

— Comment ferions-nous sans eux? Je n'ai jamais lu autant d'idioties, je vais donc apporter des réponses et surtout faire quelques rectifications. Pour des raisons évidentes, personne n'a su que Frédéric Carmichaël se trouvait dans le véhicule que conduisait son manager. Ce dernier se trouvait sous l'emprise d'alcool et de drogue!

Le manager balaie les gradins du regard pour ménager sa sortie puis reprend narquois:

— Quant à FC, il a lui aussi subi les mêmes contrôles qui se sont avérés négatifs. Cependant il n'en est pas sorti indemne. Il doit se remettre de diverses blessures, mais le plus difficile à avaler reste les découvertes de la police. Cet homme qui gérait sa carrière depuis quinze ans s'est révélé être un escroc qui se servait de la notoriété de son poulain pour effectuer ses trafics en tout genre. La pilule est amère et explique son absence aux obsèques. Ce serait bien que ses fans lui donnent le temps pour digérer tout cela. Une enquête est toujours en cours, ceux qui s'en sont pris à cette crapule, s'en prennent désormais à Frédéric. Je profite de mon passage pour remercier la police qui se démène à fond pour trouver le ou les coupables.

— C'est évident qu'il a besoin de temps! Je suis certain que les fans et nous-mêmes ne voyons plus l'histoire de la même manière après tous ces éclaircissements. Qu'en est-il du meurtre de la secrétaire de l'agence, là non plus nous ne l'avons pas vu? C'était pourtant quelqu'un de son cercle proche, n'est-ce pas?

— L'histoire ne s'arrête pas là, après le meurtre de cette pauvre mademoiselle Langlois, sa grand-mère, cette femme merveilleuse qui dirige la fondation qu'elle a créée pour nos soldats blessés, se trouve sur un lit d'hôpital. Un lâche est rentré chez elle pour la cambrioler, ce pleutre l'a laissée pour morte au sol. Déguisé en livreur, il semble poursuivre un but qui, à l'heure actuelle, nous échappe. La police suit les traces qu'il a laissées, explique Karl, les sourcils froncés, les mains croisées sous son menton. Vous comprendrez que Frédéric vit un cauchemar et qu'il ressent le besoin de s'occuper de sa seule famille avant tout autre chose. Sa dernière tournée au succès incroyable l'a épuisé. Il doit se remettre d'un burn-out suite à tous ces évènements.

— Pourriez-vous nous donner une date de son retour possible ? s'enquiert le présentateur toujours à l'affût d'une exclusivité.

— Ce sera quand il se jugera prêt. Je souhaite que l'on recommence en studio, avec quelques idées nouvelles qui devraient lui plaire. Nous allons en discuter dans le calme.

— Nos vœux l'accompagnent, nous espérons que sa première sortie avec vous passera dans nos studios.

— Promis, travailler avec cet homme, va être un vrai bonheur et un challenge pour mon mari et moi qui n'avons jusqu'à présent connu que la variété. Frédéric représente un plongeon pour nous dans le classique.

— Nous vous souhaitons le meilleur pour cette vie à venir, et bonne chance à Ariel Delacroix pour sa tournée. Il ne nous reste plus qu'à écouter le deuxième titre d'ONEXO.

Le raffût reprend. Les hurlements d'une des maquilleuses qui vient de tomber sur Florian dans une mare de sang ne dépassent pas les coulisses.

Chapitre 19

L'ombre

En reconnaissant le grand homme qui accompagne toujours Frédéric depuis un moment, une force destructrice remplit tout l'espace de son cerveau. Ce nouvel obstacle doit disparaître. Elle se dirige vers lui, au milieu de tout ce vacarme, il ne l'entend pas arriver. Tout se déroule très vite. Son couteau émerge dans sa main, la lame s'enfonce dans son flanc. L'étonnement dans son regard équivaut à tous les prix de la loterie. Elle lui crache sa haine. Ce n'est qu'une fois la forme au sol, qu'elle remarque le brassard orange et noir de la police. La connasse dans sa tête hurle.

— Sombre abrutie ! Tu viens encore une fois de ruiner tes chances. Tu n'es qu'une merde, une erreur de la nature. Tu n'apprends rien de tes conneries.

Surprise, elle lâche la planche de bois. L'ombre ne se souvient pas de s'en être servi et s'enfuit.

C'est de la faute de ces deux cons, de ce qu'ils racontent sur elle. Merde ! Elle en tombe presque à la renverse. Ce pédé prend la place de Keller ! Qu'est-ce qu'elle en a à foutre de son mari fabuleux ? Eux aussi vont la juger, la prendre pour une moins que rien. Combien de ces abrutis va-t-elle devoir se farcir ? Pour l'apollon c'est réglé, direction la morgue. Que foutait-il dans les coulisses ? Et Frédéric, pourquoi n'est-il pas là ? L'autre dit qu'il se repose, elle sait que les gens dans ce milieu mentent. Elle s'attendait à le voir planqué dans une loge, mais nada. Ses plans se trouvent contrariés en permanence. La preuve que la voix ne lui raconte pas de mensonge. L'ombre vient de tuer le seul avec le boiteux, qui pouvait le conduire à Frédéric.

Sa peau frémit au rythme de son énervement. Ses boyaux se tordent sous la douleur. Elle se sent proche de perdre les pédales. Les voix se brouillent, la traitent encore plus mal que son géniteur, l'autre l'encourage à fuir le danger qui s'approche à grands pas. Une troisième la somme de tenir pour récupérer son aimé. Sa haine surpasse tout ce charivari. Elle s'est retenue de sauter sur scène pour montrer à ce connard qui allait gagner cette guerre. L'ombre se voit bien lui éclater la gueule à coups de pelle à ce Karl.

Nauséeuse, dans un état second, elle reprend ses esprits devant chez elle sans savoir par quel moyen elle est arrivée là.

Se laissant tomber sur son matelas, dos au mur, ses bras maigres entourant ses jambes, L'ombre sombre. Toutes pensées cohérentes désertent son esprit : la honte, la colère, les larmes se télescopent avec fracas. Une bombe ferait disparaître ces empêcheurs de tourner en rond, y compris Frédéric pour l'avoir trompé. Ne serait-ce pas la meilleure solution au final ?

Chapitre 20

Maxence

*P*endant ce temps, dans les coulisses, ça court dans tous les sens. Ludovic et Hugo restent prostrés. Sans la maquilleuse, Florian se serait vidé de son sang. Il a enfin repris connaissance.

— Puis-je l'accompagner? demande Ludovic au médecin du SAMU.

— Théoriquement non, mais je ne vais pas me battre avec vous, vous pouvez venir.

— Merci à vous, puis se tournant vers Hugo il vocifère: avertis Maxence pour Florian, préviens-le que j'ai deux, trois choses à mettre au point en rentrant, grogne-t-il, très en colère. Je vous préviens dès que j'ai des nouvelles. Vous ne trouverez rien ici de toute façon et notre témoin ne peut rien nous dire puisqu'elle n'a rien vu.

L'agression s'est déroulée deux heures plus tôt, l'ambiance à la criminelle frôle l'implosion. L'air saturé d'électricité dans le bureau de Maxence les met tous à cran.

— Je n'ai pas montré ce putain de portrait-robot parce que j'étais certain que l'aiguillonner le prendrait de court, aboie le commandant, le regard assassin face à ses hommes.

Un ange passe, la chaleur de la pièce descend de plusieurs degrés.

— Pour être pris de court, on peut dire que c'est le cas, rugit Hugo. Il se trouvait au studio, nous aurions pu le coincer, suspect un, police zéro.

— J'ai eu tort, je le reconnais. Le passage de Karl n'apparaissait nulle part, comment a-t-il su qu'il serait là et qu'il parlerait de Carmichaël ?

Le portable du commandant resté sur son bureau stoppe les invectives. Il se précipite sur l'appareil, met le hautparleur.

— Des nouvelles ? s'inquiète-t-il sans s'embarrasser du superflu.

— C'est moins grave que ce que l'on pensait sur place. Il va ressentir un sacré mal de crâne à la suite du coup de planche. On l'a retrouvée à ses côtés, j'ai fait le nécessaire pour qu'elle soit emportée pour analyses, on ne sait jamais… Pour le reste, il a eu une chance incroyable. La pointe du couteau a dévié sur une côte. Ils vont suturer les plaies. S'il respecte son arrêt de travail, il sort de l'hôpital. Je reviens au poste chercher son sac de rechange, martèle Ludovic hors de lui. On a vraiment merdé ! indique-t-il en raccrochant sèchement.

Dans le bureau de Maxence, la sonnerie de son téléphone résonne lugubrement.

— On se calme, lance Sophie. Reprenons le déroulé point par point, okay ? Avec ce qu'il a entendu, notre suspect va ou doit s'énerver. On dirait qu'il se mélange les pinceaux devant tout ça. L'attaque sur Florian n'était pas préméditée, ça en dit long sur sa rage. Il l'a blessé à quel moment ? À la suite de l'interview ou pendant celle-ci ? Peut-on envisager que les propos de Karl ont atteint la cible ? Pourquoi s'en prendre au capitaine ?

— Sauf que c'est comme si l'on avait secoué un nid de guêpes. Il va se venger, affirme Ludovic qui les a rejoints.

Son polo recouvert du sang de son collègue, son visage reste blafard, il fonce sur son supérieur.

— Maxence, tu t'es vautré et Florian a payé la note, éructe-t-il.

— Tu arrives un peu tard, j'ai eu droit au discours des autres, cingle-t-il. Si vous en avez fini, il serait temps d'envisager quel nouveau pion ce connard va avancer.

— Disons que le périmètre des recherches diminue, affirme Alban revenu pour renforcer le groupe. Je suis désolé pour Delavent. Si mon idée vous intéresse, son obsession vit rue de Rivoli, alors c'est là que nous détenons le plus de chance de pouvoir le coincer, plaçons nos forces à cet endroit pour resserrer les mailles du filet.

— T'as raison, bouffi! Tu aurais dû rester dans l'équipe plutôt que de ruminer contre Florian. C'est lumineux, mais ça va mettre les Carmichaël en danger.

— Tu es dans le vrai, Hugo, observe Maxence, profitons du ramdam de cette nuit. Il va prendre le temps de réfléchir et de se planquer. Nous pouvons en profiter pour déplacer la famille en douce. Je connais le directeur de l'hôtel Niepce dans le XIVe. Je vais l'appeler et lui demander d'héberger les Carmichaël, Florian et Henri. Sophie, Violaine, Romuald, Ludovic, vous gérez le transfert de ce petit monde.

— Quel niveau de sécurité? demande Ludovic.

— Le plus haut, c'est pourquoi je vais instaurer de nouvelles patrouilles avec la BAC tant que ce bâtard ne moisira pas sous les verrous. Dès que tout sera en place, j'enverrai le portrait aux chaînes de télévision et aux journaux. Je veux cette ordure. On doit le rendre dingue.

— Sadique! Un moment j'ai pensé qu'à force de rester sur ton cul, ton instinct s'était fait la malle, riposte Ludovic.

— Change-toi, p'tit malin, tu me gonfles, notifie Maxence. Retourne lui expliquer ce que l'on envisage, dis-lui bien qu'il n'a pas le choix.

Ludovic serre les dents en récupérant son pote. Aucun organe vital n'a été touché, il sort avec des médocs et des pansements. Henri s'en chargera. Florian ne cesse de râler, n'appréciant pas d'être relégué sur le banc de touche. Ça ne contribue pas à adoucir son humeur. Par enchantement, il se calme en apprenant qu'il va rester avec leur victime. Un doute traverse l'esprit de Ludovic. Celui-ci se lève au souvenir de ce qu'il a entraperçu des jours plus tôt.

Florian, muet, écoute son esprit tourner à cent à l'heure. Comment a-t-il pu se faire avoir ? Bon sang ! Il n'est plus un bleu. Il entend sa voix qui lui souffle : il est à moi. Ensuite, le feu a dévoré son corps avant qu'il ne plonge dans l'obscurité avec une seule pensée : Frédéric. Il ne réfute plus ce sentiment puissant pour le jeune homme. Fini de se mentir, de croire qu'il se plante ou de se sentir coupable. Il est passé de vaguement intéressé à des sentiments amoureux plus ancrés, s'y attendant si peu. Ce lien qu'il ressent passera-t-il la fin de cette affaire ? Frédéric ne se jette-t-il pas dans ses bras pour de mauvaises raisons ? Et lui, ne remplace-t-il pas une addiction par une autre ?

Chapitre 21

L'ombre

$\mathcal{B}$ien loin de là, l'agresseur de Florian n'envisage pas de perdre ce duel, pourtant, force est d'admettre que ça pue le cramé. Cette foutue émission l'oblige à revoir ses plans et à museler sa colère. Seulement, L'ombre y voit plusieurs inconvénients, maintenant les flics connaissent son but et vont pulluler autour de l'appartement de Frédéric. À présent, le pire qui risque d'arriver reste que le pianiste s'enferme avec la vieille.

Elle revient rue de Rivoli et se réinstalle à son poste d'observation. Elle prend des notes, balayant son environnement. Ces empaffés la prennent vraiment pour une crétine, une partie de ceux qu'elle considérait comme des habitués ne sont rien d'autre que de fichus poulets, elle n'avait pas remarqué les oreillettes. Au moins, elle connait désormais le danger auquel elle se trouve confrontée. Elle regarde vers le deuxième étage et remarque de nombreuses silhouettes. Ses yeux clignent devant les deux inconnus qui sortent de l'immeuble. Pas de doute, des flics ! Elle aperçoit l'arme sous leur blouson, ainsi que le léger signe de tête vers deux autres mecs qui discutent plus loin. Quand vont-ils cesser de se mettre en travers de son chemin ? Elle possède plus d'un tour dans son sac. Ces idiots n'ont pas rapporté la mort de l'apollon. L'araignée tisse sa toile. En passant devant son poste de guet, elle entend les gars murmurer.

— Tu crois ou tu es vraiment sûr de toi?

— Ma tête à couper, c'est le mec du portrait. Des témoins disent qu'il se trouve là depuis un sacré bout de temps. La corpulence, l'âge, les cheveux, tout colle. Il est négligé et nerveux.

— D'après le serveur, ça fait trois semaines qu'il vient, il commande toujours du café avec de la chantilly et de la poudre de chocolat. Il passe son temps à fixer l'immeuble de Carmichaël. On doit prévenir le commandant.

— Commandant on a du nouveau, on…

Elle les a vus sortir leur portable et discuter avec ce commandant de mes deux. Si seulement elle entendait la conversation dans sa totalité. Mais ils se déplacent en la laissant dans l'expectative. Putain!

— Ne bougez pas, répond Maxence. Le piège se referme, nous allons lui donner du lest.

— Il a dit quoi? demande l'un des deux.

— De ne pas bouger, le pi…

Elle les regarde retourner de l'autre côté de la rue, souffle de soulagement. Ils courent après le vent. Une chance pour elle, elle n'est pas fichée.

Chapitre 22

Ludovic

*P*ourtant le dossier des policiers s'étoffe, toutes les traces mènent au même individu. L'étude des réseaux sociaux se montre fastidieuse. La diffusion du portrait-robot déclenche un raz-de-marée. Les gardiens de la paix se trouvent dépassés et exercent un tri entre des informations loufoques et des renseignements pertinents. Des futés cherchent leur quart d'heure de gloire sans se rendre compte qu'ils entravent les recherches en les envoyant souvent vers des culs-de-sac. Par contre, quatre appels retiennent leur attention. Des équipages s'envolent aux adresses indiquées et font chou blanc sur les trois premières. La dernière, une entreprise spécialisée dans les spectacles de scène son et lumière, tilte dans l'esprit de Hugo.

— Les gars ? Ça ne vous dit rien ? questionne-t-il en montrant l'enseigne.

— Mais bien sûr, pourquoi n'y a-t-on pas pensé plus tôt ? Quel meilleur moyen pour ce fumier d'approcher sa cible, s'énerve Ludovic ! On a supposé qu'il s'agissait d'un fan, on a jamais imaginé que cela pouvait être une personne qui bosse dans le milieu du spectacle.

— Croisons les doigts pour que l'on se trouve à la bonne adresse, grince Alban. Je ne vous dis pas le nombre de boîtes qui existent en Ile-de-France.

— On sait où chercher dorénavant, confirme Marc.

À leur entrée, une secrétaire d'environ 30 ans, le visage en forme de cœur, la chevelure blond platine, leur sourit. Elle coche les cases pour attirer les regards masculins.

— Que puis-je pour vous ?

— Pourrions-nous voir le directeur, nous sommes policiers ? lance Alban.

Elle pâlit et perd son sourire.

— Je vais le chercher, bégaie-t-elle en se levant d'un bond.

Elle disparaît comme une flèche dans le couloir derrière elle.

— Pourquoi produit-on toujours cet effet ? À croire qu'ils doivent nous cacher un truc, s'amuse Ludovic.

— Peut-être le fait du nombre, ose Alban, pince-sans-rire.

— C'est ça, oui, ironise Hugo.

L'arrivée d'un homme, taillé comme un bûcheron, vêtu d'une salopette ayant connu des jours meilleurs, les fait taire. Ce gars ne se contente visiblement pas de donner des ordres : il plonge les mains dans le cambouis. Ses cheveux poivre et sel retombent en vagues sur son front bombé et large. Son visage anguleux et rude se couvre d'une épaisse barbe.

— Daniel Leblanc, comment puis-je égayer la journée de quatre policiers ?

— Quelqu'un ici, nous a contactés au sujet d'un portrait-robot, explique Marc

— Oui c'est bien moi, mais j'ai un doute. Malgré tout, je pense qu'il peut s'agir d'un de mes gars. Il bosse quand ça le chante, impossible de savoir ce qu'il a dans le crâne. Il n'a aucun ami. Il est agressif, hurle, ou reste muet des jours durant. Je l'ai embauché même s'il n'a pas de diplôme pour qu'il donne un coup de main à mon ingénieur son et lumière.

— La dernière fois que vous l'avez vu, c'était quand ? réagit Hugo.

— Lors de l'émission de KG, il s'est barré juste avant que l'on range le matos. On a appris pour votre collègue, il va bien ?

— Plus de peur que de mal, merci. Votre gars vit seul ? Il a une famille ? Quel âge a-t-il ?

— Pour la famille, aucune idée, il a 24 ans. Pendant un moment, il a créché dans la rue, il ne garde aucune place. Je me demande s'il y a l'eau et le gaz à tous les étages. Partout, on rencontre des histoires avec lui, insiste Leblanc en moulinant l'air avec ses mains, il se prend de bec avec les managers, les roadies.

— Les roadies ? demande Alban.

— Les machinistes itinérants, ils suivent les artistes sur leurs tournées, il a failli me faire perdre des contrats.

— Avez-vous bossé avec Keller ? coupe Ludovic.

— Plutôt oui ! Quel connard celui-là ! Il nous a accusés de vol et rien n'allait jamais. Notre contrat courait sur la dernière tournée de son pianiste. J'avais décidé de ne pas renouveler.

Les flics se regardent, la même pensée dans la tête.

— Peut-on obtenir ses coordonnées ? questionne Hugo.

— Sandrine, gueule le propriétaire de la boîte à l'adresse de la secrétaire restée en retrait, sors-moi le dossier de Nathan Létrier. Vous lui direz qu'il est viré.

— Merci de votre aide, opine Hugo.

— Quelle connerie il a commise cette fois, il a tué quelqu'un ? demande-t-il stoppant net ses allers-retours. Il en est capable. Lors du talk show, il s'est rué sur le gars qui dirigeait les projos. J'ai dû intervenir. Il était fou parce que l'autre lui avait soi-disant mal parlé, continue-t-il avec un haussement d'épaules. Ce qui est impossible, car il est muet de naissance et tourne avec nous depuis dix ans. Ce connard l'étranglait, je lui ai décoché une droite. C'est un sanguin.

— Merci pour tout, restez à notre disposition, il est fort possible que nous revenions vers vous.

Ils sortent, le précieux dossier sous le bras. Ludovic attrape son portable tout en parlant à ses collègues.

— Bon les gars je ne sais pas vous, mais je crois qu'on tient notre client, sourit-il avant de faire le numéro de leur patron pour l'avertir de la bonne nouvelle.

Rentré au bureau, une avalanche de renseignements trône à présent sur le tableau d'enquête et la diffusion du portrait-robot a permis à cette dernière de faire un véritable bond en avant.

Maxence s'en veut terriblement de ne pas l'avoir utilisé plus tôt, même s'il avait ses raisons de ne pas le faire.

Le suspect ne pouvait pas bosser plus près du pianiste, cette nouvelle le frappe en pleine face. Le criminel dispose d'une adresse et d'un nom, il n'y a plus qu'à le serrer.

Chapitre 23

Florian

Le pianiste apprend que Florian vient de frôler la mort, il se laisse tomber à ses côtés sur le canapé, tout tremblant. De ses mains, il parcourt son corps pour vérifier qu'il ne lui cache rien. Quand ses doigts rencontrent l'énorme pansement sur son flanc, un gémissement sourd résonne dans la pièce. On pense toujours que les gens, les sentiments sont là pour toujours, seulement, on ne se rend compte de leur importance que lorsqu'il est trop tard. Un peu comme pour les couchers de soleil qu'on s'imagine voir jusqu'à la fin de nos jours, tant ça semble banal et dont on finit par ne plus remarquer leur beauté. Il a manqué perdre cet homme qui sans bruit se glisse sous sa peau et dans son cœur d'une manière intense.

Florian, lui, s'énerve de ne pas pouvoir bouger plus vite qu'une limace asthmatique. Il doit remercier Henri qui effectue ses soins avec douceur. Le majordome, ayant refusé d'abandonner ses frères d'armes, sort avec prudence de l'hôtel grimé en vieillard, marchant avec une canne pour passer inaperçu.

Au milieu de ce chaos, Frédéric et lui n'échappent pas aux visites de Maxie. Le flic a eu tort de penser que le musicien freinerait des quatre fers, car celui-ci semble attendre les passages de la thérapeute avec impatience. Pourtant, il émerge épuisé de ces séances où il déverse ses peurs et ses angoisses. Il finit toujours par s'isoler dans sa chambre ensuite. Le capitaine le trouve régulièrement plongé dans le sommeil pendant quelques heures. Il le recouvre alors d'une couverture et descend papoter avec Cécile, des instants qu'il chérit. Depuis qu'ils se terrent dans cet hôtel, ils ont peu à peu franchi le pas. De caresses en baisers échangés, Florian s'est habitué à retrouver son musicien chaque nuit dans ce lit immense pour des ébats langoureux, parfois sauvages. Leur séjour ici l'envoie sur une autre planète, à un style de vie qu'il n'a jamais connu.

Il sait que ses possibilités de séjourner dans un tel lieu équivalent à celles de s'offrir un voyage vers la Lune. Il ne serait même pas entré dans cet hôtel luxueux pour boire un café. L'endroit élégant et contemporain se situe dans le quartier Montparnasse, dans le XIVe arrondissement de Paris.

Ils se trouvent installés dans un duplex encore plus immense que celui de Frédéric et disposent d'un salon, deux chambres, une pour Cécile, l'autre, plus petite pour Henri. Un escalier en colimaçon mène à une chambre que le pianiste et Florian occupent et qui égale la surface totale du rez-de-chaussée. Le lit qui s'y trouve peut facilement accueillir trois personnes. Quant à la salle de bains avec sa douche à l'italienne en marbre, elle permettrait au groupe ONEXO de s'y installer avec ses instruments.

Tous vivent dans cet endroit magnifique pour un moment, sans heurt, attendant que le danger qui rôde soit écarté.

Par bonheur, il y a Mama, qui ne garde aucune séquelle de son agression. Florian la découvre avec un plaisir immense, elle possède un don pour écouter et raconter sa vie remplie d'anecdotes. Cette femme fonce dans toutes les tempêtes, droite comme un I. En cet instant, ils sont tous les deux tranquilles, aucun bruit ne résonne dans le salon et leur conversation journalière se déroule fluide, sans retenue.

— Mon jeune ami, je ne suis plus dans la fleur de l'âge, mais ma vue reste excellente. Il suffit que mon petit-fils entre dans la pièce pour que vous ressembliez à un sapin de Noël. Je m'attends toujours à voir la fumée sortir de vos oreilles, s'amuse-t-elle. Il est évident que Frédéric n'a jamais montré un tel intérêt pour qui que ce soit, du moins pas à ma connaissance. Je sais qu'il se pose des questions, c'est nouveau pour lui de voir un homme avec son cœur pour la première fois. Je crois que vous deux, vous posez des obstacles là où il n'y a pas lieu et c'est désespérant de vous regarder, attendant que l'autre fasse le premier pas. Frédéric a besoin d'un homme comme vous, à la poigne de fer mais qui sait se montrer patient et doux.

Florian fixe le fond de sa tasse, les mains tremblantes. Il aurait juré cacher très bien ce qu'il ressentait. Cette femme est une sorcière, elle reprend.

— Son père l'a gardé sous sa houlette trop longtemps, m'empêchant de compenser cette dureté. Il l'a tenu éloigné de moi, une façon pour lui de me remettre à ma place, demeurant persuadé qu'avec moi, il deviendrait une poule mouillée.

— Quel genre de femme était sa mère ?

— Je crois vous avoir déjà parlé de cet ange qui a atterri en enfer, bien trop inexpérimenté pour affronter cet homme qu'était mon fils. Je me suis débrouillée pour que Frédéric ne doute jamais de l'amour de sa mère. Il ne possède aucun souvenir autres que ses photos et des enregistrements. François l'a fait élever par une nourrice, n'autorisant Thérésa à le voir qu'une heure par jour, lui brisant le cœur. Les hommes de cette famille se sont montrés intolérants, des tyrans auraient été plus doux. Moi, je possédais le caractère pour m'en sortir.

— Parce que, vous aussi ? s'étonne Florian

— Adrien n'était pas mon choix, il devait calmer la rebelle en moi, d'après mon père.

— Comment avez-vous pu vous attirer ses foudres ? Je commence à vous connaître, vous aviez déjà ce caractère si jeune ?

— J'ai toujours su ce que je voulais et j'ai eu le tort de tomber amoureuse de la mauvaise personne. Il se nommait Lucas, possédait les plus beaux yeux du monde et son sourire étincelant avait ravi mon cœur à jamais. Je n'avais que 15 ans et lui 19, mais surtout, il n'appartenait pas à notre milieu. Hors de question que la fille du patron épouse le fils du palefrenier. Notre cuisinière m'a aidée à tromper la vigilance de mes parents. Un jour, alors que je venais de quitter Lucas, mon père m'attendait debout dans le salon, ma mère assise à ses côtés. Mon secret n'en était plus un, je me suis retrouvée manu militari en pension à Sainte-Marguerite.

Florian éprouve de la peine pour cette femme coincée dans l'éducation de ces années lointaines, il l'écoute revivre cette période douloureuse.

— Au début des vacances de Pâques suivantes, il a pu me faire passer un courrier dans lequel il me demandait de partir avec lui au Canada. J'étais jeune, j'ai hésité trop longtemps. Quand je me suis décidée à le suivre, il était là-bas depuis une semaine. Six mois plus tard, on m'a présenté mon fiancé et le jour de mes 18 ans on fêtait mon mariage, neuf mois plus tard, François arrivait. Le jour où j'ai compris que mon mari entretenait une danseuse du Moulin Rouge, tout a changé.

— Vous auriez pu partir ?

— N'oubliez pas qu'à l'époque, nous les femmes, dépendions de nos maris mon petit, pas question de divorce et je ne disposais d'aucune liquidité. Mais il a compris quand j'ai transféré mes affaires dans une autre chambre à l'étage. Plus jamais, je n'ai posé le bout d'un orteil entre ses draps.

— Qu'est-il advenu de votre Lucas ?

— Il n'a épousé personne et est devenu l'un des plus grands propriétaires de chevaux, en Australie. Il y a plus de quarante ans.

— Vous auriez dû le rejoindre, votre vie à tous les deux valait la peine de laisser une place à tout cet amour.

— Je devais satisfaire à mes responsabilités. Il est mort sous les sabots d'un cheval qu'il dressait. Son notaire m'a envoyé une lettre qu'il avait laissée pour moi. Nous avons tous les deux fait face à ce que la société attendait de nous. Aujourd'hui, je ne tiendrai plus jamais le même discours. Si l'on aime une personne, il ne faut pas hésiter.

Cécile se tait un instant, semblant plongée dans ce passé puis revient vers Florian, le regard acéré.

— J'ai des questions pour vous, aimez-vous Frédéric ? seriez-vous capable de déplacer des montagnes pour lui ? son handicap ne vous posera-t-il pas de problème ? surtout serez-vous certain de ne pas repartir vers une nouvelle femme ? Si vous n'êtes pas sûr de vous, ne le laissez pas croire à un rêve impossible, il a assez souffert.

— Comme vous et votre éleveur de chevaux, on vient de deux mondes opposés, répond Florian se frottant la nuque, ça me fait peur… ça nous fait peur.

— Foutaises ! Ne voyez qu'au-delà, ne lâchez rien, pour personne, c'est votre deuxième chance. Peut-être, que de l'endroit où elle se trouve, votre Charline veille sur vous. Je crois savoir ce qu'elle a vu en vous. Rien n'arrive jamais par hasard. Réfléchissez, je vais me reposer, soupire-t-elle.

Prenant son visage en coupe, elle dépose un baiser sur son front. Chamboulé, il grimpe à son tour l'escalier, s'installe sur le lit sans réveiller l'autre homme. Il souhaite l'amour de celui-ci. En peu de temps il est devenu sa came, son addiction. Il aspire à s'endormir à ses côtés, entendre ses rires, ses soupirs, recevoir ses baisers légers ou plus coquins, vivre le temps qu'on leur accordera. Quand ils se trouvent ensemble, le temps suspend son vol. Florian n'en revient pas : il se reconstruit sur des bases saines et solides. Il se love contre ce corps ferme et sourit, leurs blessures ne gênent en rien ce rapprochement. Les battements du cœur de Frédéric l'apaisent et il s'endort à leurs rythmes.

Chapitre 24

Frédéric

Une main frôle sa joue, le tire du sommeil. En quelques secondes, il prend conscience de ce qui l'entoure, du corps contre le sien, de cette odeur qui s'inscrit dans son cerveau.

— Tu ronfles, se moque Frédéric.

— Menteur, balbutie-t-il.

— Je t'assure que si, Henri pourra te le confirmer.

— Il dort avec nous ? Chouette, un trio ! J'ai toujours voulu savoir ce que donnaient trois gars dans un lit, s'amuse Florian.

— Connard ! gronde le pianiste.

— Comment s'est déroulé ton rendez-vous avec Maxie ?

Frédéric se glisse doucement contre le torse de Florian, en prenant soin d'éviter sa blessure, puis il répond :

— Même si elle aime Mozart, aujourd'hui elle s'est mise en rogne.

— Hum… et le rapport entre Mozart et se mettre en rogne ? Oserais-je te demander pourquoi ?

Les doigts de son compagnon pianotent sur la poitrine de Florian un air connu de lui seul.

— Dans ma tête, c'est un peu le foutoir. Ma cécité, mon entraînement pour retrouver ma motricité, comprendre ceux qui aiment ma musique qui ne sont pas forcément des aficionados de l'homme que je suis… Alors, comme le chante Louise Attaque «*et je merde tout ça, tout ça*». Leur chanson *Ton invitation* a dû être écrite pour moi.

— Alors, rien de nouveau sous le soleil, sauf que ce sont des conneries, dis-moi plutôt la vérité.

Aucun d'eux ne bouge, serrés l'un contre l'autre. Florian apprécie ces moments de calme. Ses doigts s'entremêlent dans les mèches, impossible de ne pas le toucher ou l'embrasser. Ils murmurent comme pour partager leurs secrets.

— Elle trouve que je ne fournis pas assez d'efforts, que je me déprécie trop, que je me gratte trop le nombril, voilà tu es content ?! grogne Frédéric.

— Fuir ne t'aidera pas ! Juste sous la surface, le musicien génial que tu es se trouve toujours là, capable d'interpréter à nouveau un jeu parfait. Ta vie ne ressemble pas à grand-chose pour le moment, certes, mais laisse revenir en toi cette étincelle qui veille, tout n'est pas foutu si tu t'autorises à te laisser aller.

Frédéric déglutit et acquiesce, alors que Florian entrecroise leurs doigts, il cesse de respirer, tentant de garder son sang-froid. Leurs corps s'emboîtent à la perfection. En apprenant la tentative de meurtre sur son flic, la lumière s'est faite dans son esprit. Deux hommes ont pris les rênes de sa vie, le premier l'a tenu en laisse, Florian lui rend sa liberté. Sans le brusquer, il a attrapé son cœur. Quand son géant le recouvre, il se sent aimé, protégé, désiré. Lorsque le sommeil le fuit, il l'écoute respirer, notant le moindre changement.

Intrigué par sa vie avant lui, Frédéric se tortille ne sachant pas comment Florian va réagir à sa question à venir.

— Ne réponds pas si je dépasse les limites, mais tu veux bien encore me parler de Charline ?

Enveloppé dans sa bulle, Florian semble réfléchir, Frédéric le sent à sa respiration suspendue. Il lui laisse le temps nécessaire pour répondre.

— Elle a et aura toujours une place prépondérante dans ma vie, se lance-t-il enfin. Avec elle, je me sentais invincible, elle disparue, je coulais. Tu me vois d'une manière différente et tu me rends plus fort. Son rire était une musique contagieuse. Je pouvais déposer mes soucis à ses pieds. Elle était mon petit chevalier en armure, ce qui est idiot puisqu'elle était presque aussi grande que moi. Lorsqu'elle aspirait à un but, rien ne l'en détournait. Quand j'ai admis qu'elle m'attirait, je n'ai pas compris ce qui m'arrivait. Elle m'a totalement dérouté. J'étais gay, aucune femme ne pouvait être autre chose qu'une amie. Pourtant, dès que je l'ai rencontrée, j'ai su qu'il n'y aurait personne d'autre. On a énormément discuté, on s'est accordés à dire que j'étais certainement demi-sexuel.

— Demi quoi ? sursaute Frédéric.

— Demi-sexuel, ça veut dire que je ressens de l'attirance sexuelle pour une autre personne seulement si j'éprouve un lien fort avec elle. Elle avait une ressemblance avec la chanteuse Clara Luciani, en blonde, ou encore Françoise Hardy.

Frédéric sourit et place sa tête au creux de l'épaule de Florian.

— À mon avis, c'était une petite maligne, en plus de posséder un truc que tu n'avais trouvé chez personne jusque-là, elle a réussi à t'accaparer.

— Tu sais que parfois tu me laisses baba ! s'amuse le flic, en serrant davantage le musicien dans ses bras.

— Elle restait dans le vrai, nous vivons dans une société qui recule, qui veut que tout le monde rentre dans une petite case, qui nous éjecte lorsque ce n'est pas le cas. Pour les moralisateurs, nous sommes des gens contre-nature, c'est hallucinant. Qui sont-ils pour juger la vie des autres ? Quand est-ce que les mentalités vont changer ? s'agace Frédéric.

— Je sais ce qui m'attire chez toi, tu possèdes des choses que Charline avait en elle. Vous vous seriez entendus comme larrons en foire.

Les lèvres de Florian retrouvent les siennes. Sa langue s'invite dans la partie avec douceur. Entre eux, une alchimie incroyable prend racine. Sa couture tiraille, mais ne l'empêche pas de voler en éclats. Ce baiser dévastateur, l'oblige à chercher de l'air. Doucement, il repousse son compagnon.

— Encore, souffle Frédéric.

— Désolé, j'ai mal aux côtes, mais tu ne perds rien pour attendre.

— Parle-moi encore de Charline alors.

Florian se rallonge et installe Frédéric dans ses bras.

— Je ne la verrai pas vieillir, s'émeut-il. Dans mon esprit, elle va demeurer cette jeune femme qui croquait la vie à pleines dents. Pour elle, demain était toujours loin. Elle devait ce comportement à ses petits patients. Une fois, une petite à peine née s'est éteinte au matin. Elle est restée auprès des parents, les a soutenus jusqu'au bout. Son service ne s'est pas remis de son décès si brutal. Moi, je n'ai pas pu lui dire adieu ni lui répéter combien je l'aimais. Je n'étais pas là sur ce trottoir pour la soutenir. Je n'ai pas pu la remercier pour tout ce qu'elle m'avait donné.

Florian, dépassé par ses émotions, réprime un sanglot.

— Ne pleure pas, elle le sait.

Florian ne paraît pas l'entendre.

— Elle n'a pas souffert, elle était partie avant de toucher le sol, mais je suis certain qu'elle a compris ce qui se passait. Je me sens fautif d'avoir été retenu au bureau alors que je devais l'accompagner.

— Ce n'est pas juste, je suis désolé pour vous deux, je n'ai jamais connu ça, murmure Frédéric empli de compassion pour ce Florian qu'il n'a pas connu.

— Avec toi près de moi, la douleur existe toujours, mais elle est plus facile à porter. Mes démons sont derrière moi, désormais.

— Est-ce que ma petite personne arriverait à t'étourdir plus qu'un verre d'alcool ? demande le musicien en caressant le torse de son compagnon, les traits de son visage plein de malice.

— Allumeur ! c'est pire que ça, si tu savais !

Dans la chambre, plus aucun mot n'est prononcé donnant libre cours à l'éclosion de ces sentiments qu'ils ne cachent plus.

Chapitre 25

Florian

Au réveil, alors que la pièce reflue d'odeur de sexe, ils se trouvent toujours dans la même position, l'estomac grondant. Le visage de Frédéric repose dans le creux du cou de Florian.

— Je suis monté au paradis, murmure le pianiste. Je ne savais pas que ça pouvait être si beau et si bon. Il y a des mois que des notes de musique n'ont pas résonné aussi clairement dans mon esprit. C'est une sensation étrange, nouvelle, je me sens un autre homme prêt à relever les défis.

— Et c'est bien, mon chat? demande Florian effleurant la peau de son amant de ses doigts.

— Tu ne l'imagines même pas! J'adore ce petit surnom que tu me donnes.

— Tu seras toujours mon petit chat, sourit-il avant de reprendre son sérieux. Tu te doutes bien que les douleurs de nos passés respectifs ne vont pas disparaitre en un claquement de doigts, que des peurs et des questions vont continuer à se poser.

— Ça va être plus facile à deux. Je ne te demande pas d'effacer ce que tu as vécu avec Charline, tu es l'homme qu'elle m'a laissé. Je connais aussi ces pensées qui rôdent en toi qui te donnent la sensation que tu la trompes.

— Tu es dans le vrai. Je sais pourtant que mon cœur est tourné vers toi aujourd'hui, mais c'est arrivé si vite après son décès. Malgré tout, je n'envisage pas de tout laisser tomber, mes sentiments sont très forts. Que tu sois aveugle ne me pose pas de souci, arrivera le jour où ta main te permettra de rejouer. Comme tous les couples, nous nous prendrons la tête et il y aura des réconciliations sur l'oreiller…

La voix moqueuse de Cécile résonne du rez-de-chaussée jusqu'à eux.

— Je suis une vieille femme, mais moi au moins, je ne suis pas sourde, je précise au cas où par hasard il vous resterait un doute. Votre portable sonne avec insistance depuis un moment, Capitaine. Si vous pouviez lâcher mon petit-fils et descendre céans, se moque-t-elle.

— Elle va bien ce matin? Tu peux m'expliquer ce qui lui prend à parler comme si nous étions encore à l'époque des rois?

— Plus tard, mon chat! Là, je crois que ça urge. Je me douche et je file, reste un peu au lit, continue-t-il en posant ses lèvres sur son front.

Au bas de l'escalier, il tombe sur deux curieux, qui l'observent moqueurs. Il semblerait qu'ils se soient montrés bruyants.

— Bonjour à vous deux, rougit-il, en prenant son portable des mains d'Henri.

— Allo! Maxence, je t'écoute.

Sur le visage de Florian, la surprise envahit ses traits, puis un large sourire étire ses lèvres. Jamais il n'a eu à l'esprit que Maxence donnerait son autorisation, mais son ami a compris qu'il en ressentait le besoin. En liesse, il confie son amant aux deux fouineurs et grimpe dans la voiture envoyée par son supérieur. Ce dernier le rappelle pour qu'il participe à la fouille chez Létrier, demandée par le magistrat. Ses points de suture le lancent, ses acrobaties de la nuit précédente n'ont rien arrangé. Il enrage de ne pas être du nombre de ceux qui l'arrêteront, mais il aurait pu n'être que spectateur de cette pièce qui se joue.

Ses collègues n'attendent plus que lui pour foncer chez le harceleur de Frédéric. Il ne leur faut que quelques instants pour se rendre à l'adresse qui figure sur les papiers pour la perquisition.

Le suspect vit au rez-de-chaussée d'un immeuble en très mauvais état dans le XIIIe arrondissement de Paris. Personne ne répond à leurs coups de sonnette. Une jolie jeune femme noire écarquille les yeux devant leur nombre important. Elle resserre ses bras autour de son enfant.

— N'ayez pas peur, nous cherchons monsieur Létrier, précise Florian.

— Je ne l'ai pas vu depuis plusieurs jours, mais il n'est pas bruyant, répond-elle, timidement. Je ne sais jamais s'il est vraiment là ou pas. On dirait une ombre.

— Merci, bonne journée à vous.

Les policiers lui donnent le temps de sortir. Aidé d'un bélier, un des agents enfonce la porte, ne sachant pas à quoi s'attendre. Une odeur de moisi, âcre et agressive, les saisit à la gorge, ils découvrent une vraie porcherie. Le studio se compose d'une pièce de vie avec un coin cuisine, d'une salle de bains si on peut nommer ainsi cet endroit sale et plein de rouille. Un monticule de vaisselle sale surcharge un évier qui n'a pas dû être récuré depuis un sacré moment. La poubelle déborde, une table bancale trône au milieu de la pièce principale et un vieux matelas à même le sol représentent l'ensemble de son mobilier, pas de chaise, pas de télévision. Les premiers à rentrer demeurent statufiés devant ce qu'ils constatent.

Qui se permet de louer des appartements dans un état pareil ? C'est immonde ! Le seul coin lumineux de l'endroit est réservé à Frédéric et jure avec le reste, un vrai mausolée. Des affiches de spectacle sont punaisées au mur. Dans une vieille boîte en fer, ils trouvent des objets qui appartiennent sans aucun doute au pianiste. La rage de Florian se trouve écrasée par cette vision représentant un réel manque d'humanité d'où ressort l'isolement, la déchéance d'un homme, même si cela ne l'excuse pas. Sur une étagère branlante, ils récupèrent une trentaine de livres de poche, pour beaucoup de la poésie, usés pour certains à force d'être lus, juste à côté des CD de Frédéric encore emballés dans leur plastique.

— Merde ! Comment peut-on rester sain d'esprit dans un tel taudis ? observe tristement Ludovic.

— Il ne vit que pour le musicien, enchaîne Hugo, montrant le coin de la main.

— Regardez ce que je viens de découvrir, les coupe un des flics, c'était dans un buffet, à côté des plaques chauffantes.

Il tient un ordinateur portable éclaté, un carnet et un téléphone.

— Ce sont les affaires de la deuxième victime, non ?

Le tout gagne les sacs à scellés. N'ayant plus rien à trouver, ils referment la porte et posent des bandes rouges en travers de celle-ci. Lorsqu'ils franchissent le hall de la criminelle, Maxence les attend et tourne comme un lion en cage.

— Réunion en salle de conférence, lâche-t-il, sourcils froncés.

Florian demeure calme puisque personne ne sait où se cachent Frédéric et Cécile. Tout le monde se tient sur le pont. Maxence siffle pour demander le silence.

— Grâce à vous tous, nous touchons enfin au but. Florian, désolé, c'est Ludovic qui va prendre ta place sur le terrain. Ce serait trop risqué pour toi avec ta blessure, j'ai déjà outrepassé les ordres en te donnant l'autorisation pour la fouille, on verra à l'interrogatoire.

Voyant Florian prêt à parler, sur un signe de la main, il lui intime de se taire et continue.

— Le suspect reste introuvable, je parierais qu'il se planque non loin de l'habitation de sa proie. Les preuves s'accumulent, obtenir des aveux clôturera notre dossier en beauté. Alban a vérifié un truc pour nous, vas-y, on t'écoute.

Depuis qu'ils se sont expliqués, le flic et le commandant sont arrivés à la conclusion qu'il serait mieux pour lui de poser sa mutation. Le lieutenant n'a rien contre Florian, il n'accepte pas qu'il ait récupéré un poste aussi important après avoir fait un passage chez les alcooliques anonymes. Pour lui rien ne prouve qu'au premier pépin le capitaine ne replongera pas. Il quittera donc le groupe sur convenance personnelle lorsque l'enquête sera terminée. Alban balaie les visages de ses collègues et commence :

— Les habitations haussmanniennes appartenaient à de riches familles qui logeaient leur personnel dans les derniers étages au cours des années 1900. Ces gens ne devaient pas sortir par le devant des demeures, mais utilisaient une porte arrière dérobée. C'est l'intendant, monsieur Henri, qui nous a permis de la découvrir, elle est devenue un placard pour les employés de l'entretien. On va s'en servir ce soir. Le suspect verra tout le monde rentrer, mais pas ressortir, il pensera que le musicien est en haut alors qu'on l'aura récupéré derrière.

— C'est complètement dingue, explose Florian, s'agitant dans tous les sens.

Il quête une aide chez son commandant qui lève les épaules comme impuissant se demandant quelle mouche l'a piqué.

— Pendant que tu effectuais la perquisition, monsieur Carmichaël a donné son accord. Désolé, c'est lui qui est impacté par cette histoire, il veut nous aider à coincer cet enfoiré. Il a seulement demandé à ce que tu l'accompagnes. Henri vous attendra dans la ruelle pour vous ramener à l'hôtel.

Un gardien de la paix ôte à Florian la possibilité de répondre. Il confirme que les gars en planque viennent de repérer le suspect qui fait le guet rue de Rivoli.

— C'est parti, Florian, Ludovic, Hugo, allez chercher le pianiste. J'espère que notre petit rigolo ne va pas flairer le piège. Entre chien et loup, vous rentrerez ensemble, les gars du RAID vont se servir du placard de Narnia pour s'installer dans les étages et dans l'appartement. Il ne pourra pas fuir, il va être fait comme un rat. Les habitants ont été avertis qu'ils devaient s'absenter pour un petit moment. Nous leur offrons l'hébergement. Ludovic pense à mettre un disque sur la platine, il doit croire que le pianiste joue et l'éclairage reste tamisé.

— Ce taré ne va rien voir ? s'énerve Florian. Et s'il est armé ? S'il tire ?

Maxence et le groupe le fixent comme si d'un coup il devenait une autre personne.

— Bon sang ! Je ne comprends pas tes réactions, tu nous fais quoi là ? Il ne verra que ce que l'on veut bien lui montrer, quatre personnes qui entrent, trois qui sortent. Il est tellement focalisé sur son but, qu'il ne s'étonnera de rien. Il y aura des tireurs sur les toits d'en face. Si ça peut te rassurer, je fais partie du dispositif. Bien ! Tout le monde prend en compte que ce mec est dangereux et instable.

Un silence plane, chacun perdu dans l'affaire en cours. Le capitaine semble se reprendre.

— Je n'ai pas prévu de mourir aujourd'hui, ni moi ni personne, il a laissé passer sa chance, grogne Florian. Les gars, on y va.

Maxence reste muet quelques secondes interloqué par le ton et le comportement étrange de son ami. Il ne lui a plus vu ce regard depuis des lustres. Quelque chose a changé, il n'arrive pas à mettre le doigt sur ce qui a provoqué ça. Il se sent heureux de retrouver chez lui cette étincelle qui disait, «je suis invincible».

— Il a mangé du lion ? demande Sophie bouche bée.

— Tant qu'il demeure dans cet état d'esprit, Lieutenant, ça me va, répond le commandant. J'espère seulement qu'il a retenu qu'il ne fait qu'accompagner monsieur Carmichaël, grogne Maxence.

Il termine avec ceux qui attendent le top départ.

— Chacun de vous connaît sa partition, maintenant que notre cinglé est bien énervé, il se trouve en situation parfaite pour se planter, go! Attrapez-moi ce siphonné.

Chapitre 26

Frédéric

Allongé à ses côtés, le pianiste songe à leurs derniers ébats et se demande comment cet homme réussit ce tour de force de le faire s'imaginer important. Le simple fait de sentir son souffle sur sa peau l'excite et parfois son cœur rate quelques battements. Il arrive à Frédéric de réprimer ses émotions, laissant Maxie, sa thérapeute, ahurie qu'il en soit encore là, tant leur alchimie provoque des étincelles. Leurs destins les ont obligés à marcher sur des braises, à repartir de zéro un jour à la fois, mais la chaleur de leurs corps pressés le comble.

Dans l'attente que cette folie dehors cesse, il n'aspire qu'à une seule chose, embrasser son compagnon. Il lui suffit d'une caresse pour que le monde alentour s'efface et le plonge dans un état second. Frédéric, incapable de résister davantage, se redresse sur un coude et de la pulpe de ses doigts, souligne les traits détendus de cet homme qui lui permet de guérir. Il laisse sa bouche dériver sur la mâchoire de Florian, puis sur la peau salée de son cou.

Sous ces à-coups langoureux, le flic sort peu à peu de son sommeil puis dans un mouvement leste, le plaque au matelas, poussant ses hanches contre les siennes, la puissance de leurs érections bien réelles. Le souffle de Florian effleurant la commissure de ses lèvres, annonce un baiser brûlant à venir, se transformant souvent en un duel de dents et de langues. Plongeant dans cet antre chaud et humide, il savoure ce goût qu'il reconnaîtrait n'importe où. Son pouls s'affole. Ses mains parcourent les creux et les monts qu'il mémorise avec bonheur, formant un dessin dont il connaît chaque contour.

Aveugle ou pas, Frédéric éprouve une euphorie sans limites. Sans hésitation, le cheminement des paumes de Florian vers le sud l'avertit que son sexe, tendu, va être englouti, le faire rugir à le rendre fou. L'attente devient douleur. Leurs vêtements ont disparu, lui semble-t-il, depuis des lustres. Ne reste plus que son shorty en dentelle qui rend son compagnon totalement dingue et qui disparaît à son tour. Florian prend un malin plaisir à le chauffer, amusé de remarquer que chaque centimètre de sa peau se couvre de chair de poule, surtout quand il ajoute quelques coups de langue sur ses mamelons hyper réceptifs aux petites morsures qui l'envoient sur orbite. Leurs corps s'embrasent pour s'offrir sans tabou, sans peur. Il s'arque quand la poigne de Florian enserre son sexe dressé, faisant coulisser son érection à l'aide de cette sève ruisselante. C'est à la fois trop et pas assez, divin et incroyable. Leurs corps finissent par se trouver sans savoir où ils commencent, où ils finissent.

Tout au long de ces années, Frédéric est resté concentré sur sa musique. Jamais il ne s'est évertué à construire une relation, ignorant ce à côté de quoi il passait. Les autres ne lui ont pas donné le temps de s'en inquiéter. Cet homme en perdition déboule dans son existence au moment où tout lui échappe, bousculant et éparpillant aux quatre vents tout ce en quoi il croyait. Ce qu'on lui a imposé. Sa voix aux tonalités musicales résonne dans sa tête, le ramène du fin fond de son désert. Les notes de musique qu'elle transporte se diluent dans l'espace, l'enveloppant d'une douce chaleur. Son besoin de cet homme tourne à l'addiction. Avec lui, il se sent complet, tient à se dépasser. Peut-il retrouver son accord parfait avec la musique ? Cette question le ronge. Il demeure tétanisé à la simple idée que Florian le quitte, que ce cinglé en liberté nuise à leur relation naissante.

— Merde, moi qui imaginais être un Dieu au pieu ! Mon orgueil en prend un sacré coup, sourit Florian en relevant la tête. Je m'occupe de ta queue, mais le grondement du vacarme dans ton cerveau résonne jusqu'à moi. C'est vexant, je croyais que tu allais t'envoler ! Parle-moi, crache le morceau.

Il rampe sur le corps de Frédéric.

— Je suis désolé, ne crois pas ça, tu es un amant merveilleux, mais je ne peux m'empêcher de penser à après, hésite le pianiste. L'après, me fait peur, murmure-t-il, à cause de moi, tu as manqué mourir et…

Florian effectue un demi-tour tout en tenant son compagnon contre lui. Sa main dessine des arabesques sur son dos tendu, leurs érections se sont flétries.

— Tu n'es pas le seul à te poser des questions, je te signale ! Mais à partir d'aujourd'hui, tu me fais part de tes tracas. On s'isole pour en discuter et on se montre francs, s'agace Florian. Dans ma tête aussi un manège tourbillonne, la seule certitude qui en émerge c'est que je t'aime, que je suis là pour longtemps. Si je n'ai pas souhaité que l'on te prévienne pour mon agression, c'était juste que premièrement : je ne connaissais pas l'étendue des dégâts et que deuxièmement, je refusais d'en rajouter une couche à ce que tu traverses.

— Je comprends, mais j'ai un doute sur le fait que tu me l'aurais dit si tu n'avais pas été en si mauvais état, rumine Frédéric.

— Je ne te le cachais pas, ce n'était pas non plus un manque de confiance. Mais nous surpasserons tout cela, alors arrête de ruminer et laisse-toi aller, tu veux bien, plaide Florian.

— Bon sang ! Je ne suis pas un enfant ! bougonne Frédéric sur le torse de son amant, ni une petite chose fragile, je sais relativiser.

— Aucun doute là-dessus, mon chat! Stoppe ce train dans ta petite cervelle. On va venir à bout de ce siphonné. Je mentirais en te disant que ça ne m'inquiète pas. Me trouver sur la touche me fout en rogne et ne pas participer à son arrestation aussi. J'aimerais que Maxence m'autorise à revenir sur le terrain, Florian le serre un peu plus et dépose un baiser sur sa joue. Tu vois, rien qui ne doit te tracasser. Au fait, tu sais que Cécile m'a cuisiné sur mes intentions?

— Je m'en doutais et j'imagine très bien votre conversation d'ici. Elle veut le meilleur pour moi, je suppose, puisqu'elle m'aime. Tu as eu droit à: «*Est-ce une histoire à long terme? Juste une relation liée aux derniers évènements? Envisagez-vous de vivre avec son handicap?*»

Florian éclate de rire, et fixe le visage de son compagnon qui reprend.

— Ne rigole pas, je suis sûr de ne pas me tromper. Sache que pour moi non plus, ce n'est pas un jeu, même si ça me dépasse parfois. Les mots magiques sont justes là, sur mes lèvres, du fond de mon obscurité, tu représentes ma lumière. Tu n'es en rien une putain de canne dont j'aurais soi-disant besoin.

— Tu es un triple idiot, mon chat.

Ils avancent à tâtons, le contact du sexe à nouveau dur de Florian sur sa cuisse le brûle. La bouche coquine lui ôte rapidement toute logique, il se trouve vite débordé par un flot de sensations qui le bombarde en tous sens. Ses neurones viennent de griller sous l'assaut de Florian. Sa respiration se coupe, son cœur cogne sur les parois de sa cage thoracique soudain trop petite. Ses mains parcourent ce corps massif, se crispent et enfin il lâche les rênes, ne contrôlant plus rien. Seul le corps sur le sien est réel. Il perd pied, toute autre pensée que son amant s'évapore dans cette luxure. Chaque caresse l'emporte comme un fétu de paille dans un torrent en furie. Des éclats blancs, telles des comètes dans le ciel, traversent ses ténèbres.

Tous les gestes de Florian équivalent à des déclarations d'amour. Sa bouche devrait être classée dans les armes mortelles et torrides. Le léger duvet qui recouvre sa poitrine frotte avec délice la peau fiévreuse de Frédéric. Il s'accroche aux larges épaules, alors que Florian empaume ses fesses. Ses doigts s'incrustant dans son épiderme, son flic découvre des zones qu'il ne savait pas être érogène pour lui. Il se sent le maître de l'univers, ces marques seront là demain. La tension pulse dans leurs veines, le tuant à petit feu. Leurs gémissements résonnent dans la chambre, ricochent sur les murs. Florian se comporte en un maître démoniaque. Le brouillard remplace le cerveau de Frédéric.

— Mon chat, je te veux sur le dos.

Il l'épingle sur le matelas. Le plaisir déferle, sa langue dessine tout un chemin mouillé pour stopper au niveau du nombril. Frédéric sursaute lorsqu'il la sent tournoyer autour et dedans. Ses nerfs vibrent.

— Je suis là, je serai toujours là, psalmodie Florian, glissant sur cette peau nacrée, imberbe, parfaite.

Rester sans bouger demeure impossible, alors que Florian danse une sorte de ballet : il se tord de plaisir, deux amants magnifiques. Florian, proche de l'orgasme, adorerait le goûter, mais il fonce vers son but. Il soulève les jambes de son amant qui d'instinct les enroule autour de ses hanches. Il se demande comment il a pensé à prendre du lubrifiant, aucun d'eux n'en ayant discuté. Il enfile un préservatif et risque de venir rien qu'en le plaçant sur son membre tendu. Les mains tremblantes, il débouche le tube et s'en couvre les doigts. Il prépare son amant avec de longs et lents étirements. Celui-ci tressaille à ce contact froid, se tortille sur la main de Florian.

— Tout va bien ?

Frédéric émet un son guttural, ne pas voir multiplie ses sensations : sa hampe fuit, les doigts gainés de Florian crissent, alors qu'ils glissent le long de son membre lubrifié.

Le désir palpite entre eux. Le policier se dirige vers son entrée frémissante, il passe peu à peu l'anneau de muscles.

— Ne lutte pas, petit chat, cède-moi le passage.

Dans un frisson, Florian resserre les jambes de son compagnon autour de son bassin et continue à pousser dans ce fourreau si serré, tout en surveillant le moindre signe de douleur sur le visage aimé. Il s'enfonce d'un coup, se retire, replonge plusieurs fois de suite, béat. Frédéric halète, lui ahane couvert de sueur. Il le pilonne : leurs peaux claquent. Ils tiennent le bon rythme. Il se penche pour dévorer sa bouche.

La tête de Frédéric roule sur l'oreiller, il perd le peu de contrôle qui lui reste quand Florian accélère ses mouvements. Il hurle son nom et sa semence chaude recouvre les doigts de son compagnon et leurs torses moites. Florian se vide dans le préservatif en flots ininterrompus, son membre continue à palpiter. Ils voguent sur les vagues du séisme qu'ils viennent de traverser. Épuisés, ils restent dans l'unique son de leurs souffles hachés et inégaux, les membres enchevêtrés sur le lit dévasté. Ils tombent dans le sommeil, oublient le monde et demain.

Chapitre 27

Florian

*F*lorian a quitté le commissariat, remonté comme une pendule. Il rejoint son amant dans leur chambre à l'hôtel. Celui-ci est en train d'enfiler une veste. Le capitaine fonce sur lui, narines frémissantes, plaçant ses mains tremblantes sur ses épaules.

— Qu'est-ce qui te prend, putain, de foncer sur le danger comme ça ? Je ne suis pas d'accord, je…

— Il faut en finir, coupe Frédéric, têtu. J'ai décidé, c'est comme ça et je ne changerai pas d'avis. Je ne vais pas passer mon temps à surveiller mes arrières. Je veux que nous puissions démarrer une vie normale, ça te va comme ça ? grince Frédéric se tenant rigide face à son compagnon.

— Il semble que tu ne me donnes pas le choix, mon chat, mais si tu récoltes le moindre bleu, je viens te tuer moi-même. Je ne perdrai pas à nouveau la personne que j'aime. Nous… ce n'est pas une erreur, ajoute-t-il la voix vibrante, le secouant légèrement.

— Je suis désolé pour Charline, réfléchis un peu, les conditions ne se ressemblent pas, nous connaissons la partition alors tu te calmes s'il te plaît. Ensuite, je veux un baiser avant de descendre dans l'arène.

Florian sait reconnaître quand le combat est perdu, il dépose un baiser sur cette bouche tentatrice et l'aide à descendre dans le salon. Une fois en bas, c'est le branlebas de combat. Il s'adresse à l'intendant.

— Henri, nous ne rentrerons pas à l'hôtel, nous nous rendrons au commissariat après l'arrestation de ce cinglé. Frédéric a le droit de voir la fin du tunnel.

— Si cela ne vous dérange pas, j'aimerais être là aussi, lance l'intendant.

— Pas de problème, à plus tard, Mama, chuchote le capitaine, je veille sur lui.

Frédéric se retrouve dans les bras de sa grand-mère qui lui murmure à l'oreille.

— Mon petit chéri, ce n'est pas un jeu, alors écoute Florian et soyez prudents.

— Promis, lancent simultanément les deux hommes.

Alors que le filet se resserre autour de lui, tapi dans l'ombre, le suspect, très agité, attend. Il n'est pas retourné chez lui depuis qu'il a envoyé ce connard de flic rencontrer son éternel. Il est resté planqué dans le parc à réfléchir sur l'effondrement de son monde. Tous ces salauds se soudent dans le même complot pour les séparer. Il n'en peut plus.

Il se prépare à regagner son taudis lorsqu'il aperçoit un petit groupe d'hommes, avec parmi eux la silhouette qu'il reconnaîtrait entre mille, celle de Frédéric. Il les voit se diriger vers l'appartement de la vieille. Enfin, la chance tourne en sa faveur, sauf que son état d'esprit a changé. L'amère vérité demeure, il leur faudra toujours lutter pour vivre ensemble. Le seul choix qui reste est leur mort. Nathan aurait aimé demeurer une ombre, mais pour le moment, il cherche le moyen d'accéder à son Graal là-haut. Les pièces s'éclairent pour n'en laisser qu'une illuminée. Les hommes qui l'accompagnent

ressortent. Ils l'abandonnent, seul là-haut ? Quels connards !
Ils ne savent pas à qui ils ont à faire, ils le prennent vraiment
pour un débile.

Il vérifie qu'ils sont vraiment partis pour traverser la rue.
Tremblant, à sa grande surprise, il entre sans difficulté. Du
rez-de-chaussée, son morceau préféré l'atteint en plein cœur,
c'est un signe du destin. À pas feutrés, il grimpe vers celui
qu'il aime, son cœur palpite, ses mains deviennent moites.
Sur le palier, il tourne la poignée en laiton, s'introduit dans le
hall et se fige un instant. Aucun autre pianiste au monde ne
possède ce toucher aérien.

Lentement, il suit le rai de lumière, sa déception le foudroie.
Frédéric ne joue pas, il écoute le morceau sur une platine,
installé sur le canapé, dos à l'entrée. Il ne le savait pas si
prétentieux, ça le fout en colère, ainsi son colosse est juste un
colosse aux pieds d'argile.

— Je savais que tu me reviendrais, même si j'en ai douté
parfois. Nous nous rencontrons enfin sans ces abrutis qui
s'interposent. J'ai éliminé les plus importants, Keller était une
grosse merde qui t'ennuyait. Il n'en avait pas le droit. La seule
personne qui aurait pu m'aider ne l'a pas voulu. Si elle s'était
tenue tranquille, je n'aurais pas été obligé de la tuer, elle aussi.
C'est de sa faute, note-le.

Ludovic se retient de bouger, son portable sur enregistrement
à côté de lui. Ses doigts se crispent sur la crosse de son flingue.
Statufié sur le seuil, Nathan continue perdu dans son délire.

— Quant à ton nouveau mec, je peux pas dire que je regrette.
Le voir rôder dans les coulisses, savoir qu'il t'empêchait de
venir vers moi, je devais le tuer. Avec lui, je sentais que c'était
différent. Il te regardait comme si tu lui appartenais, t'aurais
vu sa tronche lorsque je lui ai dit qu'il ne pouvait y avoir que
nous deux.

Ludovic entend les pas venir vers lui sur le parquet.

— Tu pourrais au moins me regarder quand je te parle, c'est quoi ce cirque ? s'énerve Nathan.

Ludovic saisit le moment où l'autre lève le bras dans un léger déplacement d'air pour se mouvoir. Les poils sur sa nuque se hérissent. Soudain, la pièce s'illumine. Les yeux écarquillés, Nathan fixe les flics un à un, tous, armes au poing. Soulagé, le lieutenant lâche sa respiration.

— Létrier, laissez tomber ce couteau, éloignez-vous du canapé mains sur la tête, tonne la voix de Maxence, son révolver pointé sur le suspect efflanqué et crasseux.

Celui-ci reste figé comme un cerf pris dans les phares d'une voiture. Ses yeux cessent de papillonner alors que la réalité lui apparaît enfin. Les policiers suivent ses expressions, la surprise, l'incrédulité, la compréhension, la défaite puis la rage.

— C'était un putain de piège ! éructe-t-il. Vous avez caché la cage dans le décor, sans oublier d'y mettre l'appât. Puis vous avez attendu que la bête s'y faufile avant de baisser la herse. Vous êtes des putains d'enfoirés !

Son corps vibre de fureur, sa bouche se tord dans un rictus. Il balaie les Robocop du regard. Cette fois, il est cuit. La scène semble surréaliste.

— Je vous ai ordonné de jeter ce couteau au sol, répète Maxence glacial.

Il le laisse tomber, la lame se fichant debout dans le plancher.

— Je veux voir Frédéric, ordonne-t-il, alors que Ludovic lui passe les menottes.

— C'est facile de voir qu'il n'est pas là, il est en sécurité loin de toi, aboie le policier. Il ne t'a jamais porté le moindre intérêt, ailleurs que dans ton cerveau dérangé. Tenez patron, l'enregistrement, dit-il, en tendant son portable à Maxence.

— Une petite chose avant de partir, le policier que vous avez poignardé va bien, un peu secoué, mais debout, lance Ludovic.

— C'est dommage que je l'aie raté, il n'aura pas Frédéric. C'est moi qu'il aime. On a toujours communiqué en secret, Frédéric va trouver le moyen de me sortir de vos pattes, bande d'ignares.

— Dans votre tête de fêlé, certainement !

Nathan voit l'ombre de celui qui dirige ce foutoir venir vers lui. Il cligne des yeux devant ce géant vêtu d'un jean et d'un blouson de cuir élimé. L'homme, un paquet de muscles aux traits anguleux, ne trompe pas Nathan. Aucun doute, Thor peut lire dans ses pensées, il se ferme.

— Je n'ai pas peur, vous êtes un Dieu arrogant, continue-t-il sans baisser le regard.

— Personne n'avait osé me donner ce titre, les Dieux se foutent des mortels, mais je vais prendre ça pour un compliment, rit-il. Je suis seulement le commandant Chartreux. Cependant, vous avez raison, je tiens plus du tigre que du chaton. Vous, comme le petit Poucet, vous avez semé des tas d'indices qui vont nous confirmer beaucoup de choses.

Maxence lui lit ses droits. En procession, ils quittent l'appartement pour monter dans les véhicules qui les attendent, direction la criminelle.

Chapitre 28

L'ombre

Lorsqu'il passe les portes du commissariat entouré de deux inspecteurs, il pile net à la vue de son Frédéric qui tient la main du flic poignardé. Ainsi, c'est vrai ! Si un regard pouvait tuer, il serait raide mort au sol.

Des mains nerveuses le poussent dans une pièce meublée d'une table, de quatre chaises et d'une caméra sur trépied. Un flic l'a attaché comme un putain de clébard à un maillon, il tire sur les menottes, seul le bruit résonne. Il regarde son reflet dans l'immense glace, ne sachant pas ce qui l'attend. Il ne peut que rester assis, soudain la porte s'ouvre pour céder le passage à Thor.

— Alors, commence-t-il en regardant sa montre, il est 21 h 15, à partir de maintenant vous êtes en garde à vue pour vingt-quatre heures. Vous pouvez voir un médecin, avertir une personne de l'endroit où vous vous trouvez et demander un avocat.

Le suspect le fixe méchamment et demeure muet. Maxence dépose un énorme dossier sur la table et son regard se cristallise sur lui.

— Vous vous trouvez dans nos murs pour plusieurs délits. Nous vous soupçonnons d'avoir trafiqué le véhicule de Clément Keller, entraînant sa mort et des blessures irréversibles sur monsieur Carmichaël. Vous êtes accusé d'avoir assassiné mademoiselle Langlois, mais aussi pour tentative de meurtre sur une personne ayant autorité. Vous allez être poursuivi pour harcèlement et agression sur madame Carmichaël. Jusque là, vous suivez ?

— Blablabla… vous ne savez même pas qui je suis ! Rien à foutre de vos conneries ! les nargue le suspect.

Thor hausse les sourcils, avec un sourire rusé, ce qui inquiète Létrier au fond de lui-même, mais il ne le montrera pas à ces enquêteurs.

— Souvenez-vous, à l'appartement je vous ai appelé par votre nom. Vous vous nommez Nathan Létrier, âgé de 24 ans, fils unique de Létrier Lucien et de Tardieu Suzanne. Vous travaillez chez Lumière et son, d'où vous êtes renvoyé, tout ceci est juste ?

Nathan blêmit, comment ont-ils fait ?

— Un médecin va venir vous examiner, continue Maxence insistant car le gars n'a pas l'air de bien saisir, c'est la loi. Si vous ne connaissez pas d'avocat, on vous en fournira un, commis d'office. Lorsque vous aurez parlé avec lui, l'interrogatoire débutera. En attendant un agent va vous conduire en cellule, avez-vous faim ou soif ?

— Frédéric va m'apporter ce qu'il me faut, s'entête-t-il.

— Je ne crois pas non, il est votre victime. Dès que possible, on va vous donner de quoi manger et de l'eau, on vous enverra votre avocat.

— Après je rentrerai chez moi ? s'irrite Létrier.

— Il y a peu de chance. Je crois que vous n'avez pas conscience des charges retenues contre vous ; doit-on prévenir vos parents ?

— Ces connards ? Qu'ils crèvent, avertissez seulement l'homme qui m'aime.

Maxence, perturbé par le comportement du prévenu, rejoint son ami qui suit l'interrogatoire avec Frédéric derrière la glace sans tain.

— Qu'en penses-tu ? demande-t-il à Florian.

— Il est futé, il croit dur comme fer ce qu'il raconte. J'ai envie de lui dévisser la tête.

— Vous devriez faire attention, intervient Frédéric, suivant s'il ment ou pas, il module sa voix de métallique à douce. J'ai beau chercher, je ne me souviens pas l'avoir déjà entendue.

— Ce n'est pas grave, mon chat, répond Florian sans remarquer le sursaut de surprise de Maxence. Figure-toi que Henri a reconnu les objets ramassés chez ce mec, mais ça s'arrête là pour toi. Tu sais, ça va durer un moment, tu devrais rejoindre Mama !

— Serait-ce un ordre Capitaine Delavent ? Tant de miel dans ta jolie voix me confirme que je ne gagnerai pas contre toi. Est-ce qu'au moins tu rentres avec moi ?

— Vu l'heure, vous devriez finir la nuit à l'hôtel. Henri ne va pas traverser Paris deux fois, formule Maxence.

— Moi, je reste, affirme Florian, j'ai trop bossé sur cette enquête pour abandonner là. J'aimerais assister aussi à son interrogatoire à venir, ça peut le déstabiliser.

— Le p'tit chat repassera pour les caresses, mais promets-moi de venir dès que tu en auras terminé, souffle le pianiste, sachant combien son compagnon peut se montrer buté, mais comprenant son besoin d'être présent.

— Bien sûr, merci de me laisser aller jusqu'au bout, tu es un homme merveilleux.

— Emmène l'homme merveilleux à Henri, théâtralise Frédéric, mais je veux mon bisou avant.

— Tu te conduis comme un sale gamin trop pourri, allez ! Accroche-toi, que je te colle dans la limousine, continue Florian tendrement.

— Si tu me colles juste là, je fais un autre caprice, s'amuse Frédéric

Bras dessus, bras dessous les deux hommes se dirigent vers la sortie.

C'est le visage cramoisi, que Florian revient vers Maxence. Il se doute que les questions ne vont pas manquer. Du regard, il affronte son boss.

— Vraiment ? mon petit chat ? ironise gentiment le grand homme. C'est donc grâce à ce jeune homme que je retrouve mon pote ! Tu es sûr de toi ? Réfléchis bien, parce que le gaillard l'est, lui.

— Sûr de moi ? Ouille ! Je suis mort de trouille, un peu comme si tu me poussais dans le vide sous un pont sans élastique. Je ne suis pas loin de l'aimer comme un dingue. En fait, non ! j'ai dépassé le stade des questions et des hésitations, je crois que ma Charline aurait aimé tout ce qui se passe pour moi, lâche Florian en esquissant un sourire.

— Cela doit être compliqué, si tu te sens perdu par cette nouvelle situation, viens me voir. Tomber amoureux après Charline peut te sembler difficile à accepter, mais il lui aurait beaucoup plu je pense, si tu tiens à lui ne le laisse pas s'échapper pour de fausses raisons.

— Oui grand frère, je t'aime aussi.

— Connard ! Allons-y, mais tu n'interviens pas, hein ! Clouons ce mec au pilori.

Les deux hommes poussent la porte de la salle d'interrogatoire. Le suspect attend, assis avec son avocat à ses côtés. Il a mangé, bu et le doc l'a ausculté, certifiant le gars apte à une garde à vue.

— Maître, vous avez eu accès au dossier, nous pouvons démarrer. Monsieur Létrier, que fabriquiez-vous chez les Carmichaël ce soir ?

— Frédéric m'a demandé de passer! Rendre visite à l'homme que l'on aime n'est pas un crime que je sache, lance-t-il provocateur.

— Sachez que ce monsieur se trouvait sous garde rapprochée, c'est donc impossible. Pourquoi tenter de le poignarder si vous l'aimez? Ce couteau est à la scientifique pour analyses. Allons-nous trouver des points de correspondance avec ce que nous avons découvert chez mademoiselle Langlois et sur notre collègue?

— Qui c'est celle-là? demande Létrier fixant le commandant, hautain.

— Encore une mauvaise réponse. L'équipe a perquisitionné votre domicile. Rassurez-vous, nous avions un mandat. Devinez ce qu'elle y a trouvé, tout ce qui avait disparu de chez cette jeune femme. Oh! j'allais oublier, une boîte contenant des choses qui appartiennent à monsieur Carmichaël aussi. Vous pouvez nous donner une explication?

— C'est l'autre là qui a tout planqué chez moi, continue-t-il, hargneux, désignant un Florian muet, accoté au mur.

— Mais bien sûr et puis il s'est planté tout seul aussi, c'est ça?

Le gars face à lui ouvre la bouche puis la referme ne sachant quoi dire, le flic reprend:

— Il y avait aussi un portable dont les factures sont au nom de Keller. Pourrait-on conclure que vous êtes fait comme un rat?

Le gars se ferme aussitôt, comme une huître.

Chapitre 29

Florian

$\mathcal{L}$e passé du suspect n'est pas des plus reluisant. Le gars a poussé comme une herbe folle, reçu plus de volées que de câlins. La fréquentation d'une école pratiquement inexistante, son trajet n'est constitué que de bosses et de creux. Colérique, bagarreur, sans respect pour l'autorité, il n'a pas réussi à garder un seul boulot : douze arrestations pour racolage s'ajoutent à ce tableau noir. Maxence quitte ses papiers des yeux et revient à Nathan toujours silencieux.

— À la demande du médecin qui vous a ausculté lors de votre arrestation, le procureur va désigner un psychiatre pour une expertise, vous le verrez dans les jours qui vont suivre cette audition.

— Je ne suis pas cinglé, hurle Nathan, tentant de se lever et secouant son bras au poignet menotté.

— Monsieur Létrier, votre degré de responsabilité doit être établi, explique son avocat calmement.

— C'est pas la peine si j'avoue que j'ai trafiqué la bagnole de ce connard, que j'ai tué cette pute et que je l'ai planté lui, lance-t-il en pointant le capitaine.

Son avocat tente vainement de le stopper, c'est pire lorsque le suspect remarque le point vert qui clignote sur la caméra.

— Elle enregistre ? aboie-t-il.

— C'est obligatoire lors d'une procédure d'interrogatoire, affirme Maxence.

Létrier la fixe et réitère ses aveux mot pour mot, le commandant émet un rictus vers son défenseur qui secoue la tête, désolé par la tournure que prend cet interrogatoire.

— Bien ! Continuons, votre vision des choses est erronée. Monsieur Carmichaël se défend de vous avoir dit vous aimer ou de vous avoir offert quoi que ce soit. Il certifie ne pas vous connaître !

— Ça, c'est du vent, il ment ! Vous n'êtes pas très malins, j'avais repéré tous vos flics, on ne me roule pas. Je sais que le chauffeur est un des vôtres aussi.

— Erreur, mais ce n'est pas le plus important, répond Maxence.

Le suspect s'arrête un court instant, figé sur une écoute que seul lui semble entendre, il chasse d'un coup de main une chimère puis revient sur un autre sujet :

— Aucun regret que ce monstre soit mort. Je ne savais pas que Frédéric partirait avec lui, mais bon, il s'en tire sans trop de bobos.

— Sans trop de bobos ? vocifère Florian, ne pouvant se retenir. Il est aveugle, a subi deux opérations pour sa main. Il risque de ne plus jamais utiliser son piano. Quant à Yvette Langlois, elle ne vous avait rien fait !

— Vous étiez des obstacles, c'est votre faute à tous !

— Ils sont morts pour rien, éructe Florian.

— Vous ne me faites pas peur, Frédéric m'aime, vous n'avez qu'à lui poser la question. « À *quoi bon vivre, étant l'ombre de cet ange qui s'enfuit ? À quoi bon, sous le ciel sombre, n'être plus que la nuit ?* »

Les trois hommes restent éberlués, ayant du mal à suivre ce que raconte le suspect.

— Vous êtes des ignares. Qui ne connaît pas ce poème de Victor Hugo ? «*Je respire où tu palpites*»…

— Mon client est fatigué, peut-on reprendre plus tard ? le coupe son avocat.

— Ce serait bien que vous lui fassiez entendre raison, rétorque Maxence. Nous le confronterons demain matin à sa victime.

La nuit passe, mais contrairement au proverbe, elle ne porte pas conseil à Nathan. Ludovic et Hugo doivent le retenir quand il entre dans le bureau de Florian qui a reçu la confirmation écrite du procureur de participer à cette audience.

— Putain ! encore vous ?

— Asseyez-vous, gronde celui-ci, rentrant immédiatement dans le vif du sujet. Le rapport du médecin parle de scarifications, vous pourriez nous parler de ça peut-être.

— Frédéric vient me chercher quand ? Pourquoi attend-on ? questionne Létrier sans répondre au capitaine.

— Il faut que votre avocat, Maître Dormont, soit présent.

— Il n'y a pas besoin d'ameuter la cavalerie, sourit Nathan, devant les trois policiers. Vous ne ressemblez pas à Frédéric, continue-t-il, en rivant son regard fou sur Ludovic.

— C'est là toute la magie, répond celui-ci.

Son défenseur arrive enfin et s'assied à côté de son client.

— Pourquoi n'avez-vous pas choisi de casser la gueule à Keller ? interroge Florian.

— Pas suffisant, il avait besoin d'une leçon.

— Elle a été rude, il en est mort soutient Hugo froidement.

— Le projet m'a dépassé, mais je ne regrette rien. Ce mec portait un masque, personne ne le savait. Pour montrer qu'il aimait la musique de Frédéric, il avait été jusqu'à modifier sa sonnerie de portable, passant du hard rock à du classique. Ce démon trafiquait, il allait éloigner Frédéric à cause de son comportement d'abruti.

— Comment pouvez-vous être certain que monsieur Carmichaël tient à vous ?

— C'est notre secret, s'entête le jeune homme.

— Donc, si nous le laissons entrer, il confirmera vos dires ?

Florian fait signe à Ludovic qui se lève, suivi de Hugo c'est le moment de sortir la grosse artillerie. Depuis hier, l'avocat a ciblé son client, le dossier est sans appel. Cette confrontation enfoncera le dernier clou de son cercueil. Ses quelques soucis psychologiques ne l'éloigneront pas d'un jugement perdu d'avance.

— Je maintiens, vous allez avoir l'air fin, les nargue-t-il.

Florian bout littéralement. Il aurait souhaité éviter ce cirque à son amant qui souffre suffisamment par la faute de ce cinglé, mais Maxence affirme que les choses mises au clair permettront à Frédéric d'avancer. De toute façon, c'est aussi une demande du procureur. Ses collègues s'interrogent devant l'énervement de leur capitaine. Depuis son agression, celui-ci leur apparaît différent, à fleur de peau.

— Qu'est-ce qui lui prend ? On suit la procédure, devrait-on savoir un truc ? J'avoue qu'il se comporte bizarrement, encore plus qu'avant sa blessure, insiste Hugo à sa sortie de la salle d'interrogatoire. Je dirais bien…

Un ange passe.

— Quel petit saligaud ! lâche-t-il comme soudain saisi d'une illumination.

Florian entend par la porte restée ouverte, les sourires dans la voix de son lieutenant. Et de deux ! Maxence, le grand sage, ramène tout le monde au calme. Tous sont là pour porter l'estocade.

— Foutez-lui la paix, s'il a quelque chose à vous dire, il le fera en temps et en heure.

Florian se tend en voyant Ludovic revenir en compagnie de Frédéric assisté de son avocat, l'un des meilleurs de la place parisienne. Il va à leur rencontre, saisit sa main tremblante qu'il caresse de son pouce. Par ce mouvement, il veut rassurer son amant, puis revient vers le bureau en mode professionnel.

— Maître Davemport, monsieur, je vous en prie, asseyez-vous.

Prêt à mordre, le regard glacial, les dents serrées, le capitaine balaie les protagonistes.

— Pourrait-on avancer, le dossier me paraît clair et concis, formule le grand avocat. D'après les PV d'auditions, les preuves sont accablantes. Nous n'allons pas y passer la journée.

— Surtout quand on sait qu'il se fait payer à l'heure, murmure Maxence à Florian.

Il pige que l'homme l'a entendu lorsque celui-ci lui adresse un clin d'œil, avant de reprendre.

— Ce monsieur, concède-t-il d'un geste de la main peu masculin, n'a qu'à reconnaître qu'il délire, ensuite mon client reprendra le cours de sa vie. Il en a assez fait, vous ne trouvez pas ? J'ai beau chercher, je ne trouve pas de circonstances atténuantes à cet homme.

Nathan lui reste tétanisé face à Frédéric, puis soudain se reprend.

— Je vous avais dit qu'il viendrait me chercher pauvres nazes.

— Une minute ! s'énerve le musicien, claquant le plat de sa main sur la table, faisant sursauter tout le monde. Vous allez me foutre la paix et cesser de raconter toutes ces conneries. L'homme que j'aime ce n'est pas vous, ça ne l'a jamais été et ça ne le sera JAMAIS. Je ne reconnais même pas votre voix.

L'homme de ma vie se trouve ici-même, il s'agit du capitaine Delavent, point !

Létrier sonné, regarde tous ceux qui se trouvent dans la salle, espérant que quelqu'un va démentir, que son aimé va dire la vérité, mais rien ne vient.

— OOOH, NOOON ! C'est eux qui te poussent à dire ça, tu verras, je m'occuperai bien de toi. Je ne voulais pas te faire du mal, tu devais prendre un taxi, je…

— Bon sang ! fermez-la, où avez-vous pris toutes ces fadaises ? Vous aimer ? C'est hautement improbable, je vous hais à un point que je n'imaginais pas possible. J'ai perdu l'essence de ce qui faisait vibrer ma vie. Vous êtes une merde immonde ! termine-t-il dans un silence écrasant, essoufflé et tremblant de tout son être.

À des degrés de surprise différents, les regards se tournent vers Florian, passant de Frédéric à lui. Muet et rouge écrevisse, il adorerait se fondre dans la couleur du mur. Le commandant et l'avocat de la défense se mordent la bouche pour ne pas rire. Létrier, comme piqué par une guêpe, bondit de sa chaise. Ludovic le force violemment à se rassoir. Maître Dormont bouche bée se tait, son client continue de vociférer.

— Tu es à moi, tu inventes, tous ces signes, je ne les ai pas rêvés. Les fleurs, les cadeaux, les…

— Quels signes, espèce d'abruti, rugit Frédéric à bout, vous bosser à la lumière sur mes spectacles, la politesse veut que je salue ceux qui tournent avec moi. Je mets un point d'honneur à me montrer courtois avec toutes les équipes. Sans eux, il n'y aurait pas de récital. Quelle mouche m'aurait piqué pour que je remarque plus vous qu'un autre ?

Florian refuse que son compagnon craque devant ce rustre. Il le sent sur le fil du rasoir. Il adresse un mouvement de tête à Maxence qui reprend l'audition.

— Pourquoi refuse-t-il de dévoiler notre amour ? Pourquoi lui aussi ne m'aime pas ? continue Nathan Létrier, alors que la porte se referme sur les deux hommes.

Dans le couloir, Frédéric souffle comme si ses poumons venaient de comprendre à quoi ils servaient. Ils entrecroisent leurs doigts et le capitaine se presse contre lui, se fichant d'être vu. Avec l'éclat de son homme pendant la confrontation, il n'y a plus de secret. Sa sortie de la salle d'interrogatoire évite l'annulation de la procédure. Ils ont eu assez de mal à le coincer. De plus, que cet enfoiré ait réussi à blesser son amant lui reste en travers de la gorge.

— As-tu un truc dans ton commissariat qui puisse me redonner des forces ? demande le pianiste. J'ai besoin de me calmer.

Florian ne répond pas et le tire vers la cafétéria où Davemport les rejoint. Il semble hésiter entre frapper le flic et le serrer dans ses bras.

— Capitaine, vous êtes un homme plein de surprises. Une chance que votre commandant ait éteint la caméra avant que vous ne nous jouiez la grande scène de Roméo et Juliette, qu'il sentait venir. Et vous monsieur Carmichaël vous avez failli tout foutre en l'air, même si je suis heureux pour vous. Ce crétin va occuper les experts un sacré moment. Je ne doute pas qu'il va y avoir foule pour sa défense. Le pire requin n'a aucune chance face à moi.

— Un café ? s'amuse Florian, lâchant la main de son compagnon.

— Si la police paie, je ne vais pas refuser, serré et sans sucre, s'il vous plaît. Votre supérieur est-il libre de tous liens ? sort-il à l'improviste, surprenant Florian qui sourit tout en lui tendant un gobelet en carton contenant un liquide épais.

— Autant vous avertir, ça n'a de café que le nom. Vous foncez toujours comme ça ? s'étonne le capitaine. Je vous souhaite bon courage et il vous en faudra, amusez-vous bien ! J'espère que vous aimez les parcours avec obstacles. Pour ma part, je ramène mon homme à la maison, sa grand-mère doit se faire du souci.

— On se retrouve au procès, lance-t-il narquois. Ou peut-être avant, qui sait si votre patron s'ennuie et que mon karma est favorable, je risque de revenir plus vite que prévu. Certaines rencontres peuvent s'avérer surprenantes, vous en savez quelque chose, Capitaine ! Mes respects à votre très chère grand-mère, Frédéric.

Florian goguenard lui adresse un clin d'œil et quitte le poste, soutenant son amoureux.

Épilogue

Deux ans plus tard...

Deux années entières ont suffi à Florian et Frédéric pour arriver à la même conclusion, leur façon de vivre doit changer. En réalité et grâce à l'aide de Maxie, les deux hommes ont trouvé leurs marques avec une certaine facilité. Pour Frédéric, accepter sa cécité s'est avéré un long parcours.

Il s'est entraîné avec acharnement pour reprendre le chemin des tournées et a développé une capacité de résilience incroyable. Comme promis, avec Karl, il a réservé la primeur de son retour sur le talk show de KG.

Par la suite, il a surpris ses fans en se joignant au groupe ONEXO de retour de leur tournée mondiale. Dans la foulée, il s'est rendu à Moscou pour un récital avec les chœurs de l'Armée rouge puis a enchaîné au Canada où il s'est produit dans trois récitals avec l'orchestre symphonique de Montréal, laissant Florian souffrir de mille morts. Certes, l'homme est heureux que son mari retrouve enfin sa musique, mais cela le tient éloigné de lui trop longtemps alors qu'il continue de courir après les méchants.

Tous les deux ressassent sur leurs vies qui leur échappent, Mama leur a alors fait une proposition lors du repas, la plus belle idée qui soit. Elle leur a présenté, l'air malicieux, un dossier préparé certainement de longue date, les laissant surpris.

— Il me semble que la petite étincelle dans votre couple s'est rendue sur une autre planète. Je pense donc que le moment est venu que nous ayons une discussion. Combien de temps passez-vous ensemble depuis votre union ?

Les deux hommes se regardent et leur haussement d'épaules ne convainc pas Mama. Comme pour apporter de l'eau au moulin de Cécile, son petit-fils avoue sans réfléchir que son monde musical ne le comble plus autant. Florian, passé commandant depuis que Maxence a quitté son poste, confesse qu'il adorerait trouver un peu de calme et qu'il ne possède plus le feu sacré.

— Vous voyez bien que ça ne tourne rond pour aucun de vous deux. Malgré ton amour pour la musique, je comprends qu'elle ne te comble plus assez. J'ai une proposition à vous faire pour pallier vos désagréments.

— Arrête de nous faire languir et dis-nous tout, réclame Frédéric.

— Oh ! ça vient, ne sois pas si impatient, sourit Mama. Mon enfant, je ne suis plus toute jeune et je souhaiterais que tu me rejoignes à la tête de la fondation. J'ai dans l'idée que nous ajouterions une aile musicale pour tous. J'aimerais qu'Henri entre au conseil avec suffisamment de parts pour détenir un droit de vote. Quant à notre Florian, il conviendrait pour la gestion de la paperasse.

Un silence ébahi suit cette déclaration. Florian regarde son mari et cherche à comprendre.

— Oh ! Vos visages ! s'amuse Mama.

— Ça envisagerait que je quitte la police ? s'enquiert Florian.

— Évidemment, idiot !

Mama, garde son air rieur de les voir se torturer ainsi, puis reprend :

— Florian, rassure-toi, je ne te demande pas de jouer d'un instrument. Toi, mon petit, tu pourrais monter une structure pour que des personnes n'ayant pas les moyens puissent apprendre un instrument. La plupart entreraient gratuitement, alors que la minorité paierait pour apprendre avec le Maître Carmichaël et on organiserait des concerts caritatifs. Je proposerais à Philippe et Karl de nous accompagner dans cette aventure.

— Ça veut dire que l'on pourrait obtenir cette vie de famille qui nous manque. Qu'on pourrait plus se saut…

— Tatata, les garçons! coupe Mama. Je refuse d'entendre la suite, mes oreilles chastes ne s'en remettront pas. Alors, qu'en dites-vous?

Florian, les doigts entrecroisés à ceux de son mari, répond hésitant.

— Vous êtes une petite sorcière, s'exclame Florian. Quelle chance pour moi d'avoir intégré votre famille! Vous avez entièrement raison. Ces deux années ont été un mixage de joie et de douleur. Joie, parce que j'ai repris mon existence en main. Douleur, parce que je ne profite pas pleinement de mon union avec Frédéric et ne sais plus comment concilier les deux.

— Je confirme tout ce que vient de dire mon amour. Moi aussi, j'ai réfléchi, j'ai vu Karl pour ne jouer que deux, voire trois concerts importants dans l'année, pour le reste les enregistrements suffiront.

— Wouah! Mon chat, tu ne m'as rien dit! s'extasie le flic.

— Chéri, je tenais à te présenter un plan sans faille que tu ne pourrais pas refuser. Le sexe au télépho…

— Mes enfants! Je n'ai rien d'une vierge, mais vous savez ce que l'on dit, trop d'informations, s'amuse Cécile.

Épilogue bis

Huit ans plus tard...

Ils fonctionnent ainsi depuis huit ans.

Florian dans son bureau se laisse aller à ses pensées et remonte les traces de leur passé bien rempli.

Frédéric n'ayant pu se résoudre à retourner dans son duplex l'a vendu sans regret, tout comme celui de Cécile, rue de Rivoli. Les sommes récupérées ont été placées dans la fondation. Ensemble, ils ont acheté une maison sur une grande propriété cachée près de la forêt départementale d'Abbecourt, à Orgeval, proche de celle de Karl et Philippe. Mama y possède son petit appartement, du personnel présent pour prendre soin d'elle. Trouver ce domaine a été une aubaine, mais s'entendre sur qui payait quoi ressemblait à une guerre de tranchées jusqu'à ce qu'une amnistie soit trouvée. La mort de Charline a laissé un petit pécule auquel Florian n'avait pas touché. Tout ce que son appartement contenait a été donné à Emmaüs, ne gardant que quelques souvenirs de celle-ci.

Puis lui revient en mémoire le procès montrant une facette inconnue de Keller. La sphère artistique est tombée de l'armoire, des bruits courent encore par périodes. La brigade des stups a fait bon usage des renseignements trouvés sur le portable de celui-ci. La fille des Craven, retrouvée chez une mère maquerelle en Belgique dans un réseau qui fonctionnait avec la Hollande, suit pour des années une thérapie tout comme ses consœurs. Malheureusement, l'espace a horreur du vide, Florian ne doute pas que bientôt un autre prendra la place.

Létrier, jugé responsable de ses actes, a été condamné à quinze ans, avec obligation de soins. Son enfance a pesé dans la balance. Comme l'avait prédit Davemport, des avocats avides de publicité se sont présentés pour le défendre, sauf que lui, lors de sa plaidoirie en a fait du petit bois. Il vient de gagner sa troisième prison à cause de ses mauvais choix. Le dernier l'a envoyé à l'isolement. Florian connaît le système des remises de peine, il sait qu'il n'effectuera pas la totalité et rien que d'y penser, cela le glace d'effroi.

Trois ans après la fin de cette affaire, tout le monde est resté scotché devant le fairepart de mariage de Sophie et Henri. Frédéric avait bel et bien flairé l'histoire au début, même si Florian avait maintenu qu'il ne s'agissait là que d'une grande amitié. Déjà que Maxence filait le parfait amour avec Davemport, ce filou avait pratiqué le forcing de longs mois, le commandant avait fini par comprendre et accepter que Samuel Davemport soit sa deuxième chance. Il avait démissionné de son poste pour monter une boîte de détectives, son mari acceptant de représenter et défendre la fondation.

Pour Capestang, la maladie de sa femme s'était aggravée et l'avait emportée en quelques mois. Depuis, il pansait ses plaies quelque part en Amazonie.

Karl et Philippe vivent heureux avec Ella, ils délèguent, le plus souvent possible. Cette petite est entourée de nombreux oncles et tantes qui la gâtent, mais Philippe veille à ce qu'elle ne devienne pas une chipie.

Ludovic a passé son concours, il est désormais capitaine. Alban, le grincheux jaloux, a fini par démissionner et personne n'a de ses nouvelles. Sophie et Hugo sont chefs de groupe, étrangement tout le monde est resté à la criminelle. Violaine, Marc, Romuald bossent avec eux aussi.

Un jour, Florian a surpris son mari assis sur le lit, face à la commode sur laquelle se trouvent plusieurs photos encadrées. Quand ils se sont installés ensemble, Frédéric a décidé qu'une de Charline devait y figurer. Et là, il paraissait lui parler comme s'il la voyait vraiment. Il l'a entendu la remercier de l'immense cadeau qu'elle lui a fait en lui envoyant son homme. Les yeux humides, Florian s'est éclipsé, jugulant son émotion, son mari représentant son foyer. Sans lui, son existence n'aurait pas la même saveur. Frédéric le rend meilleur, une chance qu'ils se soient trouvés, son unique but, demeurant de lui montrer son amour. Tous les deux savent que demain peut ne pas exister. Pourtant, un proverbe dit que la foudre ne tombe pas deux fois au même endroit. Le seul point noir, le départ de ses ex-beaux-parents qui refusent de le voir. Pour eux, il devrait avoir honte de tromper la mémoire de leur fille en épousant un homme.

Dans une mélodie de sentiments, leurs vies se jouent en arpèges qui forment une magnifique harmonie, chacun trouvant sa propre note. Tant qu'ils seront ensemble, la vie mérite d'être vécue. Des grandes douleurs peuvent naître un avenir haut en couleur.

FIN

Remerciements

Écrire des remerciements n'est pas chose aisée, la preuve, il me faut réparer un oubli lors de mon ouvrage précédent. Je remercie ma famille, mes fils, mes petits-enfants, mais surtout mon number one, j'ai nommé mon mari qui me permet d'aller de l'avant dans ce que j'aime le plus : écrire. Je lui suis reconnaissante pour l'amour qu'il me donne et pour l'aide qu'il m'apporte.

Ensuite, je vais vous parler de ma nouvelle maison d'édition et de sa directrice Anaïs Mony. Notre route démarre avec cet opus. Un grand merci à elle pour son soutien sans bornes et sa présence constante. Je n'oublie pas non plus celles qui m'ont permis de vous présenter ce récit de la meilleure façon qui soit, sans incohérences, sans fautes : ma bêta perfectionniste qui a fait la chasse à mes erreurs, mais que je ne changerai pour personne d'autre Marilyn Sigonneau et puis, sur ce bébé, j'ai rencontré une nouvelle venue Aki Iwei, ma correctrice-relectrice, travailler avec elle a été un vrai bonheur. Trois personnes avec leurs perceptions, trois personnes qui me donnent une furieuse envie de continuer, trois personnes qui m'ont portée, poussée, soutenue, trois personnes importantes dans ma vie. Sans oublier Athénaïs pour son éclair de génie concernant le titre. Une auteure ne peut avancer que si elle est entourée de personnes de confiance et là c'est le cas. Je pense aussi aux lectrices et lecteurs sans qui je ne suis rien et un immense merci aux librairies et magasins qui nous reçoivent si gentiment pour nos dédicaces.

Bibliographie

Frères de sang, 2019
Sous l'emprise du mal, 2020

Biographie

Jane vit en Bretagne. Amoureuse des mots, les romans de cette auteure prennent tout leur sens. L'écriture est pour elle le moyen de faire vivre tout le petit monde qui s'agite dans le bocal où trempe son cerveau. Ses personnages possèdent souvent des vies difficiles. Les premiers romans qu'elle a écrits étaient des romances entre hommes et femmes. Au fil de ses lectures, l'univers masculin l'a beaucoup plus attiré.

Contact

Retrouvez-moi sur Facebook
Mail : janeyam14@gmail.com

Impression: BoD - Books on Demand